新观念儿童文学
理论丛书

——

吴其南 主编

儿童剧场基础理论研究

赵琼 著

中原出版传媒集团
中原传媒股份公司

海燕出版社

图书在版编目（CIP）数据

儿童剧场基础理论研究 / 赵琼著. — 郑州：海燕出版
社，2020.6
　（新观念儿童文学理论丛书 / 吴其南主编）
　ISBN 978-7-5350-7864-3

　Ⅰ.①儿…　Ⅱ.①赵…　Ⅲ.①儿童文学－剧场－理论
研究　Ⅳ.①I058

　　中国版本图书馆 CIP 数据核字（2018）第 293296 号

出版发行：**海燕出版社**
　　　　　地址：郑州市郑东新区祥盛街 27 号
　　　　　邮编：450016
　　　　　电话：0371-65734522　65727231
经　　销：河南省新华书店
印　　刷：河南新华印刷集团有限公司
开　　本：16 开（710 毫米 ×1000 毫米）
印　　张：14.5 印张
字　　数：290 千字
版　　次：2020 年 6 月第 1 版
印　　次：2020 年 6 月第 1 次印刷
定　　价：42.00 元

本书如有印装质量问题，由承印厂负责调换。

序

随着近年中国儿童文学的繁荣，特别是一些中国作家的作品被译成外文在国外出版并在一些国际评奖中胜出，儿童文学领域渐渐有一种舆论，说中国儿童文学已经是世界儿童文学的水平，走在世界儿童文学的前列了。文学创作主要面对人的感性，没有统一的可衡量的标准；文学理论的情况不同一些，但仍属于感性学，和主要面对客观世界的自然科学也有不小的差异，比较起来仍有困难。较稳妥的办法是先放下简单的价值判断，梳理一下彼此的表现，看看各自呈现出什么样的特点。只是，这是一项颇繁难的工作，要由很专业的人去做。在儿童文学理论这个领域，根据已经翻译引进的很有限的资料，我们看到的情形似乎并不像人们想象的那么乐观。

首先是话题，就是说什么，研究讨论什么。不同的话题不仅涉及不同的领域，而且代表不同的层次。西方的儿童文学理论，如佩里·诺德曼（以下简称"诺德曼"）的一系列著作，在谈什么样的话题？在谈儿童文学的双重意识，双重文本，双重隐含读者；在谈儿童文学中隐藏的成人，这一隐藏的成人如何定义了儿童文学；在谈儿童文学与其说是反映儿童欲望的文学，不如说是成人塑造儿童形象以表现自己对儿童的愿望的文学；在谈最初的儿童文学是欧洲中产阶级趣味的物化形态；在谈儿童并非一定天真，而是成人要他们天真，他们便天真了；在谈成人看儿童犹如现代人看原始人、城里人看乡下人、西方人看东方人，是一种殖民者看殖民地人们的心态和视角；如此等等。可我们的儿童文学理论在谈什么？20世纪80年代（即诺德曼写作《儿童文学的乐趣》那段时间），曾有儿童文学要姓"儿"、科学文艺要姓"科"一类让人哭笑不得的讨论。现在，这些问题是不谈了，谈得最多的是儿童文学要有教育性、趣味性，如何寓教于乐，作品的内容和形式如何统一；近年则是热衷于探讨儿童文学创作中的新动向，新媒介给儿童文学带来的内容和形式上的变化，儿童文学要有创新意识等。两相比较，一个明显的感觉就是中国儿童文学理论所谈的话题不够专业，像什么本质啦，大方向啦，新动向啦，要有创新意识啦，当前儿童读者的阅读兴趣啦，等等，这些问题更属于理论研究的外围，属于思想现状、市场现状的问题，应该留给思政教师、政工干部、市场分析员、出版社的编辑和发行人员去做。

当然还有如何谈的问题。话题和谈法其实是紧密地联系在一起的，现代文学理论的一个基本认识就是真理即方法，有什么样的方法就有什么样的真理。赛义德的"东方主义"是一种理论还是一种方法？站在后殖民的立场上看殖民主义对殖民地文化的影响，是一个立场问题、方法问题，但其揭示的无疑是一个深刻的理论问题。心理分析是一个方法问题，但其将目光投向人的潜意识，从潜意识的角度看儿童文学，看儿童心理，看人的成长，揭示的问题又是其他理论无法达到的。西方20世纪儿童文学理论是20世纪西方批评方法的产物。读他们的著作，犹如走进现代批评的森林，各种新的批评方法令人目不暇接。诺德曼从后殖民主义的角度看儿童文学，布鲁诺·贝特尔海姆从精神分析的角度研究传统童话，尼古拉耶娃从女性主义的角度讨论儿童小说……仅从使用方法的角度就让人眼前一亮，感到自己被带入了一个崭新的世界。反观我们的理论著作和论文，却多在社会学、政治文化、泛教育学的领域里打转。透过现象看本质啦，儿童文学要有儿童情趣啦，这些情趣与其说是作者和研究者从实际生活中观察到的，不如说是从某些教科书中现成借用来的，其和现代批评的隔阂也就可想而知了。

话题、方法后面的是观念，是一种对人、对文学、对儿童成长的理解。文学塑造人，影响儿童的成长，这一般是没有什么异议的。但文学如何塑造人，什么算成长，答案可能就非常不同了。中国古代文论一直强调文学对人、对社会的教化作用；到当代，则有了儿童文学就是教育儿童的文学的著名命题；到了近年，则又有了对娱乐、游戏等的推崇。但阿尔都塞等人谈文学，不仅视其为一种社会意识形态，而且视其为一种意识形态国家机器，认为文学不是一般地塑造人，而是像宗教、伦理一样生成人，将人传唤成社会生活中的主体———一种既独立又依附的人。由此，这一观点就和诺德曼所说的双重意识、双重文本、双隐含读者等有了联系。阿尔都塞的观点不是不可以讨论的，但至少比一味地强调教化、娱乐等更深刻、更具有理论含量吧？而且，教化的内容总是先在的，突出文学的教化意义，必然导致文学与宣传的合谋，成为宣传的附庸，而文学之为文学，其本性恰恰在于它是发现、召唤和开掘未知的世界，将存在作为存在者召唤出来。正是在这样的意义上，米兰·昆德拉称没有发现的文学是不道德的。如此，文学理论是否也应将自己的理论触角放在对"发现"的发现上？没有这样的视野而谈什么本质、大方向，不管说得如何都与文学批评没有多大的干系了。

　　中国儿童文学理论的这种现状当然是有其复杂的历史和现实的原因的。中国儿童文学的自觉本来就迟，自觉后的儿童文学很长一段时间处在被殖民的位置上，不仅被西方文化殖民，而且被成人文化殖民，人们也习惯了像殖民者看被殖民者一样看儿童的视角，将对儿童的预设当作不证自明一类的东西。更致命的是，儿童文学的读者虽然众多，却是从不读理论的，读也读不懂，他们的许多阅读愿望都是一些成人研究出来的。这就导致理论和阅读的某种脱节。也因此，研究的队伍一直很小，而且普遍缺少专业素养。早期的研究多是由作家、编辑、中小学教师兼做的，后来又加了一些文化行业的行政领导人，这种现象直至今天仍普遍存在。作家、编辑、中小学教师、行政领导人当然也可以研究儿童文学，但应有相应的专业素养。这种专业素养在目前中国那个小得可怜的评论家队伍中也一样贫乏。即使一些挂着专家教授招牌的人，在理论上也未必都谈得上入门，更不要说现代观念、现代意识了。我们现在常说新的批评方法，有的兴起于20世纪初，有的兴起于20世纪末，如精神分析等，离现在都一个多世纪了，我们一些人还在那儿将其作为一种反传统的力量予以拒绝。其实，说拒绝也未必准确，只不过是因不熟悉而习惯性地排斥罢了。

　　这后面自然还有一个理论工作者的人格力量的问题。阿尔都塞是将文学、文化等都归入意识形态国家机器的。如果同意米兰·昆德拉的观点，视文学为一种发现，有时难免会与意识形态形成某种形式的紧张，为此，一个真正的理论家是要做好付出代价的准备的。有人已经指出：知识分子以独立为第一义。独立于权力，独立于金钱，独立于大众。这话好说，做起来谈何容易。曾听一些出版社的编辑说，他们选课题、审读作品，有时是冲着评奖、能改编成电视剧等去的。想评奖当然不错，但任何奖都是有自身标准的。有得必有失，重要的是得到什么，失去什么。现在能影响儿童文学的，首先是出版，其次就是评奖，而真正的文艺批评是说不上什么话的。但这也不能成为一个时代儿童文学批评毫无作为的理由。儿童文学理论要真正发展，就必须有一批有独立人格的人，有一批有现代意识、现代文学观念的人，不张狂，不气馁，会学习，不跟风，即使处身旷野，也能想着前面的灯，朝着有光明的远方默默前行。

　　以此祝福"新观念儿童文学理论丛书"的出版。

吴其南

2019 年 10 月 13 日

　　当今社会，儿童剧场的实践在世界各国都已经展开。各种各样的艺术形式和剧场风格，对于不同年龄段幼儿所专设的剧场，在各国的剧场实践中都已相当蓬勃，然而相对而言，对儿童剧场的理论研究却非常薄弱。从研究者的角度，理论研究的匮乏可以从两方面分析原因：

　　一方面剧场艺术家们作为剧场艺术的实际创作者和演出者对儿童剧场和一般剧场的关系存在不同的看法，这不仅影响他们对于儿童剧场的实践，也使他们对儿童剧场的基本观念及其理论构架的可能性，包括对一般戏剧理论的借鉴存在逻辑上的难题，受制于他们的艺术观念，并未上升到理论的高度对其进行再认识；同时，剧场艺术家们虽然是剧场的实际操作者，与儿童剧场之间存在最紧密的联系，然而他们的理论意识和理论能力却相对薄弱，难以从根本上解决儿童剧场的理论架构。另一方面从戏剧理论家的角度而言，同样面临着对儿童剧场和一般剧场的关系认识的根本性问题，由于儿童观众的特殊性需要专业的理论知识将儿童和剧场进行理论上的融合，并结合艺术实践的真实状况给予分析解读，才能对这一理论领域进行细致和完整地划分与研究。这需要研究者既具有相应的剧场理论知识，又具有大量充实详尽的儿童心理、儿童发展和教育学的相关知识，同时还要在此基础上达到高度的融合，才能发展出统整合一的儿童剧场理论。此外还需要儿童剧场的艺术实践提供一定的实践基础和可能性、大量的经验积累和储备，同时对艺术实践的高度关注、感受、观察和思考。这为儿童剧场的理论建构设置了相当大的难度。

　　当然我们也要看到，在中国儿童剧场发展的过程中，中国的儿童剧场理论虽然举步维艰，但是仍有一些对此充满热情和卓有见识的理论家们在这一领域辛苦耕耘，比如儿童剧理论家程式如、李涵等，他们发表的理论著作为当时所关注的话题做出了独到的诠释和总结，为儿童剧场的艺术实践提供了极大的借鉴和指导。这是值得肯定的，然而这些研究大多比较零散，着力于发现艺术实践中实际存在的问题，并给出解决方案或思想指引，这些零散的思想和观点虽为儿童剧场的理论建设铺平了最初的道路，但并未形成理论体系。儿童剧场理论的进一步发展，及其作为新学科的建立还有很长的路要走。

总体而言，在国内已有的研究中，涉足具体剧目评论的文章较多，对创作进行总结的文章较多，研究儿童剧场发展历史的文章较多，然而对于学科理论的基础——基础理论的建构非常少。同样的状况也发生在国外。国外的儿童剧场理论偏向于社会文化研究、史学研究、戏剧教学和应用型研究，对儿童剧场的基础理论研究同样非常薄弱。然而基础理论关心和探讨的是理论中的一般问题，是理论研究的基础，基础理论的薄弱将会极大影响到理论的自生长性和延展性，不利于理论体系的建构和理论自身的发展完善。

从这个意义上来说，本书致力于儿童剧场的基础理论研究，发现并提出理论发展所迫切要求的根本性问题，回答建构理论的前提性问题，对儿童剧场理论中的基本概念与核心术语进行辨析，厘清概念和概念之间的关系，尝试用核心术语去分析和理解儿童剧场中出现的实际问题，为儿童剧场的理论发展开辟一片新的土地，铲除杂草，翻松土壤，以期待将来儿童剧场的研究者和学者们的继续耕耘与收获。简而言之，本研究所探讨的是儿童剧场理论最基础性的工作，提出切中儿童剧场命脉最根本性的问题，不解决这些问题，进一步的理论阐释就不可能。

在黑格尔看来："每门学科一开始就要研究两个问题，第一，这个对象是存在的，其次，这个对象究竟是什么。"[1]儿童剧场的基础理论中最基础也最核心的问题是：儿童剧场何以可能？儿童剧场是怎样的？前一问题是关系到儿童剧场是否可能存在的生死攸关的大问题，也是理论建构的前提。

---

[1]黑格尔：《美学》第一卷，朱光潜译，商务印书馆，1979，第29页。

在现实生活中，儿童剧场已然存在，剧场工作者、艺术家们与儿童观众在剧场里相遇，为他们奉献了一出又一出风格各异的剧目——儿童剧场的实践已然证明了儿童剧场的可能性，然而从理论上说，儿童剧场还并未证实其合法性，这不同于实践上的证明，而是从逻辑和学理上证明其合法性。唯有如此，才能真正从学术上确立儿童剧场的合法地位，阐明其作为独立艺术形式的合理性，从而具备成为一门新学科的可能。只有在这个问题之上，我们才能进一步追问儿童剧场是什么，儿童剧场是怎样的，儿童剧场和成人剧场的界限到底在哪里，儿童剧场中的成人和儿童各自承担着怎样的身份和责任，种种后续问题的探讨才成为可能。而这些问题将不断深化对儿童剧场的理论认识，达成对儿童剧场的基本概念阐释，从而对儿童剧场在实践和理论领域的继续发展和前行奠定扎实的基础。

一、研究对象

研究什么以及如何研究，这是关系到研究成果的根本性问题。问题本身及提出的方式如此重要，在问题的提出中已然包含着对问题的回答。儿童剧场的学科建立和理论架构的完善还处在初期阶段。在儿童剧场这一学科建立之初，面对理论体系尚未建立，研究思路和方法并不完善的当下，面对儿童剧场实践的丰富和成果远远超过理论建设，但仍存在诸多问题有待解决的当下，面对儿童剧场在当代中国所身处的挑战与机遇并存的大好时机，如何扣准儿童剧场的脉搏，准确地划定研究范围和研究对象，对其提出根本性的问题，并使得基于此问题的思考本身能蕴含更广阔的价值和意义，及其被继续拓展和延伸的可能性，这是一个至关重要的理论选择。

剧场艺术不同于其他艺术活动，有其创作和呈现上的特殊性。剧场研究究竟应该研究什么，这是一个值得被深入思考和关注的好问题。不同的关注点不仅涉及研究对象的表面划分，而且深切地关注到对于戏剧和剧场的内部理解，包括对于剧场观念的概括，对于剧场可能性的探索等诸多方面。已有的戏剧研究往往把戏剧中包含的各种元素加以拆分，分文别类进行研究。比如对剧作家的研究、对导演的研究，对演员、剧本的研究，对舞美设计和技术人员的研究，这是从戏剧内部元素进行研究；也有从戏剧史的角度进行研究，包括对戏剧传统和现代戏剧的研究，以及对当今剧团现状的研究；还有一些研究把戏剧按类型划分，比如音乐剧、木偶剧研究等。然而，究竟什么才是真正意义上的戏剧作品，这一问题历来说法不一。

笔者认为，戏剧作品不仅仅是单一的演员、导演或编剧分工，也不仅仅是舞美、布景、道具等环节，虽然这些都有可能成为被观看的对象，都有可能构成最终的戏剧作品，然而它们都不是整体的呈现。上述的研究角度虽然为儿童剧场的理论研究提供了思路，然而这样的划分也存在一定问题，即戏剧本身虽由这些元素构成，但这些元素并不是互相割裂、互不相关或者只是简单拼凑组合到一起的，而是被放在一口锅中经过高火烹饪蒸煮，滋味互相渗透混杂，你中有我、我中有你那样地被端上舞台的。对单一元素和环节的研究固然能用放大镜式的方式对其进行细致入微地考察，有其自身的研究优势，然而戏剧艺术作为综合艺术，其综合的整个过程，各个元素相互碰撞、共同作用的这一过程本身同样也具有巨大的研究价值。而这一过程恰恰是排练和演出过程——在彩排中剧场工作人员和演员产生合力，而在正式演出时，当观众走进剧场，他们的存在又与演出本身产生大量化学反应，从而形成戏剧现场。对戏剧现场的研究具有不可或缺的重要意义，是未来戏剧研究的可能性方向，虽然这类研究也存在着莫大的困难。因为戏剧现场是转瞬即逝的，难以保留，追述和追忆也不具有完全的可靠性能完整复现当时的现场，再加上现场纷繁复杂、各种滋味融合而难以准确辨别和考量，偶然性和无关因素的发生也会对现场造成一定影响，对研究者的观察和分析造成一定阻碍。然而纵使如此，对戏剧现场的研究都至关重要，势在必行。

艺术作品和审美活动中的艺术作品是有区别的，同一实体，但效用不同。[①] 前者是指作为艺术家创造活动之结果，后者指被欣赏者审美地把握

---

①朱立元主编《美学》，高等教育出版社，2007，第13页。

了的作品。笔者认为，在儿童剧场研究中，这两者的"实体"及其效用都应该被研究。有趣的是，戏剧作品并没有可以被保存下来的"实体"，戏剧作品并不是五感所能感知到的那些元素的集合，而是这一综合体之上的能量的聚集与汇合。这就是为什么现场观看戏剧的效果和通过视频录像观看的效果完全不同。透过屏幕，虽然能够最大限度地还原戏剧演出的现场，然而由于在场而能感受到的能量的聚集、亲密的接触和碰撞、可触摸的真实性所带来的冲击，在不同角度观看所获得的独特体验，由某一特定观众群所营造出的剧场氛围和气场，则是简单的二维屏幕无法复制和再现的。所以戏剧是一种在场的艺术，身体的在场是戏剧展开其魅力的关键。

那么在研究时，我们究竟要研究什么，才能最大化地呈现出儿童戏剧的价值，并且将戏剧现场原生态的保留下来呢？笔者认为，传统对于"儿童戏剧"的研究只关注戏剧创作和演出层面是不够的，无法将观众这一重要的元素包括在内，同样"儿童戏剧"这一概念本身也无法准确地概括出剧目演出与观众在某一时空中相遇并彼此产生碰撞的过程，而这一过程正是理论研究为确立戏剧艺术的综合性真正应该加以关注的。概念的不准确导致了研究范围和研究对象的偏差，笔者认为，应以"儿童剧场"的概念来替代"儿童戏剧"。

儿童剧场这一新概念的提出将会扩展传统戏剧研究的范围，聚焦于"现场"和"当下"的时空交汇，并将对观众的研究囊括其中，对理论体系架构产生有益影响。拙著第一章将详细阐释"儿童戏剧"的已有概念，比较"儿童剧场"和"儿童戏剧"这两个概念的差异，从理论层面上确立"儿童剧场"的研究范围，进一步思考怎样的剧场才是儿童剧场，并试图给出儿童剧场的概念阐释。

需要指出的是，儿童剧场所包括的范围很广，主要包括三个方面：专业的剧场演出、幼儿园与学校课内外的戏剧活动、在日常生活中随处可见的儿童原生态剧场形态。从剧场艺术和专业演出的角度而言，既包括最终呈现在剧场或舞台上的演出，以及观众进行观赏的现场，还包括创作者进行创作实践的整个过程。此外，儿童剧场还包括儿童的日常活动和教学活动，比如将戏剧作为教学手段运用到课堂中的"教育戏剧"和"创作性戏剧活动"，以及儿童日常游戏中所呈现出的具有剧场意识和剧场萌芽倾向的日常剧场，儿童参与学校、早教中心、少年宫等地组织的戏剧游戏、戏剧活动和相关的工作坊。这一范围内的"儿童剧场"正是学科理论体系建构的核心概念，同时也是本书的研究对象。

二、研究目的

本研究最主要目的是为儿童剧场的学科建构提出核心概念，奠定理论前提，确立研究对象和学科范围。

目前关于儿童剧场的已有理论较为零散，不成体系，而且关于基础理论的研究成果少之又少。众所周知，在建构一门新兴学科的理论架构之前，先要完成一系列奠基性的基础工作，包括论证概念和理论的合法性，揭示其理论的前提，建立其理论架构的逻辑起点，这为进一步深入开展详尽的理论研究和探讨奠定了必要的基础。要对儿童剧场进行深入系统的研究，必须首先回答"儿童剧场是什么"或"儿童剧场是怎样的"，这是研究对象的基本问题，然而要回答这个问题，就必须先回答"儿童剧场何以可能"。俗语说"名不正则言不顺"，本书所做的，是为"儿童剧场"正名。

笔者试图以此为切入点，探讨儿童剧场理论研究的核心概念和理论前提，在开展儿童剧场的具体研究之前，首先论证儿童剧场作为科学研究对象的合法性，揭示出儿童和剧场实现联接的多种方式和复杂关系，以此证明儿童剧场不仅在人们的日常生活和实践创作领域中可能存在，同时在逻辑和学理上也有其存在的合理性与合法性，并对其研究对象进行界定和描述，对学科范围进行界定。以此研究为基础，期望能够真正推进儿童剧场的理论建设的后续步伐，实现儿童剧场的理论与实践的双赢和互惠，为儿童剧场的发展和无限广阔的未来贡献力量。

本研究还将提出和阐释儿童剧场的一些基本概念，并将这些概念直接运用于研究论述之中。学科的建立需要一系列基本概念来理解、表达和支撑理论所试图解决的问题，基本概念的产生将对学科的建立和完善起到极为重要的作用，也会对清晰地表述思想、阐释观念、发现问题提供坚实的基础。这些概念主要包括进入剧场、潜在观众、选择延迟、体验式欣赏、无形剧场、能量场等。笔者期望这些概念的提出不仅有益于儿童剧场的理论完善，对于整个戏剧理论的深化也具有一定的增进和补充。

三、研究方法

作为基础理论研究，本书采用的总的研究方法是通过思维哲学来进行论证，因为需要在理论层面上证明儿童剧场的合法性，并从理论上描述儿童剧场是怎样的。当然我们也需要看到现实中已然存在着的儿童剧场的现状及其存在的问题，其自身的发展过程将为理论研究提供一定的视角和实证。所以必要时也会援引现实中的例证，记录和描述剧场的当下和现场，在行文过程中将例证、描述和逻辑论证三者有机地结合起来，以现实中的案例和描述辅以补充论证。

需要特别说明的是，记录和描述剧场的当下和现场将是一种全新的尝试，虽然这种方式已被频繁而广泛地运用于戏剧评论，但在理论研究，尤其是基础理论研究中仍未被明确确立其身份及其在方法论上的地位。基于本书所提出的新的研究范围和研究角度，即需要研究儿童剧场中演出和观众所共同形成的能量场的状态和变化，随之不得不产生与之相适应的新的研究方法。

在运用这种方法之前需要了解的是，剧场是瞬息万变的，每一个当下和现场都不尽相同，甚至在同一出剧的不同演出场次中、在同一场次的不同时间段中，剧场都将以不可预计的方式变换其自身。同样的，研究者也将要面对变换无踪的研究对象这一大难题，从错综复杂的剧场现场的相互关系里发现其中的趣味、值得关注的元素和层面，从中总结和抽象出可供分析和解读并进入理论层面的概念。这是儿童剧场理论对研究者提出的要求和挑战，这也将是近距离感受和观察剧场，甚至身处剧场之中发现剧场和反思剧场的一种研究思路。笔者认为这种研究方式对于研究新的概念(儿童剧场)所提出的新的理论问题(儿童剧场是怎样的)是必须的,也是必然的,然而其自身所具有的特性也需要被了解。所谓记录和描述,不可避免地带入了描述对象的偶然性和个体性,也不可避免地渗透进了观察者和描述者的主观性,这种偶然性和主观性需要以长时间的对儿童剧场的观察、体验和记录作为背景才可以总结和提炼自身,以尽可能地回避掉偶然性和主观性所带来的不确定因素和不可靠判断,这就要求研究时间和经验的逐步积累,以及对儿童剧场的高度熟悉及透彻理解作为支撑。

也许有人会提出,为了解决剧场的一次性和不可复制性的特点给研究带来的不便,可以将剧场现场加以录像或录音,以备将来继续研究之用。笔者认为,通过视频或音频资料去研究剧场固然可以成为实地研究的一种方法,也具有一定的显而易见的优势,主要在于它可以反复观看或收听,便于进行深入地探讨和分析,然而这种记录和保存却是不得已而为之。通过视频和音频固然可以获得某些相关信息,然而却难以复刻下剧场的全貌和其真正的氛围与精髓,真正的剧场是被保留在演出的当下,在每一个现场和每一个瞬间的爆发与流逝中。所以在不得不通过视频或音频进行资料保存和研究时需要保持警醒,即意识到这一通过视频或音频播放的演出形式与真实发生在剧场之中的"演出活体"的状态是不同的,其中最大的不同或许正是被我们称之为"生命力"的神秘之物。

此外,由于儿童剧场密切关系到儿童和剧场的联接,故而本研究会借鉴已有的戏剧和剧场的相关理论对儿童剧场的基础理论进行思考和建构,同时也会借鉴儿童文学、儿童心理学和教育学的相关理论。因儿童观的改变而诞生的儿童文学力求在整个文学体系中占据一席之地并逐渐成为一门独立学科的发展历程,或许能为儿童剧场的未来发展提供重要的借鉴意义,而儿童剧场作为戏剧和剧场理论的一个旁支,在其理论框架之下也会发现相似之处及自身的特殊性,已有的戏剧和剧场理论将会为儿童戏剧的学科建构提供灵感和思路。

以上是本书所运用的研究思路和方法。然而对于儿童剧场的学科建构,合适而多样的研究方法至关重要，除了上述研究方法外，儿童剧场的后续理论研究还可以借鉴各不同学科及跨学科的研究方法。剧场艺术历来被称为是综合艺术的特质，加之儿童剧场所提供的儿童和剧场各不相同的联接方式，这就使得对儿童剧场的研究很有可能会整合各学科中不同的研究方法进行综合研究；或者运用跨学科的研究方法，以适应于不同的研究目的、研究对象，以便取得不同层次、不同角度、不同面向的研究成果。

四、研究意义

本研究致力于提出儿童剧场的核心概念，揭示其理论前提，对研究对象进行界定，具有相当重要的理论价值和实践意义。其理论价值主要表现在：

第一，提出了"儿童剧场"这一概念，指出其与传统概念"儿童戏剧"之间的差别，极大地扩展了儿童剧场的可能性；将观众放入到观演关系的核心位置，而不再是以往只能被动接受的观赏者；有意识地将儿童剧场作为整体进行观察、记录、描述和研究，而不是将各个戏剧元素或戏剧环节割裂开来进行研究；提出了新的研究方向和研究角度，即剧场的"当下"和"现场"，及围绕在无形剧场之中的"能量场"，这是颇具意义的一大突破。同时对于非专业的剧场演出，即发生在学校、教室和日常生活中的儿童剧场同样给予关注。

第二，从理论上论证了儿童剧场何以可能之可能性，从儿童作为观众、作为创作者和作为表演者的角度探索了儿童和剧场的可能性联接，为儿童剧场正名，以此奠定了儿童剧场理论建构的基础之基础，为后续研究铺平了道路。

第三，以问题的转换为依托，对儿童剧场进行新的审视，从"儿童剧场是什么"的传统问题到提出"儿童剧场是怎样的"这一新问题，试图描绘出儿童剧场的典型面貌及其多样性和可能性，不但划定了研究对象的视野范围，而且呈现出了儿童剧场的特质和魅力。

第四，对于儿童剧场和非儿童剧场的分界的探讨，以及对于儿童剧场中成人与儿童各自身份的探讨将会把儿童和成人及其在剧场中的复杂关系加以细致分析和研究，提出儿童剧场和非儿童剧场的根本区别不在剧目内容、主题情节、人物表演或演出形式上，而在于儿童剧场的无形空间也就是能量场与非儿童剧场不同。这一发现将极大地促成对于"儿童剧场"这一核心概念的深刻理解，对于成人观众和儿童观众如何体验和感受剧场提供具有建设性的意见和观念上的革新，描绘出儿童剧场的边界和可能性蓝图。同时，从内部考量儿童剧场的具体形态，发现儿童和剧场的可能性联结和方式，提出儿童剧场理论建构的三大支柱。

第五，关于儿童剧场基本概念的提出将会帮助人们更准确地去了解理论所阐释和试图解决的问题，作为一种阐释和分析问题的有效工具，这些概念将不断地被运用于研究实践过程，从中寻找并丰富自己的内涵，并接受儿童剧场实践的考验。

其实践意义主要表现在：

第一，对于儿童剧场的基础理论研究所涉及的关于儿童、成人和剧场这些根本性的问题，将从根本上改变因历史和各方面原因而形成的人们对于儿童剧场的传统观念和认识，拓展人们对儿童剧场的要求和渴望，更了解自身期望从剧场中获得什么，更懂得与剧场进行对话和交流。这样从某种程度上，我们就培养出了懂得欣赏儿童剧场或者说会有意识地关注自身在剧场中的欣赏状况的成熟的观众。这些观众尽管大多数是成年人，却可以在选择剧目、看戏时间和座位时更多地征询儿童的意见，引导儿童进入看戏的准备和期待之中，同时他们在带儿童进入剧场之后也会根据自身所承担的责任照顾儿童，并作为独立的欣赏者观看儿童剧场，他们对儿童剧场不怀偏见，愿意从中享受回到童年的自由。这样的成人观众不仅会对相应的儿童观众产生良好的影响，也将对儿童剧场的长足发展起到较好的推进作用。

第二，这一理论建构促使儿童剧场的创作者和实践者从一个完整的视角去反思和审视儿童剧场，包括对儿童剧场的已有观念是如何受到时代的要求和挑战，需要如何转变，理论上的深入探讨将会帮助剧场创作者和表演艺术家们重新思考儿童剧场的价值和意义，寻找适合或超越当代的艺术表现形式，并为其力求创新的创作实践过程提供一定的理论支撑和指导。

第三，基础理论的探索和发现将会对儿童剧团的组织者和领导者在引领剧团的发展方向、组织和管理相关演出项目的过程中提供一定的借鉴意义和参考价值；对于儿童剧团负责后期市场、产品包装和宣传策划的部门相关人员提供新鲜有益的思想和基本的观念；对于舞台制作和技术支持部门的相关人员，甚至对于儿童剧场顺利运营所必须的剧场服务人员和检票员，都有益于他们从观念上重新认识儿童剧场，有利于他们的本职工作有效而超常的完成。

第四，对于非专业的儿童剧场，即发生在学校、教室和日常生活中的儿童剧场的相关人员，比如老师、家长、学生等，他们对于自身所参与的儿童剧场的自觉意识将会影响他们参与的热情和方式，同时为他们进一步接受这一教学方式和游戏方式，及其对于他人和自身的意义有更深刻的了解。

综上所述，上文所提及的所有这些人共同促成了儿童剧场的最终实现。无论他们的职位多微小，对剧场和剧目的影响多么间接而令人察觉不到，他们都以自身的方式和儿童剧场产生关联，共同影响着剧场的真实效果和对剧场的体验，共同左右着当今儿童剧场的发展和走向。他们的身上肩负重任，无论他们自身是否意识到，而儿童剧场基础理论正是从根本上为他们提供新的思想、新的意识、新的创作方式和演出方式，总结已有的经验教训，保留出色的优势，发现其中存在的问题，以期望有所修正和精进，从而在真正意义上全面推动儿童剧场的实践。

尤其需要指出的是，儿童剧场的特殊性使得理论研究对实践的指导尤其迫切而重要。我们知道，一般剧团会通过观众反馈对剧目进行不同程度的修改，这种修改的力度和内容将会极大地影响到下一轮的演出。这样的修改过程可以不断持续下去，也可能在某一次结束。然而只要剧目有机会被重新搬上舞台，新一轮的观众反馈和修改就将持续而来。这是剧目改进自身的方式——通过和观众的交流，接受不同的观众的意见，倾听来自不同人的声音，择其有益，改进自身，完善自身。而在儿童剧场中不可避免地面临着一个问题，就是在倾听观众反馈和进行修改的过程中，儿童观众所能给予的反馈相对来说是比较少的。目前我们暂且不考虑收集反馈信息的方式和难度，这还只是技术上的问题。儿童观众，尤其是学龄前儿童，往往无法给出大量有效而有价值的意见，不仅在看戏的当下，也包括之后长时间的反思。即使他们有这样的想法，可能也是模糊的，不成形的，难以通过他们自己表达出来，为他们表达水平和能力所限。那么，为儿童演出的剧团该如何改进和发展他们各自的剧目？儿童剧场理论在这里就为他们提供了一些支持和帮助，而且这些帮助会很切实地影响到他们的继续创作，这是当今时代特别需要的：理论的匮乏，而相应的实践又格外需要理论的指导。

　　儿童剧场的理论通过理论自足和实证研究的不同研究方法与儿童观众发生真实的联系，并由此不断总结概括，分析描述，以形成具有一定典型性和代表性的观点和见解，进而为创作者和儿童观众的沟通提供有效帮助。当然我们也应该看到，理论对实践的指导并不是直接的（毕竟研究和创作是不同思维模式下的两种艰难的创造过程），理论所得或许并不能直接运用于剧场实践，然而理论却可以通过对儿童剧场的理性思考达成对儿童观的深化，包括儿童剧场需要怎样的剧目，儿童可以接受的剧目是怎样的，哪些剧目或许并不为他们所喜欢却能给他们留下深刻印象……通过对这些问题的直接观察、记录、描绘以及深入思考和直面叩问，深化对儿童剧场的了解，这无论对儿童剧场的创作者和表演艺术家还是观众和评论家而言，都是卓有益处的。同时研究还可以通过各种方式收集资料和信息，对儿童剧场所呈现出来的各种现象作切实的观察和分析，这将为总结概括儿童剧场中出现的问题，及时解决这些问题，贡献出不可小觑的力量。

　　此外，笔者还想提及在当今电子媒体时代研究儿童剧场的特殊意义。波兹曼在《童年的消逝》一书中说："印刷的书，比其他各种设备都更能把人从此时此地的控制中解放出来，印刷品使事件变得比他本身更有影响。"[1]书籍作为一种传播方式被建立起来，随之电影、网络作为新媒介的产生拓

---

①尼尔·波兹曼：《童年的消逝》，吴燕莛译，广西师范大学出版社，2004。

展了这种能在传播过程中影响形式的方式。与之相比，剧场则不同，剧场是此时此地的艺术，戏剧的现场性使其获得了与新媒介笼罩下的各类艺术形式全然不同的特质与方法，在现代社会中为人们带来切实可感的真切体验，它不是依赖荧幕或电脑，而是在已有的空间之上建造起另一个"无形空间"，使观众与演员直接面对彼此，将所要表达之事物予以呈现的方式。剧场所呈现的是可感知的、可触摸的现实，有别于抽象的、虚拟的艺术形式和空间及其所带来的意味和感受。剧场可以运用各种道具，这些道具可以直接出现在日常生活中，也可以突破其在日常生活中的功用而具有别样的意义和内涵，剧场也可以不运用任何道具，甚至不布置真切的舞台背景，而只是提供简陋的空间让观众去想象。总之，在剧场中可以选用任何一种形式，然而有一样事物是戏剧舞台不可避免地需要的，可以说，没有他，剧场就不可能成为自己，难以用任何其他方式加以呈现，只有这一样事物是剧场无法割舍的，那就是"身体"。剧场无法离开"身体"而存在，身体是剧场空间中切实可感的元素和材质，剧场可以没有道具，没有舞台，没有布景，却无法没有"身体"。

在这里，先让我们来探讨关于"身体"和"演员"的区别。演员是作为个人，应戏剧中的角色需要而存在的，当然不可否认，绝大多数剧场都需要演员。没有演员，由谁来表演呢？然而，演员是就和观众相对应的观演关系而存在的，演员指的是表演某一角色的独立个体，这一个体是可以脱离剧场而存在的，也就是说，即使戏演完了，演员也仍然存在，他们会出来谢幕，从这个意义上说，演员更像是一种身份，而不是剧场的一个元素。如果就戏剧作品本身而言，如果我们将其看成可以把观众和创作者与作品割裂开来的艺术品的话，我们就能发现，演员的材质，最基本的本质就是"身体"，这是指活的，具有生命的，可移动可行为的身体。当然，除了身体，演员还借助于声音来表现角色。剧场提供了观众相遇的空间，真实的观众、真实的身体呈现和声音呈现，不是通过电脑或电视，不是通过荧幕或任何二维平面，而是真实的、可感知的，具有实体能量的身体和声音。

或许有一天，当电子媒体和虚拟世界极大地进入人们的生活，剧场和剧场空间或许会成为电子媒体时代留存下来的最后一块人与人直接面对和彼此接触的可能性空间，或许我们也可以这样说，这是网络虚拟空间之外人们彼此保持直接联系的最后一片净土。但这很可能只是我们的幻想，新媒体交互、网络虚拟和数字化技术以不可阻挡的力量进入到人们的生活里，敏感的艺术家们更是早早就感受到了这种召唤和转变，而在各自的艺术尝试中将其进行表现。开源戏剧的提出和尝试或许正是其进入戏剧领域的一次探索，或许将来有一天"身体"也可以被取代，影像会席卷戏剧，模糊其与电影的界限，观众不在此时此地，而在另一个时间和空间里观看。这一切或许会在不远的未来到来，但它只可能成为剧场的一种形态，而无法取代所有其他的可能性。从这个意义上来说，如今的儿童剧场所提供的这种真实的相遇，身体能量的接触和碰撞，就是在一个假定性空间（剧场空间）中被激活的过程，对于逐渐熟悉、喜好甚至开始依赖新媒体与虚拟网络的儿童观众和成人观众而言，儿童剧场都将成为必不可少的珍贵体验。

五、基本概念

下面将对书中所涉及和运用到的一些基本概念和核心术语进行简单介绍，这些基本概念和核心术语都是与儿童剧场相关的术语表达，主要包括儿童剧场、进入剧场、潜在观众、选择延迟、体验式欣赏、无形剧场、能量场。其中儿童剧场的概念是理论研究的核心术语，在第二章将会有细致的论述，这里不再谈及。此处所提及的基本概念在之后的章节中也会有比较详细的分析，并以此对其他关键问题进行阐释，这里仅做提纲挈领式的提出。

1. 进入剧场

"进入剧场"看似只是个日常化的词汇，在这里笔者将赋予其多层面的理论意义，作为与儿童剧场密切相关的专业理论术语进行表达和运用。书中第二章将对"剧场"一词进行细致分析，这里暂且略过。

从字面上理解，"进入剧场"是指检票之后走进剧场大门，这是这一概念的表层含义。此外，"进入剧场"还包括深层意义上的进入，即心理和精神上的进入，主要指进入剧目所预设的情境和投入到剧场所营造的氛围与能量场之中，是某种具有仪式感的精神状态。具体来说，"进入剧场"是指在剧目的呈现中逐步投入到剧情之中，充分感受人物的情绪和体验，感受故事情节的召唤和触动，同时将自身与剧场氛围保持敏锐的联系，与剧场所蕴含的能量保持通畅的状态，有时也会因此对剧场产生一定程度的期待和热情，对舞台上的所见、所闻、所思、所感保持敏感和好奇等精神状态。

2. 潜在观众

先来看"观众"这一概念。观众是一个简洁有力的词汇，它显示出汉语的犀利和意味深长，具有分析的价值。观众字面上可以分成两个字，"观"和"众"，它暗示出这样的观念：剧场所面向的并不是一个单一的观看者，而是作为整体的观众群，然而这一观众群体同时又是一个个独立的观看者，他具有独立的思想和意识，能对剧目作出独立判断。剧场将这些独立的观看者在某一时刻聚集到一起，在共同的时间"当下"和空间"现场"中观看同一场演出，他们可能会获得完全不同的个人化体验，与此同时这样的时空融会贯通成为一个整体，而这一整体正是由剧场里发生的一切围绕而成的一个"无形的能量场"。个体观看者成为在整体之中独立存在的个体，同时也是整体的一部分，和整体保持既独立又从属的微妙关系。

再来看"潜在观众"。笔者所提出的"潜在观众"包括几层含义：第一层含义是指尚未进入剧场但有资格和可能进入剧场的观众；第二层含义是指并不是某一剧场的主要观众群，然而却蕴含着成为这一剧场的主要观众群的潜力和可能，比如说儿童观众对于成人剧场而言就属于潜在观众，因为儿童观众虽不是成人剧场主要针对和面向的观众群体，但他们是将来有望成为较为成熟的成人观众的潜在观众。

需要注意的是，潜在观众是个相对概念，也就是说，并不是在这个剧场中是潜在观众，在其他剧场中就也算潜在观众了，潜在观众是根据相应的剧场而被赋予的身份，也可能因为不具备相应的条件而被取消这一身份。比如对于儿童剧场来说，成人观众是潜在观众，而对于成人剧场来说，成人观众就不是潜在观众了，儿童观众成为潜在观众。

3. 选择延迟

"选择延迟"是当代中国儿童剧场的主要观众（即儿童观众）所面对的一种普遍现象，这是由儿童剧场的特殊性造成的。儿童观众与儿童剧场的选择关系和一般的成人观众与儿童剧场的选择关系是不同的，和一般的成人观众与成人剧场的选择关系也不相同。这主要是因为，儿童虽然是儿童剧场的首要观众，然而由于他们的年龄、消费能力等各方面的原因，他们对剧目往往没有选择权也没有决定权，在进入剧场之前他们可能也并没有获得任何关于演出的信息，更没有形成任何观赏期待。这和成人观众进入剧场的方式是完全不同的，成人会按照自己的需求和爱好来选择剧目，他们是出于自愿进入剧场，并且怀有相对比较明确的期待，知晓进入剧场之后将会遇到什么。单从这一点上来说，儿童观众进入剧场观看演出所面对的挑战就要比成人观众大得多。

虽然如此，笔者想要说明的是，儿童观众并不是不能选择相应的剧场，而是选择机会延后。对他们来说，对演出的接受与否的选择权是在剧目开场之后的一小段时间内完成的，对于这出剧是否有趣，是否满足自己的需要，儿童会自行做出判断。这就是所谓的"选择延迟"现象。也就是说，如果儿童从一开始的试看中（时间长短根据不同儿童的年龄段和性格习惯而定），发现这出戏并不适合自己的喜好，那么他们很有可能开始坐立不安，注意力不集中，难以进入规定的戏剧情境，这便是儿童观众对于剧场所做出的某种选择。但这种选择并不意味着他们会离开剧场或完全的拒绝演出，而是以比较缓和的方式呈现出来的。除非发生某些极端情况，否则儿童观众即使无心观看演出，他们也不会主动告诉成人观众，或者要求离开，这就使他们有机会继续留在剧场里看完整场演出。此时的儿童观众拥有再次选择的权利，某种程度上也可以说，选择被再一次延后。随着演出的进行，他们可能会改变原先的判断，慢慢开始认可和喜欢这部戏，逐渐投入到剧情之中。但也很可能发生这样的状况：由于剧目常常前后情节互为连贯，存在因果联系，如果前面的情节没有了解，那么之后的故事也很可能会看得一头雾水，于是就会有一部分儿童观众因为前期的否定判断而注意力不够集中，以至于错过某些重要的信息，一旦他们想要再次关注演出时，要进入剧目所规定的情境就会遇到更大的困难，以至于他们越来越无法理解情节的发展，更无法体会人物的感情。没有剧场经验的儿童往往会出现这样的状况。

　　然而不可否认，儿童观众会以自己的方式做出判断和选择，他们对呈现在眼前的戏剧进行即时判断，他们对剧场的选择是在剧场中完成的。虽然这一判断与选择可能并不完全是在清晰意识下做出的，有时也不仅仅因为剧目造成，而是会受到许多偶然因素的影响，比如说儿童观众突发的心情不好，与父母争执，闹矛盾，都会影响到他们对剧目的选择。带儿童看戏的过程本身也是一台戏，并不是一般人意料之中的一帆风顺，而是一波三折的，种种看戏途中的偶然因素都可能会影响到剧目的欣赏，这恰恰是剧目的创作者和演出者无法预计和应对的偶然和突发状况。

　　同时要指出的是，"选择延迟"现象会对儿童观众进入剧场造成一定的阻碍，这一现象是可以避免的。有的儿童观众直到大幕打开才知道这个戏是外国人演的，说明他是十分被动地被带入到剧场，被动地欣赏一台戏，毫无心理准备和预期。还有在国内看戏时，迟到的家长很多，有时剧目开始半小时还有家长带孩子进入剧场。迟到的原因可能是因为出门稍晚，或者没有计算好路上的时间，匆匆忙忙地，不仅没有预留出充足的进入剧场、安静下来准备看戏的时间给孩子，有时还会错过关键的开头，这往往会对儿童观众的欣赏造成巨大阻碍。为了达到普遍的观赏效果，这样的情况是应该着力避免的，同时为了尽量减少选择延后的时间，最好能提前赶到剧场，带孩子熟悉剧场的环境，观察此次剧场的布置，或者提供给孩子演出的信息，把看戏前的时间尽可能地利用起来，让他们能更容易地走进剧场。此外家长还可以让作为潜在观众的儿童更多地参与到剧目的选择中，让他们了解剧目的内容、风格，获得相关的信息并拥有一定自主的选择权。

4. 体验式欣赏

一般观众在观看演出之后都会获得一定的观戏体验，这种体验有时直接产生于演出的当下，有时来自于结束后的回味，有时甚至产生于多年之后的回想之中。观戏体验需要观众自身的意识去感受和体会，有时他们也会产生强烈到需要去表达和分享的意愿，而有时则可能只是在心里泛起一丝不易察觉的涟漪，也有一些剧目可能根本不会触动到他们的内心，另一些演出或许会让他们愤愤不平，让他们觉得创编或表演效果太糟糕。总之，每一场戏都可能会形成不同的观戏体验，每一位观众对同一部戏、同一场演出的观感都可能完全不同。

剧场本身是偏重于体验的现场，然而与此同时剧场也可以非常具有思考性。体验式欣赏固然在成人观众的观戏过程中同样有所体现，但成人观众对此并不持强烈的依赖性，体验式欣赏只是成人观众欣赏戏剧时的一种方式。而儿童剧场由于观众的特殊性，他们的观戏体验与成人观众可能会存在差异，儿童剧场本身也大多不属于偏重思考性的剧场，而是偏重体验性的剧场。笔者认为，从欣赏方式上而言，儿童观众主要且普遍采用的方式是体验式欣赏。体验式欣赏是儿童观众自发形成的观戏策略，他们运用这种方式达成对剧目的深入理解和欣赏，体验式欣赏使他们对演出的人物、处境或故事具有强烈的代入感，能从中体验到与他们切身相关的某种境遇和情绪，从而在自我和戏剧之间建立牢固的情感联系，进而显示出对于剧场的极大热情和参与度。当然也要考虑到，不同儿童的年龄差异使之对体验式欣赏策略运用的频率和技巧都可能存在相当大的不同。

5. 无形剧场

现实中剧场的形态多种多样，无法一概而论，在具体的建筑空间，在室内或室外，在私密或公共场所，甚至在日常生活之中，凡是有观演关系存在的空间，剧场就存在。"剧场"有时呈现出一定的物质形态，外在表现为建筑物，内在表现为一定的剧场设施和结构，这就是有形剧场（也称"有形剧场空间"），有时则是无形的，这就是无形剧场（也称"无形剧场空间"）。也就是说，剧场并不仅仅是划定范围的固定的有形空间，某一空间可能在某一时刻被当作剧场使用，而在下一刻就不再成为剧场，只要观演关系消失，承载观演关系的"剧场"也就消失了。这是无形剧场第一层涵义：可能并不存在已建造完成的剧场建筑和内部设施（即剧场的有形空间），却在某一时段被作为剧场来使用，从而形成一定的观演关系，这样的空间可以被称为无形剧场。

同时无形剧场也指在剧场有形空间之上，在观演关系中所生成和变化着的戏剧与观众之间的合力所产生的能量场，这是无形剧场的第二层含义。关于能量场的概念下文还会提及。也就是说，有形剧场空间无论是否有演出都始终保持原样没有改变，然而演出的正式上演和观众进入剧场却会对剧场产生至关重要的巨大影响，这正是在无形剧场领域产生的变化和影响。

无形剧场和能量场的概念之间存在密切联系。从无形剧场的层面我们才能真正切实地讨论充满于剧场有形空间之中那看不见、摸不着但确实存在的形态、氛围和力量到底是什么，并借助于能量的概念给出解释，称其为"能量场"，当然随着其他领域的新概念的生成，对无形剧场空间的阐释也可能会被刷新和深入。能量场和无形剧场的概念存在区别，其区别主要在于，能量场不仅限于剧场，是对于整个世界、万事万物表现形态的一种理解，而无形剧场是从空间概念的有形和无形角度对剧场形态所做的区分，两者是探讨不同问题和从不同角度探讨问题的产物。

6. 能量场

能量场如上所述，是从能量角度研究剧场无形空间的一种方式。平日的剧场是如此安静，能量处于睡眠状态，犹如平静的湖面。而当演出即将开始，观众涌入剧场，剧场中所聚集的能量场就会被激发和唤醒，呈现出完全不同的状态，等到演出开场，随着剧目的演绎和观众的不同反应，能量场不断在变化发展着。流动的能量敏感地接受着来自剧场中各个方面、各个环节、各个角度的任何元素，既包括那些已经经过前期设计并固定下来的元素，也包括那些由于偶然性而产生的元素，形成由能量产生与传递而造就的"场"。从某种意义上来说，每一场演出的能量场都是不同的，演出的每一时刻的能量场也不尽相同，而是处于不断的变化流动之中。

　　本书第五章将详细论述儿童剧场和非儿童剧场的根本区别不是剧目内容、主题情节、人物表演或演出形式上，而在于儿童剧场的能量场与非儿童剧场不同，呈现出极大的特殊性。作为戏剧演出和观众合力的能量场，将可以解释无论儿童在剧场中是作为演员或是作为观众，其与非儿童剧场的普遍差异，同时也可以解释在日常生活和教学层面因为儿童的参与造成的儿童剧场的显著特质。儿童的存在感，儿童面对剧场的方式和他们参与剧场的方式，是他们自身能量的体现、彰显和传递。

目　录

第一章　儿童剧场理论发展综述 / 001

　　一、国内外儿童剧场研究概述/ 001

　　二、史学研究/ 005

　　三、艺术研究/ 010

　　四、教育研究/ 017

　　五、研究中存在的问题及原因分析/ 021

第二章　从儿童戏剧到儿童剧场 / 025

　　一、儿童戏剧的概念反思/ 026

　　二、新概念：儿童剧场的提出/ 040

第三章　儿童作为观看者的可能性 / 065

　　一、儿童的视觉发展/ 066

　　二、从商品消费看儿童作为观众的可能性/ 067

　　三、从艺术欣赏看儿童作为欣赏者的可能性/ 076

第四章　儿童作为行动者的可能性 / 089

　　一、儿童的动作发展/ 090

　　二、从创造潜能看儿童作为创作者的可能性/ 093

　　三、从观演关系看儿童作为表演者的可能性/ 102

　　四、从演员培养看儿童作为演员的可能性/ 107

第五章　儿童剧场和非儿童剧场 / 113

　　一、问题的提出/ 113

　　二、能量场/ 118

　　三、根本区别与分界/ 126

四、其他区别 / 147

第六章 儿童剧场是怎样的 / 153

　　一、国内外儿童剧场的典型面貌个案比较 / 156

　　二、创作演出：戏剧与文本的结合与背离 / 162

　　三、观众欣赏：懂或不懂之间——体验式欣赏 / 168

　　四、儿童剧场的先锋性：后现代儿童剧场 / 184

第七章 结论与展望 / 189

　　一、结论 / 189

　　二、展望 / 192

参考文献 / 195

后　　记 / 201

第一章　儿童剧场理论发展综述

一、国内外儿童剧场研究概述

随着五四时期中国儿童戏剧在校园中萌芽，专业儿童剧团建立并持续进行演出实践，在新中国成立之后，逐步形成了对于儿童戏剧的讨论及其在理论上的初步探索。这一探索在新中国成立初期比较薄弱，直到 1981 年 11 月，文化部少儿司和中国剧协联合在北京召开全国儿童剧创作座谈会，对本年度内创作完成的 37 个剧本进行讨论，并给出建议。[①] 随后的 1982 年，首届全国儿童剧观摩演出在北京召开，为儿童剧工作者提供了互相交流、探讨和协作的平台，同时在此期间召开了一系列儿童戏剧理论探讨会，对儿童剧的基本问题进行了深入的探讨，主要针对的问题包括：什么是儿童剧、儿童剧的艺术特点两大方面。虽然这些基本问题在目前看来仍然具有反思的必要，然而在当时这是具有里程碑性质的研讨，大大弥补了我国在儿童戏剧理论领域内的空白，开创了中国儿童戏剧研究者对此领域研究的长远之路，既是中国儿童戏剧理论史上的星星之火，也是中国儿童戏剧理论史上具有重要意义的大事件。同年（1982 年）12 月 2 日，中国儿童戏剧研究会正式成立。第一届理事长为任德耀，中国儿童戏剧研究会

[①] 李涵主编《中国儿童戏剧史》，中国戏剧出版社，2003，第160—161页。

理事会聘请程式如为儿童剧理论研究部部长。

中国儿童戏剧研究会作为儿童戏剧工作者的学术性研究团体，明确提出研究范围是：专业儿童戏剧的创作、导演、表演和舞台美术诸方面的问题。[①]研究范围的明确在当时具有进步意义，聚焦性强，对儿童戏剧作为艺术的发展提供了有力的支撑，当然也要看到这一范围显示出的研究对象的局限性。作为致力于研究中国儿童戏剧的全国性学术团体，应以推动中国儿童戏剧理论发展作为其根本目标和动力，研究范围的局限性将会对研究空间和研究可能造成限制与萎缩，不利于中国儿童戏剧理论的开展和增进。而造成这一局限性的根本原因在于时代造成的对儿童和戏剧的可能性关联、对儿童戏剧发展方向的有限认识，而这一认识在当代将有望获得极大的更新与拓展。

80年代的中国儿童戏剧研究会在领导和促进儿童戏剧研究方面做了大量工作。首先联合各地剧团，积极举办创作探讨会，并出版报刊和书籍。其中编撰出版了不定期的《中国儿童戏剧报》，主编《儿童戏剧研究论文集》[②]《优秀儿童剧剧作选》等书籍，其中《儿童戏剧研究论文集》是全国第一部儿童剧研究论文集。同时研究会还组织了多次儿童剧创作研讨会、理论研讨会和剧本讨论会，还选择优秀儿童剧剧目进京演出和开展剧目研讨活动。下文将逐一介绍这本研究论文集和主要的研讨会，从中我们可以看出80年代儿童戏剧研究者们关注的话题。

《儿童戏剧研究论文集》主要收录了第一届儿童剧观摩演出期间的研究论文，分为儿童剧理论研究、儿童剧艺术经验总结两部分编写。前者收集了儿童剧专家和理论工作者们探讨儿童剧特点和创作规律的论文，内容涉及剧目主题、儿童情趣、儿童形象和成人形象、题材、体裁和样式一系列问题，这些文章总体而言都有一个显著的特点，即非常注重儿童观众的存在和需要，这是很值得肯定的。此外书中还显示出这样一种倾向，众多儿童文学作家如葛翠林、陈伯吹、叶君健、洪汛涛等纷纷观看演出并撰文，

①李涵主编《中国儿童戏剧史》，中国戏剧出版社，2003，第208页。
②中国儿童戏剧研究会主编《儿童戏剧研究文集》，中国戏剧出版社，1987。

为儿童剧理论注入了新鲜血液和来自儿童文学的远见卓识，这同样也是可喜的现象。此外书中还刊登了全国儿童剧观摩演出优秀剧目的编剧、导演、演员的经验文章，这些文章是艺术家们多年来在儿童剧艺苑辛勤耕耘的宝贵收获。

1984 年 7 月 25 日至 8 月 9 日，第二次全国儿童戏剧创作座谈会在烟台召开。会议讨论了如何加强儿童剧创作的时代精神，如何塑造 80 年代少年儿童的典型形象，并对 80 年代小观众的特点等问题进行讨论。1986 年 6 月 5 日至 12 日，全国性的儿童戏剧创作研讨会在沈阳召开，会议分析了儿童剧的生存状况和存在的问题。与会者普遍认为当前儿童剧创作艺术思想不够活跃，优秀剧目不多，存在主题直露、人物虚假、剧情单薄、手法陈旧等问题，公式化、概念化、雷同化都比较突出，"教育工具论"的影响还未彻底清除。1987 年 8 月，全国儿童剧研讨学习班在大连举行，中心议题是如何改进专业戏剧团体的管理与提高儿童剧创作质量。1988 年 2 月，题为"为了儿童剧的起飞"第一次理论探讨会在京召开，就儿童戏剧的现状及发展方向做了探讨。与会者认为，儿童戏剧目前仍处在队伍小、数量少、剧目质量差的境况中。理论队伍虽已初具规模，但力量仍旧薄弱分散，提出儿童戏剧应和成人戏剧做横向比较，应深入生活，剧作家应了解儿童的心态和特点等观点。同年 11 月，在杭州举办了为期十天的剧本讨论会，对 16 个儿童剧新作逐一进行讨论。[①]

进入 90 年代，研究领域最大的成果是儿童戏剧个人专著的出版和儿童剧刊物的兴办。中国儿童艺术剧院出版"儿童戏剧系列丛书"，由副院长李庆成主编，共有三本，包括程式如的个人专著《儿童戏剧散论》(1994 年)、剧作集《欧阳逸冰剧作选》和《〈马兰花〉的舞台艺术》。中国福利会儿童艺术剧院出版了《任德耀剧作选》《任德耀研究》，均由副院长李涵主编，同时李涵还出版了个人专著《儿童戏剧艺术的魅力》(1997 年)。[②] 程式如和李涵的个人专著的出现具有重要意义，这标志着中国儿童戏剧研究的一大

①李涵主编《中国儿童戏剧史》，中国戏剧出版社，2003，第271—273页。
②李涵：《儿童戏剧艺术的魅力》，中国戏剧出版社，1997，第358—359页。

进步，儿童戏剧理论家的姿态已经开始崭露头角，但是同时也应该看到，这两本著作均为短评的结集，对儿童戏剧中的某些重要问题进行了探讨，但还未形成儿童戏剧的理论体系和框架。

此外，专业刊物的出现为儿童戏剧的理论研究开辟了发表的空间，这是非常重要的一大举措。中国福利会儿童艺术剧院于1991年率先创办了《儿童剧》，一年4期，当时的主编为李涵。这份刊物至今还在出版之中，虽是内刊，但保存下了大量儿童剧发展的足迹，包括实践总结、剧目评论和理论探索方面的文章。还有中国儿童研究会创办的内刊《中国儿童戏剧通讯》，诞生于1994年，可惜由于经费原因，出了6期就停刊了。①

90年代先后召开过两次全国性的理论研讨会。一次是1994年中国儿童戏剧研究会代表大会暨信息交流会，邀请中国社科院、中国青年艺术剧院的专家做关于"儿童戏剧美学"和"俄罗斯儿童戏剧情况"的报告发言，可以看出儿童戏剧界借助其他学科的力量和国外的戏剧实践建构自身的尝试，这是值得赞赏的。另一次是1997年全国儿童剧创作研讨会，中心议题为"儿童剧和当代儿童"，提出面对即将到来的21世纪儿童剧应该如何重塑自己的形象这一新问题，并邀请中外戏剧、儿童影视、文学理论、少儿问题等专家讲学。会议指出，儿童剧创作队伍比较薄弱，理论队伍更为薄弱，创作思想相对滞后，文学底蕴还嫌不足，舞台艺术也还不够讲究等面临的问题。②

进入21世纪之后，儿童戏剧的理论研究有了新的发展，尤其是近年来其前行的步伐略有增速，研究性的学术论文有增多趋势，某些非专门研究儿童剧的学术期刊和杂志发表的儿童戏剧文章也日益增多，且研究领域开始涵盖到儿童戏剧的不同侧面，不仅局限在舞台艺术领域，也扩展到教育领域，在艺术领域内也逐步延伸到儿童音乐剧和木偶剧等相关领域，开始了对于特殊儿童剧类型和剧种的研究，此外对于儿童戏剧创作过程中的专门领域，如导演艺术也进行了一定的探索。下文将分别从史学研究、艺

①李涵：《儿童戏剧艺术的魅力》，中国戏剧出版社，1997，第358页。
②同上，第360页。

术研究和教育研究三个方面对 21 世纪以来至今的儿童戏剧研究做出总结，揭示研究的意义和价值，分析其中存在的问题，试图从宏观视角对中国儿童戏剧的理论建设做出评述。

在详细论述中国儿童剧场的理论发展的同时，也应关注国外儿童剧场理论的状况和趋势。总体而言，国外的儿童剧场理论偏向于社会文化研究、史学研究、戏剧教学和应用型研究，撰写论文的研究者大多隶属于剧场、教育、心理、社会等领域，相关资料比之国内较多，对于儿童剧场研究的工具和方法兼顾理论上的深刻性和可行性，然而对于儿童剧场的基础理论研究同样非常薄弱。下文将其相关研究穿插在中国儿童剧场理论研究中进行综述，以获得对于国内外儿童剧场理论研究的整体印象。

二、史学研究

儿童戏剧历史的研究是理论建构和学科建设中极为重要的一个部分，故在此分类首先予以讨论。20 世纪以来，史学研究的最大成果是在 2003 年 3 月出版的《中国儿童戏剧史》，该书可算得上迄今为止儿童戏剧史学领域内的最为重要的一次历史总结和研究成果，由中国福利会儿童艺术剧院组织编写，联手北京戏剧界的专家一起完稿，将中国整个 20 世纪近百年来儿童戏剧的发展历程做了较为全面的梳理，反映出中国儿童戏剧在现代的发展脉络。全书共分为六编。前五编将中国儿童戏剧的发展分为五个阶段，第一编中国儿童戏剧的形成时期（20 世纪初—1949 年）、第二编十七年的儿童剧（1949—1966 年）、第三编从复苏到收获（1967—1982 年）、第四编沉寂中的生机（1983—1989 年）、第五编丰收与忧虑并存（1990—2000 年）。最后第六编为儿童戏剧家选例，分别从剧作家、导演、演员、舞美设计四个方面选择若干位成绩突出的人物，撰写专论。尤为值得称道的是，作为中国第一部儿童戏剧史，本书并不仅仅涉及戏剧文学史总结，而是以戏剧文学为主线，同时将表演、导演、舞美、音乐和演出活动以及与儿童戏剧相关的事件尽数写入。编者在前言中这样写道："这样做也许稍嫌芜杂，但是至少可以为后来的研究者提供一份关于近百年来中国儿童戏剧历史的尽可能完备的资料。"① 书中对儿童戏剧理论在不同时期的发展和建设也做了记录和综述。中福会儿童艺术剧院的这一理论成果在儿童戏剧史学研究方面意义十分重大、不可或缺，为后续进一步深入地研究提供了素材，积累了资料，奠定了基础。

此外的史学研究大多集中在某一时期、某一阶段或某一地域范围内，为个别、具体的补充研究，同时研究者们也非常关注儿童戏剧发展的现状及其所存在的问题，下面将从时间线索对这方面的研究作一梳理。

2005 年，南京师范大学的谈凤霞考察了中国现代儿童剧的艺术发展轨迹，将之归纳为三个阶段：萌芽期、发展期、成熟期，并描述和分析各阶段的表现形式、具体技巧、艺术风格等问题，指出其成败得失。② 不过她认为从上世纪 20 年代到 40 年代这近 30 年间，中国儿童剧在儿童性和戏剧性的结合表现上已逐步趋于丰富和完善，这一观点值得商榷。

侯颖将中国儿童戏剧纳入到世界儿童戏剧的大背景中，指出与世界发达国家的儿童戏剧相比，我们的儿童剧存在很大距离，文章从儿童成长与儿童戏剧的关系出发，论述了儿童戏剧在儿童成长中的重要作用和功能，分析造成中国儿童戏剧落后的原因主要在于：传统文化中的成人本位思想的影响、儿童戏剧的主体性贫弱、在新的儿童文化传播媒介和传播方式面前缺乏竞争力、戏剧理论研究和批评的缺席，致使儿童戏剧远离艺术和儿童。尤其值得注意的是，文章指出中国儿童戏剧理论批评的缺席，对儿童戏剧进一步向上攀升相当不利，这是具有理论意识和眼光的。文末这样写道："中国儿童戏剧发展到今天，已经取得了一定的成绩，可以说是几代人努力的结果，虽然我们存在着这样那样的不足，陷入了一定的困境，但是，如果我们能够把儿童戏剧目光投向儿童成长，把儿童戏剧的演出地点遍布儿童生活环境之中，把儿童戏剧的演员、导演和编剧权下放给儿童，增加儿童的参与意识，中国儿童戏剧的繁荣和发展应该是这个世纪最光辉耀眼

---

① 李涵主编《中国儿童戏剧史》，中国戏剧出版社，2003，第2页。
② 谈凤霞：《中国现代儿童剧艺术发展初探》，《艺术百家》2005年第1期。

的事业。"① 可算得上是对新世纪儿童戏剧发展的真切期许和展望。

谭志敏在 2006 年发表的《儿童剧面临的矛盾与困境》一文中讲到，少量的专业剧团无法满足全国上亿少年儿童的观赏需要，儿童剧团自身经营困难，部分民营低廉的演出价格对专业儿童剧团的生存构成一定威胁，家长的消费观念也有待改变，创作缺乏精品，这是目前儿童剧的现状。并指出我国儿童剧面临的矛盾与困境主要体现在教育性和市场性的矛盾、市场局部火爆和整体冷清的矛盾、儿童观众对于戏剧的要求差异性和儿童剧创作重复性的矛盾、儿童剧陷入创作萎缩和演出萎缩双重困境四个方面，并提出创新的方向。② 不过文中提及学生场每张票只卖 10 元钱，儿童剧演出票价比较低，一般只有 2~3 元钱的说法着实令人疑惑。

21 世纪前几年，在成人戏剧日渐萎靡且被各种多元文化消费所取代的同时，儿童剧反倒日渐呈现繁荣之势。随着演出经纪公司的商业运作加入儿童剧领域，以及演出剧团的明显增多，儿童剧剧目数量和社会效应均有所增加。针对这一状况，王自淳于 2007 年发表的论文《儿童剧不能承受之"繁荣"——关于我国儿童剧现状的思考》对此做了深刻分析，揭示出其背后仍显示出的儿童剧发展的真实困境。他从北京儿艺高端商演的三次成功运作出发，认为这是个案的成功而不具有普遍意义，从其他表演艺术团体对儿童剧市场的介入表示出对儿童剧质量的担忧，同时指出看似活跃的商业市场中的混乱，市场监督机制相对滞后，准入制度尚不完善，演出团体无法实现有序竞争的负面效应。③

2008 年，儿童戏剧理论家程式如在《艺术评论》杂志上发表《新世纪儿童戏剧的发展与反思》一文，以世纪交替近十年间来自首都和地方，题材多样、形态各异的五部儿童剧为例，分析它们的文本基础、演出呈现和观众的接受程度，揭示出儿童剧创作观念的进步、创作心理的突破。她分

① 侯颖：《亟待发展的中国儿童戏剧》，《吉林省教育学院学报》2006 年第 9 期，第 73—76 页。
② 谭志敏、王宇：《儿童剧面临的矛盾与困境》，《中国戏剧》2006 年第 12 期，第 43—45 页。
③ 王自淳：《儿童剧不能承受之"繁荣"——关于我国儿童剧现状的思考》，《剧作家》2007 年第 1 期，第 72 页。

析了中国学龄儿童，尤其是青少年观众的缺失，为中国的青少年努力争取和呼吁欣赏戏剧的权利。她还以自身的经历和小孙女的实例说明戏剧对人生各个阶段的意义，并介绍日本和美国儿童剧的经验，提出在儿童戏剧的生存方式上可以借鉴国外的先进经验，认为中国儿童戏剧的发展需要政府、家长和社会多方面的支持，三者缺一不可。① 她的文章从儿童剧目的小处着眼，视野开阔，分析到位，提出了新世纪儿童戏剧的诸多问题并进行反思，她八十岁高龄依旧关心儿童戏剧事业，其犀利的目光、缜密的思维、为儿童剧和儿童观众呼吁奔走的热情令人心绪激昂，深感敬佩。

2013年上海师范大学硕士陈晴的毕业论文《浅论当代中国儿童戏剧发展及策略——以1990—2011年中国福利会儿童艺术剧院为例》将中福会儿童艺术剧院作为个案进行研究，对儿艺及中国儿童戏剧的发展历程进行了梳理，描述了儿童戏剧在当代尴尬的现状。随后主要从受众心理、主题内容、市场等几方面分析儿童戏剧处境尴尬的原因，确证了电子媒介时代给儿童戏剧发展带来的机遇与挑战。最后探讨了打造中国儿童戏剧精品的发展策略，提出了拓展儿童戏剧的表现题材和类型、培育市场，以及儿童戏剧产业化的趋势。②

关于现状和问题的讨论一直持续到今天，可见儿童戏剧领域存在的问题之重大以及解决问题的迫切性。高璇在2014年发表的论文《关于当前儿童戏剧发展现状的一些思考》中提出随着中国儿童消费市场的规模不断扩大，儿童戏剧作为一种儿童文化消费品，因拥有巨大的市场潜力而被业界普遍看好，同时儿童剧还存在着人才匮乏、缺乏精品、缺少政府、学校和家长的扶持等诸方面的问题。③

特定地域方面的儿童戏剧研究有赵琼的《1917—1949上海儿童戏剧史略》，选择了中国现代儿童戏剧重镇上海为研究范围，从中国现代儿童戏

---

① 程式如：《新世纪儿童戏剧的发展与反思》，《艺术评论》2008年第6期，第52—56页。
② 陈晴：《浅论当代中国儿童戏剧发展及策略——以1990—2011年中国福利会儿童艺术剧院为例》，上海师范大学2013年度学位论文。
③ 高璇：《关于当前儿童戏剧发展现状的一些思考》，《大众文艺（学术版）》2014年第13期，第270—271页。

剧的产生谈起，着重论述从 1917 年新文化运动开始到 1949 年新中国成立前，上海地区儿童戏剧三十多年来的发展变化和趋势，体现出儿童戏剧与教育、与革命紧密联系的时代要求。[①]颜如雪运用问卷调查和访谈法，对南京市儿童剧发展现状进行分析。结果发现：儿童剧在南京市拥有一定市场潜力，但也存在着一些问题，如宣传不到位，家长缺乏意识，多为国外剧目，缺少南京本土创作精品等问题。[②]

国外有关儿童剧场的史学研究很多，既有关于不同国家、不同地域、不同时代所形成的对于儿童剧场的不同状况的史学资料，也有关于儿童剧场发展过程中某一时期的史学研究。比如 Frederick Scott Regan 的博士论文《国际青少年戏剧联盟的历史（自诞生至 1975 年）》以大事记的形式梳理了关于国际青少年戏剧联盟（ASSITEJ）如何诞生以及发展的状况，包括召开的会议、开展的活动、具有里程碑意义的事件及其对本国儿童剧场的影响，并展望未来发展。[③]

纽约大学 Yun-Tae Kim 的博士论文《韩国儿童剧场的历史：从起始至今，1920—1998》从韩国各类传统剧场形态出发，从日本殖民地时期儿童剧场的萌芽讲起，介绍韩国儿童剧场发展的历史风云和社会背景，受教堂戏剧的影响并与社会文化运动相联系的发展历史，同时论文还涵盖儿童戏剧节的举办及剧作家的人物小传。[④]而侧重于儿童剧场起源研究的论文，如 Laura Gardner Salazar 的《儿童剧场和戏剧的萌芽（1900—1910）》则着重描述在 1900—1910 的十年间儿童观众和儿童剧场运动如何逐渐被人们接受的过程。[⑤]《1935—1939 剧场联盟项目中纽约市儿童剧场单元的产品生

---

①赵琼：《1917—1949上海儿童戏剧史略》，《安徽文学（下半月）》2010年第12期。

②颜如雪：《南京市儿童剧发展现状的调查报告》，《才智》2013年第19期，第138页。

③Regan, Frederick Scott. *The history of the international children's theatre association from its founding to 1975*. University of Minnesota, Ph.D., 1975, Theater.

④Kim, Yun—Tae. *History of children's theatre in Korea: From the beginning to the present time, 1920—1998*. New York University, Ph.D., 1999, Theater.

⑤Salazar, Laura Gardner. *The emergence of children's theatre and drama, 1900 to 1910*. University of Michigan, Ph.D., 1984, Theater.

产史》则是书写划定特定时间、特定区域、特定项目中的剧目演出和戏剧节等相关活动的历史。[①]

综上所述，在中国儿童剧场史学研究方面，研究者们已经进行了初步的探索，尤其关注儿童戏剧的发展现状及其存在的问题，试图为中国儿童戏剧把脉，解决创作和制作中出现的儿童戏剧各方面的问题。同时也要看到，史学研究对于儿童剧理论发展的关注不够，缺乏儿童戏剧理论发展相关系统的梳理和论述，对各个不同地域所进行的儿童剧演出的总结性论述不够，对不同地域间相互交流与合作状况的关注不够，对中国专业儿童剧团和民营儿童剧团的发展历史的关注不够，对专业儿童剧之外的儿童戏剧相关活动，比如儿童戏剧节、儿童艺术节、全国少年儿童戏剧展演等大型活动的关注不够，相关资料有限，且没有结集成册。而在外国儿童剧场史学研究方面，断代史比较多，表现出对于某一特定时期的儿童剧场状况的特别关注，国别史比较多，表现出一定的地域性和文化特征。

三、艺术研究

将儿童戏剧作为表演艺术的研究在 20 世纪的中国主要诞生了两本专著：一本是程式如的《儿童剧散论》，1994 年由中国戏剧出版社出版；一本是李涵的《儿童戏剧艺术的魅力》，1997 年由中国戏剧出版社出版。此外还有一本由中国儿童戏剧研究会主编的《儿童戏剧研究文集》，1987 年出版。作为中国儿童戏剧研究中重量级的著作，下文将对其进行介绍。

程式如的《儿童剧散论》是中国儿童戏剧理论界第一朵奇葩，具有开创性的巨大而深远的理论价值。此书是从作者 1981—1993 年间撰写的百余篇七十多万字文稿中选编的。这本书共四辑，分别为：还戏剧予孩子、儿童戏剧古今谈、给春天作画、青春美的构筑。第一辑开篇《还戏剧予孩子》

---

①Heard, Doreen B. *A production history of the New York City children's theatre unit of the federal theatre project, 1935—1939*. The Florida State University, Ph.D., 1986, Theater.

指出了让更多中国孩子有机会接触到儿童剧的迫切及应当，随后从儿童观、创作特点、人物塑造、题材选择、创新性等角度对儿童剧进行审视，并对童话剧、学校剧和课本剧专文讨论。第二辑开篇提出中国古代也有儿童剧，并就儿童剧的过去和现在的发展进行反思，既涵盖当下演出的儿童剧剧评，又有对剧团（中国儿童剧院）的创建过程的记录，以及对日本儿童剧的印象，古今中外、兼容并包。第三辑开篇介绍黎锦晖和任德耀这两位中国儿童戏剧史上成绩斐然的人物，同时对经典儿童剧《马兰花》在内的各类剧目（舞剧和话剧）进行评论，还对儿童剧导演、剧作家、演员进行介绍和创作评析。第四辑则在儿童戏剧的基础上进行了拓展，涉及戏剧的姐妹艺术儿童电影、儿童电视剧和儿童广播剧领域。[1]

　　对于这本书的评价，刘厚生在序言中所说极为中肯而准确："我不认为式如同志已经为中国儿童剧建立了完整的理论体系。一来这是一本十几年的文章结集，并非提纲挈领的章节之作，二来目前儿童剧的理论建材远不充分和完备。与其框架宏大而内容单薄，不如踏踏实实撷取一得之见逐渐积累。先聚集零散的断金碎玉，一旦成熟，经过筛选，就能够水到渠成地成为珠花珠串或者金玉楼台了。这本书中的文章涉及面相当广，接触发掘的问题相当多，不少地方的见解也相当深，光彩的理论火花时时闪现。我也不认为她的观点都是绝对正确的终极真理，但我觉得确实都是在儿童剧土地上耕耘翻滚几十年从实际中得来的经验之谈，感情之花，思索之果，对中国儿童剧的发展提高都是有益的营养。"[2] 此外笔者认为，这本书内容兼容并包，体例蕴含深意、独具匠心，大大拓展了儿童戏剧研究的领域，为后来的研究者提供了前行的可能性，指出了可供参考的方向和途径，体现出作为理论家的开阔视野和深入思考，对中国儿童戏剧的全局性的认识和把握，以及对实践中儿童剧创作和演出的极大关怀和深刻见解。

　　李涵的《儿童戏剧艺术的魅力》一书也是同样以短篇结集的方式，共分三部分：儿童戏剧观与创作、戏剧情节的魅力、任德耀的创作道路。书

---

① 程式如：《儿童剧散论》，中国戏剧出版社，1994。
② 刘厚生：《序言》，出自程式如《儿童剧散论》，中国戏剧出版社，1994，第4页。

中有大量的剧评、艺术家评传以及对儿童剧的点滴思考，还记录了去澳洲、俄罗斯看戏的经历和体会。所评述的剧目十分广泛，不仅包括经典剧目、科学幻想剧、木偶剧、话剧、现代剧，同时也包括喜剧、滑稽戏、独角戏、杂技和评弹。作者善于把剧目评论和研究当今戏剧现象紧密结合起来，把剧目评论与人物传记结合起来，表述凝练。尤其重要的是，李涵在与加拿大教授 Dr. Wilkinson 的通信中，对中国儿童戏剧的活动方式和形态的划分有过非常精道的见解，提出了三大状况，即成人办的儿童剧团、学校或少年宫办的业余儿童戏剧活动和表演游戏。[1]这一分类具有较高的理论价值。

到了 21 世纪，李庆成的专著《儿童剧艺术论》出版，这是迄今为止儿童戏剧界的第三本专著。全书分为综述概论、名剧点评和剧院建设三大类，附录青年时代的散文短诗和对其人其作的评论文章。[2]这本书既是理论书籍也是人物传记，作为戏剧评论家和剧院领导的李庆成，对剧院建设的诸多看法全面准确，具有全局眼光和实践价值，尤其是他主编出版中国儿童剧系列丛书的计划，虽然最后并未全部达成，但业已出版的三本著作无一不是目前中国儿童剧理论史上硕果仅存的重要著作。

而在外国儿童剧场艺术研究中，研究内容更多样化，更偏重于社会研究和文化研究，有一定深厚的文化基础和历史底蕴，从中可以看到研究者的理论素养，以及尝试运用多样化的研究工具和研究方法去探索儿童剧场领域问题的倾向。论文《前卫儿童剧场：英国儿童剧作家的荒诞派技巧运用》提出，作为剧场下属的儿童剧场被认为无法与成人剧场所呈现的复杂主题相媲美的观点使儿童剧场自身的审美和历史价值无法得到公正对待。为了消除这种观点，作者通过两组个案的比较试图说明儿童剧院提供了进入当代戏剧领域的非凡方式。[3]从论文可以看出，早在 20 世纪 90 年代西

---

[1]李涵：《儿童戏剧艺术的魅力》，中国戏剧出版社，1997。

[2]李庆成：《儿童剧艺术论》，文化艺术出版社，2006。

[3]Cirella, Anne Violette. *Avant—gardism in children's theater: The use of absurdist techniques by Anglophone children's playwrights*. The University of Texas at Austin, Ph.D., 1998, Literature, English.

方就已经产生了荒诞派儿童剧场并对其进行研究，可见国内外观众和研究者对于剧场和儿童剧场的观念存在较大的差异和距离。

Yi-Ren Tsai 的论文《从 2000—2011 台北儿童艺术节看台湾青少年剧场的童年表征》选择了年度台北儿童艺术节（TCAF）作为主要研究课题，选择 TCAF 四个获奖戏剧及其视频作为主要数据，采用扎根理论和戏剧性分析作为研究方法，阐释作为文化产品的 TCAF 所反映出的台湾地区儿童和童年表征，数据结果显示台湾地区儿童和童年的复杂结构。[①]

1. 导演艺术研究

传统儿童剧艺术包括编、导、演等诸多环节，辅之以舞美、灯光、声效和服化等专门领域，且各行其职。从目前已有的文献资料看，儿童剧理论阐释更偏重于导演艺术方面的研究。

戏剧导演教育家林荫宇发表《向大师靠近——儿童剧导演基本素质之管见》，文中提出儿童剧导演应具备一般戏剧导演所具备的四种能力，但又有其特殊性，概括起来首先是具有充溢并滋蔓童趣的艺术想象力，即把说教化作形象、把深奥命题深入浅出形象化、把无生命的变成有生命的、把精小微茫的细部扩大四种方式；其次要具有奥博而非简单、深透而非玄虚的理解力，即善于" 掰开了，揉碎了"的理解力、对基本常识的理解、对时代感的理解；第三要具有无所不能、无所不至的表现力，包括调动综合艺术的一切手段、总体形象、统一语汇等方面；最后是感受力，但文中并未详细分析。林荫宇在文末提到，儿童戏剧工作者，尤其是从事编、导、评的主创人员要了解现代主义、后现代主义以及更新的理论，这并不为了在实践中引入，而是为了阅读、鉴别、抉择、吸其精华、为我所用、扩展视野、充实自我，在提高理解力，丰富想象力、表现力的时候，获得与世

---

①Tsai, Yi—Ren. *The representation of ... childhood as reflected in ... theatre for young audience of the Taipei Children's Arts Festival 2000—2011*. Arizona State University. Ph.D., 2012, Theater.

界接轨、对话的参照。^① 讲得极为深刻而必要，且在 1998 年就已经对儿童剧提出了这样的要求，更是难能可贵。

2006 年徐薇以博士论文《中国儿童剧导演艺术研究》毕业于中央戏剧学院，论文从儿童剧本身的艺术特征为基点来展开论述，从儿童与儿童剧、儿童文学与儿童剧的关系阐释儿童剧独特的艺术品质，这一品质形成了儿童剧导演创作的特殊规律，要在二度创作中起基础性主导作用，为演员塑造儿童人物的鲜明形象提供原型和要求，并设计儿童观众在演出中参与互动等。2008 年 4 月出版专著《中国儿童剧导演艺术论——暨中小学演剧活动参考手册》。^② 台湾艺术大学戏剧学系教授张晓华的论文《儿童剧场所应掌握的导演要件》则从儿童观众欣赏的基本需求出发，提出导演所应掌握的儿童剧场要件包括五个方面：了解儿童剧场的本质、体认年少者观众喜好、建立不同的演出形式、掌握儿童剧场的制作要点、灵活演员训练的方法。^③

2. 著名戏剧家研究

目前中国儿童戏剧理论界对著名儿童戏剧家的资料整理和研究工作主要集中在两人身上，他们是黎锦晖和任德耀。其中对黎锦晖的研究更偏向于民间学术力量（指各大学院校），而任德耀因曾任职中福会儿童艺术剧院院长，对剧院的创建、人才的培养、剧目演出有巨大贡献，故研究多由儿童剧场工作者或中福会儿童艺术剧院直接主持编撰。

先来看黎锦晖，针对黎锦晖的研究在普遍显得寥寥无几的儿童剧研究中可谓非常丰厚。不仅程式如和李涵在各自专著中对其人其作品进行过评述，期刊文章和研究生论文以此为题也十分普遍，从本世纪初至今（截止

---

① 林荫宇：《向大师靠近——儿童剧导演基本素质之管见》，《艺术广角》1998年第6期，第23—29页。

② 徐薇：《中国儿童剧导演艺术论——暨中小学演剧活动参考手册》，中国戏剧出版社，2008。

③ 张晓华：《儿童剧场所应掌握的导演要件》，《表演艺术国际学术研讨会论文集》，2004。

到 2014 年），研究黎锦晖的硕士论文已达到 18 篇，除了少数几年（集中在 2010 年前）之外，几乎每年都有 1~2 篇硕士论文，这些研究者主要来自师范学院和音乐学院，探讨的内容包括黎锦晖的音乐创作、音乐与文学的关系、时代曲、流行歌曲、校园舞蹈领域、接受研究、创作成就、教育贡献、作品比较和美学探索，涵盖音乐、舞蹈、戏剧、文学等各类艺术形式。相关研究的大量涌现，一来和黎锦晖在儿童戏剧史上的重要地位有关，程式如称其为"第一位为儿童创作的剧作家"，二来与其作品资料（剧作、曲谱、歌词及录像资料）保存完好有关，且这些资料大多结集成册并出版；同时也和他创作的多面向、多层次有关，他的创作不仅限于儿童音乐，也包括时代曲和抗战爱国歌曲，歌舞剧的形式又融合了多种艺术表现方式，加之在校园内推广，横跨艺术和教育两个范畴，具有十分丰富的理论价值。

再来看任德耀研究。1994 年出版的《〈马兰花〉的舞台艺术》④是中国第一本，也是目前为止少见的针对某个儿童剧目进行全方位的记录整理和分析讨论，详细呈现其创作过程、演出过程及各方回忆、感悟和评价的著作，具有非常高的理论意义。书中收录了《马兰花》20 世纪 50 年代的演出本以及 20 世纪 90 年代复排时的演出本，具有珍贵的史料价值，同时有排练和演出的大事记，从《马兰花》的诞生讲起，进行了全面的艺术总结，内容涵盖导演琐记、服装设计、音乐创作、音响气氛等各方面，演员们纷纷撰文记录自己的排演经历和思考心得，记录了媒体对剧目的报道和评论，尤为可贵的是还记录了观众的反响和心声，这是一份极为宝贵的历史资料，也是继续深入研究的起点。

李涵主编的《任德耀研究》出版于 1997 年，此书既收录了任德耀自己的创作漫谈、导演札记、会议发言及各类文章随笔，也收录了儿童戏剧工作者们对任德耀的纪念文章，以及对其艺术精神、舞美意识、音乐实践、剧作特色、理论见解和管理方式的分析评论，全方位呈现出了这一中国儿童戏剧史上的重量级人物。2009 年 12 月，洪绳之、张瑄治编著的《播种

---

④黄祖培、郭小梅编《〈马兰花〉的舞台艺术》，中国戏剧出版社，1994。

未来——任德耀画传》由中国福利会出版社出版 ①。2014 年 3 月,许敏在其硕士论文的基础上撰写《任德耀与上海儿童剧创作》,由上海书店出版社出版。② 本书试图把任德耀的创作成就与贡献作为一个整体来把握考察,以剧作为主,涉及导演与舞美艺术,从对任德耀进行全面系统的研究出发,折射出当今上海儿童剧的状况,并对其今后的发展走向,包括儿童剧与儿童教育的关系提出建设性建议。

此外,相关研究还有程式如在 1989 年编著的《儿童剧十家》,对以黎锦晖、董林肯等十位作家的外传、代表作品、评论及其创作进行论述。③

国外儿童剧场研究中也包含一定数量的戏剧家研究,同样是选取在儿童剧场领域作出过杰出贡献的人,比如 Roger Lee Bedard 的博士论文《夏洛特.B.乔本宁的生活与工作》正是聚焦于美国儿童剧场的开拓者夏洛特.B.乔本宁。④

笔者认为,这类对儿童剧领域中杰出人物的研究具有非常重要的理论意义,总结他们的宝贵经验和思考,才能帮助后来者在儿童剧实践与理论之路上越走越宽。儿童剧发展至今还有大量不为人知,隐藏在幕后的剧作家、导演、演员、舞美、灯光、声效、编曲、编舞、服装和化装等人物,同时也包括戏剧活动的组织者、理论家、戏剧教师等,期望能有人记录他们的活动,保留下他们的工作笔记、论文、随笔等各类资料,总结他们的经验成果,将他们的工作从幕后移至台前。同时在撰写人物传记时,可以采取多样化的形式,试图呈现人物的真实性和多侧面。剧目演出的相关研究也应该得到加强,《〈马兰花〉的舞台艺术》就是一个非常好的尝试,目前我国横向研究儿童剧剧目形成过程的资料十分匮乏,这不易于儿童剧理论的深入开展。

---

①洪绳之,张珆治:《播种未来——任德耀画传》,中国福利会出版社,2009。
②许敏:《任德耀与上海儿童剧创作》,上海书店出版社,2014。
③程式如编《儿童剧十家》,海燕出版社,1989。
④Bedard, Roger Lee. *The life and work of Charlotte B. Chorpenning*. University of Kansas, Ph.D., 1979, Theater.

3. 特定类型剧种研究

不同类型和特殊剧种的研究包括木偶剧、皮影戏、儿童音乐剧、儿童歌舞剧。在这类研究中，木偶剧和音乐剧占据主要地位，有关于剧目介绍、创作杂记、访谈实录、教学模式、戏曲元素等方面的探索。木偶剧研究主要涉及导演随笔、儿童与木偶剧、观演关系、舞美空间等方面，其与其他研究方向可能会有所交叉，比如方林的《本体艺术的完美展现和姊妹艺术的适度借鉴——木偶剧〈胡桃夹子〉导演随笔》研究的是作为国家非物质文化遗产保护项目的扬州杖头木偶艺术的导演艺术，既涉及地域研究，同时也是导演研究。[①] 歌舞剧研究主要涉及的人物就是黎锦晖。儿童戏曲偶有谈及，尚不具规模。

综上所述，从儿童剧场艺术研究层面而言，理论界对儿童剧作为综合艺术的判断比较统一，对这一综合艺术的特质研究比较关注儿童观众，这是值得肯定的，但是研究缺乏一定的研究方法和理论支撑。同时目前的理论对儿童剧与成人戏剧的差异性和共同点有所关注，但仍旧不足够，研究停留在较浅显的层面。对于作为艺术的戏剧与其他艺术形式，如音乐、美术、雕塑之间的关联性研究几乎为零。此外艺术研究还包括剧团研究、观众研究、儿童剧翻译研究等各个方面，因研究成果极少，目前不作综述，但这些研究方向对于充实儿童剧艺术的理论建构是很有助益的，值得进行深入探讨和分析。

四、 教育研究

有关戏剧教育方面的研究主要包括创作性戏剧活动、教育剧场、学校戏剧等方面，互有重合，相互关联，除创作性戏剧活动和教育剧场的理念引自国外，其余大多是中国本土的实践研究。中国最早有关教育领域内戏

---

① 方林：《本体艺术的完美展现和姊妹艺术的适度借鉴——木偶剧〈胡桃夹子〉导演随笔》，《剧影月报》2014年第5期，第70—71页。

剧活动的著作是 1931 年的《学校戏剧概论》[①]，该书论述了学校剧的性质、意义、特质，以及学校剧的社团组织、剧本、演员、排演、剧场、舞台、布景、光影、色彩、化装、服装、道具、学校剧与儿童剧的关系等问题，是在教育领域内以比较完备的戏剧形态组织戏剧演出的研究，也反映了学校戏剧运动在当时的开展状况。

中国戏剧教育的研究台湾地区开始得比较早，经验也较为丰富，相关的研究和实践方面的指导书籍也更为丰盛。1999 年台湾地区举办"台湾现代剧场研讨会"时，就已经设有儿童剧场专场，到会的参与者进行了热烈的讨论，发表论文，结集成册。成长儿童学园园长柯秋桂在论文《儿童剧场在成长》中就以自己所在学园为实例，把儿童剧场作为幼儿园的课程之一来看待，分享儿童剧场的实施状况，总结经验教训，属于比较典型的案例研究和应用研究。[②] 台湾地区因已将戏剧课程纳入到学校教育中，故而出版了很多戏剧课的教材和教案，比如《儿童爱演戏——如何用戏剧统整九年一贯小学课程》[③]《表演艺术 120 节戏剧活动课》[④] 等，以供学校老师选用。

与台湾地区相比，大陆的儿童戏剧活动开始得比较晚，而且较多集中在学龄前儿童的幼儿园领域。大陆的研究论文既有幼儿园和学校的实践经验总结，也有高校教育学院的教学和研究成果，这两方面相辅相成，互相获益。2005 年，张金梅的《幼儿园戏剧综合课程研究》探讨了幼儿园戏剧综合课程的主课来源、实施过程、年龄阶段性特点以及教师与儿童双主体的关系等各方面的问题，勾画了幼儿园戏剧综合课程的全貌，作为幼儿园戏剧综合课程的核心理论，为儿童与戏剧的共生共存寻找有力的理论支撑。[⑤]《儿童戏剧与学前教育》是温州大学教师教育学院《以儿童剧为载体

①阎哲吾编《学校戏剧概论》，中央书店，1931。
②柯秋桂：《儿童剧场在成长》《一九九九台湾现代剧场研讨会论文集（儿童剧场）》。
③Judith Ackroyd & Jo Boulton：《儿童爱演戏——如何用戏剧统整九年一贯小学课程》，陈书悉译，台北远流出版公司，2006。
④张晓华：《表演艺术120节戏剧活动课》，台北书林出版有限公司，2008。
⑤张金梅：《学前教育新视野丛书:幼儿园戏剧综合课程研究》，江苏教育出版社，2005。

的学前教育专业艺术类课程整合的改革和创新》教学成果的结集，针对儿童戏剧在幼儿园的教育实践和学前教育专业学生培养方案提供了一定的经验借鉴。全书分为儿童戏剧研究、教学团队对以儿童剧为载体的学前教育专业艺术类课程教学的理论与实践研究，以及学生创编的儿童剧剧本。①上海嘉定区桃园幼儿园承接了上海市市级课题《以童话剧为载体，培养幼儿表达表现能力的指导策略研究》，以"童话剧"为办园特色，聚焦学前教育之表演游戏研究。《童心童剧》正是桃园开展童话剧创编和表演活动的成果总结。②

　　除了在幼儿园和学校之外，还有各区青少年活动中心、少午宫的活动，这类活动虽然属于课外活动，但往往同样具有教育指向。当然也有特例，比如上海市浦东新区青少年活动中心原戏剧组教师张忱婷通过创作性戏剧活动激发孩子的感受力和想象力，并在此过程中排演儿童剧，经过一定表演培训的儿童演员们在舞台上被激发，真正具有想象和创作的权利，呈现出强烈的儿童生命力，由儿童演员演出的儿童剧同样也可以作为戏剧艺术来看待。这样的教学形式模糊了对于戏剧教育和戏剧艺术的一般界限，是值得学习和推广的。张忱婷导演和她的伙伴们将关于耳朵的三次创作经历编著成书，于 2006 年由少年儿童出版社出版《耳朵的声音》③。2013 年 5 月，张忱婷又在舞台剧的基础上开拍儿童音乐电影《寻找声音的耳朵》，尝试电影叙事，其在戏剧和电影两大领域的同主题作品为儿童艺术的跨界研究提供了契机。

　　此外值得一提的是，中国儿童戏剧的硕博士相关论文数量近年来呈现显著上升趋势，从 2000 年的 1 篇上升至 2014 年 17 篇，期间在 2013 年达到高峰，有 30 篇相关论文。这些论文内容大多集中在戏剧教育方面，相关的期刊文章也大量发表，教育戏剧、创作性戏剧活动的概念逐渐在教育

---

①郑蕙苡等编著《儿童戏剧与学前教育》，浙江工商大学出版社，2012。
②周卫倩主编《童心童剧——以童话剧为载体的幼儿园童心教育实践与研究》，上海科学普及出版社，2013。
③张忱婷：《耳朵的声音》，少年儿童出版社，2006。

领域内获得广泛关注和讨论。2011 年，张晓华教授的《创作性戏剧教学原理与实作》出版，可说是戏剧教育界期盼已久的一件大事。此书对创作性戏剧活动做了全面系统的介绍，包括概念和原理的引介、教师的指导策略、戏剧活动过程和进阶等都有详细的描述和阐释，是兼具理论性和实践性的著作。[1]

国外有关教育剧场和创作性戏剧活动的著作与论文非常多，作为教育的剧场已经在国外经历了长时间的实践并进行了较为系统的理论归纳，在此不一一赘述，只择其重点讲述。比如张晓华的《创作性戏剧教学原理与实作》师承美国纽约大学戏剧教育系及研究所教授蓝妮·麦凯瑟琳，她著有重要著作十余册，生前曾任美国儿童戏剧联盟主席。Ann McCormack 于 2007 年撰写的博士论文《蓝妮·麦凯瑟琳：创作性戏剧和青少年剧场发展中的领袖》回顾了她作为创作性戏剧活动的领袖人物所经历的一生。[2]

相关论文还有揭示创作性戏剧活动对儿童的意义和价值的内容，比如 Grace Edna Rowland 写于 2002 年的《孩子需要自尊：创作性戏剧活动通过自我表现建立自尊》[3]。研究教育戏剧在学校和教学中的运用的论文也比较多，比如 Allison Manville Metz 的《美国学校应用型剧场：教育剧场中教育、艺术和社会实践的三角测量》[4]。

2014 年 6 月 8—10 日，由南京师范大学教育科学学院主办的"儿童戏剧教育国际大会"在南京举行。此次研讨会邀请了来自美国纽约大学、英国华威尔大学、澳大利亚格里菲斯大学以及台湾、香港的戏剧教育专家和

---

[1]张晓华：《创作性戏剧教学原理与实作》，上海书店出版社，2011。

[2]McCormack, Ann. *Nellie McCaslin: An American leader in the development of creative drama and theatre for young audiences*. New York University, Ph.D., 2007, Education.

[3]Rowland, Grace Edna. *Every child needs self—esteem: Creative drama builds self—confidence through self—expression*. The Union Institute, Ph.D., 2002, Psychology, Developmental.

[4]Metz, Allison Manville. *Applied Theatre in schools in the United States: The triangulation of education, art, and community practice in Theatre in Education (TIE)*. The University of Wisconsin — Madison, Ph.D., 2008, Education

内地一些高校、幼儿园一线老师等 300 多个代表，旨在探讨戏剧教育对幼儿成长的意义，以及把戏剧元素渗透到幼儿教育的各个领域的方式与方法。2015 年的儿童戏剧教育国际大会于 5 月 15—18 日在北京举行，会议主题为：奇幻戏剧、创意教育（Drama, a Path from Kidsland to Wonderland），主要议题包括儿童剧场与儿童教育、戏剧教育对中国教育创新的启发、戏剧教育研究与师资培养、教育戏剧在幼儿教育中的运用探析等内容。

综上所述，中国儿童戏剧教育的相关研究相比较艺术领域的研究可谓繁荣许多，加之对国外大量创作性戏剧活动和教育戏剧的原理观念、教学方式的引进，以有效率的形式加以推广，成效可谓显著。戏剧教育培训涉及到培养教师，在学校开设实验基地并进行试点，开设工作坊和讲座，出版教材，这些都是有益的举措。然而也要看到，在建构我国自己的戏剧教育理论方面还有很长的路要走，国内的戏剧教育实践有其一定基础，尤其是在幼儿园，然而实践经验远远超前于理论建构。

近年来，儿童剧市场研究呈现上升趋势，这一方面是因为儿童剧的发展势头较为良好，在成人戏剧逐渐萎靡、市场萧条的当代社会依旧保持足够的观众群和消费意愿；另一方面由于转制和改革，一些国营的儿童剧团开始更多地尝试自负盈亏，其创作的儿童剧同样要作为艺术商品接受市场的检验，加之民营儿童剧团的兴起与加入，作为商业运作的儿童剧应运而生，儿童剧的消费市场和投资越来越受到人们的关注。

五、研究中存在的问题及原因分析

根据上述文献整理和分析发现，目前中国儿童戏剧理论还处于发展初期，理论体系还未完成，学术生长点有待进一步挖掘，值得深入研究的理论空白点比较多，主要体现在以下几个方面：

第一，基础理论非常匮乏。几乎没有真正意义上的基础理论研究，对于儿童剧中的根本问题虽然已意识到并进行过讨论，但尚未被整理归纳并形成理论。

第二，核心概念比较混乱。对于儿童剧、儿童戏剧、儿童剧场、儿童剧院、偶剧、儿童戏曲、校园剧、创作性戏剧活动、教育戏剧、亲子剧场等概念在使用的过程中比较混乱，界限模糊，定义不清晰，这为进一步深入探讨问题设置了阻碍，同时也显示出基础理论的极度缺乏。

第三，理论体系尚未建构。对于儿童剧的研究大多集中在剧目评论，属于具体的个案式的研究比较多，整体性的系统性的研究几乎没有；对于如何看待儿童剧场，儿童剧场从整体上可以分为哪几个部分分别进行研究，还没有达成全局性的认识。

第四，理论发展的不平衡。对于戏剧艺术有价值的重量级的研究成果比较少，可供参考的资料也较少。相比之下，儿童戏剧教育方面的研究成果比较丰硕，且有关戏剧教育和戏剧活动的实践经验相对丰富，而对儿童自发产生的游戏和剧场的研究非常少。

2012年6月谭旭东发表文章《儿童文艺批评话语缺失，批评家功利扎堆电视电影》，文中指出导致儿童艺术理论批评缺失的三个主要原因是：一、学院艺术教育不重视儿童艺术人才的培养，没有专门的培养计划，且重实践轻理论；二、学院艺术理论批评缺失了儿童艺术，这与学院派的知识结构有关；三、社会长期以来对儿童艺术不够重视，且儿童艺术工作者离儿童较远，不熟悉儿童的生活和心理，院校里的研究者也存在类似问题。[1]该文对儿童艺术理论批评缺乏的归因对儿童剧场理论的现状也具有一定的借鉴价值。笔者认为，儿童戏剧理论匮乏主要有下述四个方面的原因：

首先，缺乏专业的研究人员。研究者是学术研究的关键力量，戏剧的综合性特质使之对研究人员的要求较高，需要其不仅具有文艺学和美学方面的理论功底，同时要深入了解戏剧这一综合艺术的实际运作和创作演出过程，对各种艺术门类都要有所涉及。儿童戏剧还要求研究者不仅要研究戏剧，也要研究儿童，并具有将其融会贯通的理论创造能力，这使得对儿童剧场研究者的培养绝非一蹴而就，而是长期而缓慢的过程，需要长年的

---

[1]谭旭东：《儿童文艺批评话语缺失，批评家功利扎堆电视电影》，《中国文化报》2012年6月7日。

理论积累和实践协助，需要对儿童剧场和理论研究的持久热情。正如绪论所指出的，一方面，目前在中国提供主要创作和批评力量的剧场艺术家们对儿童剧场的基本问题尚存在不同的看法，受制于他们自身的艺术观念，较难上升到理论的高度对其进行再认识，且艺术家们的理论意识和理论能力相对薄弱，这原本就不是他们的强项，故而难以从根本上解决儿童剧场的理论架构问题。另一方面，从戏剧理论家的角度而言，剧场所强调的"当下"和"现场"使得剧场理论难以从纯理论角度切入研究，需要结合大量的剧场实践经验，获取丰富的感性认识，在舞台的耳濡目染之中，经过长期的积累和思索才能达成。加之儿童观众的特殊性需要大量专业的背景知识将儿童和剧场进行理论上的融合，才能对这一理论领域进行细致和完整的划分与研究，存在一定的理论难度，为儿童剧场初期的理论建构造成相当大的困难。

其次，缺乏研究的理论工具和方法。儿童剧场基础理论的缺乏，使之无法提供清晰的基本概念和受到广泛认可的核心术语作为深入研究的入口和工具。加之戏剧作为综合艺术的特质使戏剧艺术研究既具有跨界特征，需要融合不同领域的研究成果和研究方法，然而戏剧作为独立艺术形式又决定了其他领域内的研究方法和成果并不能直接拿来为其所用，而是需要经过理论的鉴定才能合理有效的运用。加之儿童剧和戏剧的关系、所处的位置、承担的功能和意义、基本分类形式都未被仔细深入地探讨分析，这对具体研究和个案研究造成了阻碍，使得细化的微观研究成了无源之水、无本之木，甚至在进行应用研究和实践研究时也不得不回溯理论问题，使得共同讨论的基础难以确立。

第三，缺乏研究的宏观视角、本土意识和国际视野。对于儿童剧场的整体性了解是研究儿童剧场某一方面或层次的前提，比如不深入了解儿童剧场艺术是什么且可以以什么方式呈现，就难以真正深入研究导演艺术或者评判剧本的优劣，也无法确定研究在整体内的合适位置，这就是宏观视野的缺乏。我国的戏曲传统悠久，木偶和皮影皆有上千年的历史，如何将其融入儿童剧中，这不仅是对创作者提出的要求，也是对理论家和评论家智慧的考验，要集众人之智，才能谋求今日的发展和传统文化的复兴。戏剧是舶来品，西方的戏剧传统源远流长，戏剧实践缤纷繁荣，加以借鉴，深入对话探讨，才能形成真知灼见。

最后，戏剧土壤的缺失和戏剧观众培养过程缓慢。这是当代中国戏剧发展不得不面对的严峻问题，即使在发达地区，不了解儿童剧的家长和以儿童剧为教育服务的仍大有人在，戏剧的观念更新和成熟的戏剧观众的培养是一个缓慢而长期的过程，急躁不得。同样，创作人员的戏剧观念更新和创新意识的养成也非常重要，这直接关系到剧目质量的优劣，在土壤相对缺失的中国大地上等待戏剧和儿童剧花叶繁茂的那一天需要足够的耐心和坚守，而演出和理论相互促进，创作实践中的诸多问题也会影响儿童剧理论的发展，儿童剧理论的发展更是艰难而长期的事业。同时我们也要看到，中国儿童剧的实践尤其需要理论支持及观念转变，建立相对完善的儿童剧理论迫在眉睫、至关重要，而基础理论和核心术语的界定又是其中重中之重。

第二章　从儿童戏剧到儿童剧场

　　如何准确概括所要研究的对象以及将其提炼成概念，这是基础理论和学科建构的首要任务。本书提出的"儿童剧场"这一概念是通过对已有研究资料和成果的深度思考和把握，对现实中的剧场实践进行深度观察和分析，同时结合了戏剧和剧场的现有理论，也对已有的概念形成及其背后所暗示出的人们的观念意识进行了深入的探索，对其中不合理或不完善的地方进行了反驳、补充和修复，对"儿童戏剧"和"儿童剧场"所划定的研究焦点、视角和范围进行比较，从而得以破"儿童戏剧"这一概念，揭示其局限，并在此基础上确立"儿童剧场"这一新概念。

　　提出新概念之后，就需要对其进行相应的阐释，一般已有理论阐释的问题是"儿童剧场是什么"。笔者将通过动机论、效果论和统一论三种观点说明对于儿童剧场目前已有的一般认识和判断方法，通过分析反思说明其界定方式的有限性，进而改变提问方式，通过提问"儿童剧场是怎样的"，对儿童剧场进行细致的描述，以期得到不同的阐释角度和研究成果。从"儿童戏剧是什么"到"儿童剧场是怎样的"这种提问方式的转变，将带来崭新的观察和研究儿童剧场角度与方法上的变化，揭示出儿童剧场在不同时空和状况下各不相同的表现形态，并以更深入细致的方式勾勒出儿童剧场的现状和可能性，为这一学科的建立奠定扎实的理论基础。

　　这就是本章试图解决和确立的两大问题：新概念的提出、新的提问方式和阐释方式的确立。本章将从这两方面去完成对儿童剧场这一学科理论的核心术语的初步建构，从而深度确认作为学科体系的研究对象，也即本书的研究对象。解决了这个问题，才能真正为学科的后续建设奠定基础。

下面先进入新概念的提出，论证思路是先从目前已有的研究中对"儿童戏剧"的概念界定出发，分析其概念构成，发现其中存在的认识偏差，进而指出这种观念上的偏差会对儿童戏剧的实践和理论的进一步深化造成较大影响，并试图进行反思、纠正和补充，找到能够准确概括这一对象的研究状况，包含其未来发展方向和可能性的新概念——儿童剧场。

一、儿童戏剧的概念反思

在理论研究中，概念是对某对象本质的高度抽象的概括。概念是反映对象本质属性的思维形式。人类在认识过程中，从感性认识上升到理性认识，把所感知的事物的共同本质特点抽象出来，加以概括，就成为概念。表达概念的语言形式是词或词组。然而在运用概念分析对象的过程中，我们也会发现概念并不是确定无疑的、永恒不变的东西，它是在社会发展的过程中逐步形成，同时随着社会历史和人类认识的发展而变化。概念都有内涵和外延，即其涵义和适用范围，概念中大量凝聚着人们对某一对象的认识和观念，概念是人类观念的相当凝练的集合体。要了解人们长期以来所形成的对儿童戏剧的本体认识，需要从历来为人们所接受和使用的"儿童戏剧"这一基本概念入手去加以分析，去为中国儿童戏剧把脉。

需要说明的是，概念层面的"儿童戏剧"与概念所指向的现实层面的儿童戏剧和戏剧活动之间是有区别的。当"儿童戏剧"这个概念被概括和提出之后，人们的某些观念也同时被固定下来。本节试图阐释的是从概念角度加以理解的儿童戏剧，即作为观念被加以考察和分析的儿童戏剧，而不是在现实生活中确实发生和存在着的儿童戏剧和戏剧活动，也不是当代日常生活中人们如何去理解儿童戏剧（这种理解很可能会受到地域或身份、个人经历或教育程度的影响，因而具有很大的差别）。笔者感兴趣的是在漫长的历史发展中被纳入到理论研究视野中的"儿童戏剧"，及其中所包含的人们长久以来被固化下来的理解、看法和观念。这就决定了笔者的研究方式不是做调查或案例等实证研究，而是通过查阅文献资料，从中整理出学术界对"儿童戏剧"这一概念的观念流变，并从中探究这一观念是如何形成的，它又是如何对当代的儿童戏剧创作和观演产生影响。

　　"儿童戏剧"作为专有名词的出现，在我国还是近百年来的事情。过去被称为"学生演剧"，大量的学生剧团在抗战中进行演出。可见在中国儿童戏剧的发展之初，就是由肩负学生身份的儿童来表演儿童剧，并由此形成"儿童戏剧"和"儿童剧团"的称谓。然而在不断的发展过程中，这一概念也在发生变化，从"学生"到"儿童"的转变体现出身份的扩展和范围的扩大，而儿童从"表演者"到"观看者"的转变则预示着我国的儿童戏剧从其自身发展过程中逐步获得服务于儿童的意识，展示出儿童戏剧从业余演出向专业演出的转变和步伐。在百年的演出实践中，我国儿童戏剧的理论走过一段艰辛之路，儿童戏剧研究会的建立也为理论建设贡献出了力量，并确定重点研究范围是"专业儿童戏剧的创作、导演、表演、舞台美术诸方面问题。"，即专业的儿童剧团和演出艺术。[1]2003年出版的《中国儿童戏剧史》可算是第一本也是目前唯一一本对中国儿童戏剧的发展历程做出全局梳理和记录的史学著作，其对儿童戏剧理论发展具有举足轻重的作用。在这本书中，明确提出了"儿童戏剧"的概念及阐释：

　　儿童戏剧是专门以少年儿童为服务对象，专门为他们写作并演出的戏剧；儿童剧是一门综合艺术，从剧本创作到舞台演出，除了具备戏剧的一切基本特征外，还要符合不同年龄段少年儿童的思维方式和对事物的理解能力，符合他们的心理以及生理特点。演员扮演角色在舞台上演出，以人物活泼风趣的外部行为与内心动作，以引人入胜、曲折跌宕的情节，表达鲜明的主题。儿童剧具有审美、教育、认识、娱乐功能，有助于少年儿童情操的陶冶，素

---

①李涵主编《中国儿童戏剧史》，中国戏剧出版社，2003，第208页。

质的提高。儿童剧包括戏剧家们的专业演出和少年儿童们的业余演出两部分。①

　　笔者将从这一概念入手，深入分析隐藏在概念背后并透露出来的人们对于"儿童戏剧"的普遍认识，并对其进行理论反思。对这一概念的分析可分为四部分，分别以上文中的段落为限。

　　反思一：
　　儿童戏剧是专门以少年儿童为服务对象，专门为他们写作并演出的戏剧。

　　这句话中包含了三个关键词：少年儿童、服务、写作并演出，下面将分别对这三个关键词背后的观念加以阐释。第一个关键词：少年儿童。此概念对儿童戏剧的对象界定是少年儿童。不难发现，"儿童戏剧"中的"儿童"和"少年儿童"中的"儿童"所指的意指是不同的。"儿童戏剧"中的"儿童"指的是大儿童的概念，即包括少年和儿童在内的 0~18 岁全年龄段的儿童。而"少年儿童"中的"儿童"是一个狭义的儿童概念，指独立于少年阶段之外的儿童年龄段(主要涵盖了包括婴儿、幼儿在内的学前阶段和小学阶段)，在某些场合儿童也被指认为更狭窄的年龄范围，即特指 6~12 岁小学阶段的孩子。此概念并没有进一步阐释"儿童"所指称的年龄范围和理论意义，而这对"儿童戏剧"概念的形成恰恰是非常重要的，因为对儿童戏剧的界定原本就非常依赖于"儿童"的存在和对"儿童"的发现，不对"儿童"进行深入的阐释将会造成包括年龄混淆在内的多种问题。

　　这是在学术层面上"儿童"的所指不够清晰，我们姑且不论"儿童"这一概念本身不仅包含年龄层面，同时涉及社会文化层面的意义，概念产生后不仅用于理论研究，往往也会被广泛运用于日常生活并对相应对象进行指称。然而在日常生活语言的使用层面，我们会发现"儿童"这一

---

① 李涵主编《中国儿童戏剧史》，中国戏剧出版社，2003，第2页。

称呼的用法偏向于比较低龄的孩子，笼统地说，小学中低年级以下的孩子尚且会认为自己是儿童，然而小学高年级的学生则未必如此，更不要提初中生和高中生了。这就产生了一些问题，当我们在现实生活中把某些戏剧作品指称为"儿童戏剧"时，某种程度上我们会失去一些不愿意承认自己仍是儿童的"成长中的观众"。他们可能会通过自主的判断认为自己不再需要观看儿童戏剧，由此造成的后果是，在他们完全可以进一步接触戏剧和体验戏剧的年龄，戏剧的大门却向他们关上了。而在理论上被明确归类于"儿童戏剧"的青少年观众群大量流失，"儿童戏剧"所对应特定观众群被大大缩小，同时市场上的供求关系和需求也会反过来影响到儿童剧目的创作倾向和制作倾向，这一问题已经在儿童戏剧的实践中明显地表露出来。

反观目前中国的儿童戏剧市场我们会发现，目前观看儿童戏剧的主要观众群体集中在学龄前的 4~6 岁及小学阶段的 6~8 岁，相应的适合于这一年龄段的剧目制作也较多，除此之外的青少年戏剧或婴幼儿戏剧，无论在剧目的制作阶段，还是在特定观众群的观赏和需求阶段，都没有引起足够的重视，因此具有明确年龄划分、适合于不同年龄段儿童欣赏的儿童戏剧多层级还没有真正形成。目前现实中的主要儿童观众的年龄段形成是由中国社会历史长期的发展酝酿和现状，人类的认识和理解逐步形成的结果，从中产生了特定的概念及对概念的解读，这种解读又会反过来影响儿童戏剧的实践。从理论的角度去反思，这是理论上的概念混淆，概念界定不一致，以及概念在理论界定和实际生活的语言运用过程的不一致，看似只是语言所指向的对象范围和意义上的细微差别，其实却会造成很大问题，同时把理论研究带进了泥泞复杂的境地。

如果从历史发展的角度去看待这一问题，会发现在中国虽然伴随着对儿童的发现，但是对儿童不同年龄段的划分和认识并不是一直有之的。在抗战阶段成立的儿童剧团或学生的演剧活动都由 10 岁以上、18 岁以下的儿童组成，他们是作为整体被认可，那就是和"成人"相对待的"儿童"，至于在儿童内部的年龄细分，在当时的社会条件下远没有必要也没有余暇去考量。笔者认为，解决这一问题的关键是明确概念上的儿童涵义，在年龄段上对"儿童"进行更清晰明确的划分，将婴幼儿剧场、青少年剧场从狭义的儿童剧场中独立出来并对其进行聚焦关注，进行研究和考察，同时有意识地区分理论上和实际生活运用上的概念，了解其中的细微差别，不要一概而论，造成混淆模糊的局面。

第二个关键词：服务。以戏剧"为少年儿童服务"的说法在中国有着不可磨灭的时代印记和渊源。对中国儿童剧发展和剧团组建贡献过莫大力量，为新中国的儿童剧演出事业提供过极为重要的支援和帮助的宋庆龄女士曾在其批文中数次提到过"服务"一词，而这也作为中福会儿童艺术剧院的办院宗旨被留存了下来。我们应该看到，出于关心儿童的目的，为了儿童的健康和长远发展考虑，"服务"一词在当时的社会境况之下展示出对于相对弱势的儿童群体的拳拳关心之意和深深爱护之情，是值得肯定的。时至今日，随着语用环境的变迁，词汇概念本身的局限性就逐渐显现出来，在儿童剧更多被投入市场运作的今天，在其作为艺术形式日渐受到人们认可的今天，"服务"一词在当下儿童剧场理论中的进一步阐释和反思显得迫切而必须。在国外对儿童剧场的表述中，有称其为"the theatre for young people"，可翻译为"为年少者的剧场"，其中也或多或少隐含着"为了……""以……为目的"的意思，然而使用"服务"一词去概括戏剧与儿童的关系则是需要反思的。服务具有比较明确的目的性，与我们把儿童戏剧定位于艺术的思想是格格不入的。艺术家不是服务于儿童，而是在自由创作的过程中表达和呈现自己的所思、所感、所想，这一过程或可与儿童的所思、所感、所想达成一定程度上的共鸣和呼应，这就有了无意识、不自觉的儿童戏剧创作。有意识的、自觉的儿童戏剧创作，来自于艺术家的主观意愿已经有了专为儿童制作儿童戏剧的观念，并在此基础上进行的创作。再进一步说，戏剧作品的观看者和创作者之间的关系应该是平等的，不是谁取悦于谁，谁屈从于谁，谁服务于谁，而应该是在艺术空间中的自由相遇，是平等的对话和互动过程。"服务"一词所带有的强烈的目的性使中国人观念中的儿童戏剧无法摆脱一种天然的功利目的。然而我们不禁要追问：儿童为什么要被服务？剧场如何提供这样的服务？致力于提供服务的剧场将会呈现出怎样的面貌？在服务的概念中，服务者看似具有从属性质和弱势地位的角色界定，实际上却是具有剧目选择和内容确定的话语权，有资格决定被服务者（儿童）应该观看什么，并以此标准来衡量将要制作怎样的儿童戏剧作品的一方。

中国儿童戏剧曾经专注于讨论儿童观和儿童立场的话题，要坚持儿童立场，要写儿童喜欢的作品，这种观点与儿童戏剧的教育目的一直处于持续抗衡的过程中。然而所谓的儿童立场和儿童的喜恶并不是儿童自身的，成人所顾及的儿童的喜好和心理并非儿童本人的意志，而是由成人建构出来的，这其中并没有真正现实中活生生的儿童的意志存在。很有可能会出现这样的状况：成人觉得儿童需要什么，就向儿童输送什么，甚至在作为艺术形式的剧场中也是如此。"服务"成为了"教育"的代名词，被冠以"为了你们"的名义，簇拥着高高在上的话语权威者和不遗余力的教育引导者——成人。如果从历史发展的角度去看待这一问题，这和中国儿童剧团最初的成立目的、过程以及成人话语中的意识形态有关。而在当今社会，新的社会面貌和艺术发展在呼唤着新的观念、新的表达和新的词汇，儿童和戏剧的关系被再度提到需要被高度重视的位置，为了重新审视两者的关系，并给予清晰确切的表达，对"服务"一词的反思也是十分必要的。

第三个关键词：写作并演出。这里把儿童戏剧的创作过程分为两部分：创作阶段（特指"写作"文字）和演出阶段。在目前主流的中国儿童戏剧的观念中，儿童剧的制作流程大致是这样划分的：编剧创作剧本，有了剧本之后交给剧团，由制作人或导演寻找和指派合适的演员，然后组团开始排练，同时舞美、灯光、道具、音效、服装、化装等各个部门进行同期创作，排练完成后开始演出。一旦开始本轮演出，剧本上的改动就会很小，直到本轮演出结束之后，剧团会根据观众反馈修改剧本，以便进行下一轮的演出。一般演出的剧场是固定的，如果要进不同的剧场演出，也可能会需要额外的排练和舞美上的修改。这是比较传统的儿童戏剧的制作方式，同样在成人戏剧领域大致也是通过这样的流程来制作的。

我们发现，这种制作流程将写作（剧本）和最后的演出呈现截然分开，剧本完成之后才开始投入排练，演出结束之后才开始修改剧本。这种运作状况也体现出儿童戏剧创作和演出所需要的某些专职人员的专业特质，比如编剧要具有创作儿童剧剧本的能力，导演要有整合剧本、演员和各个演职部门的能力，而儿童剧演员则要具有根据导演和剧本要求将剧本予以形象表现的能力，有些剧本还需要儿童剧演员具有能唱能跳、载歌载舞的能力。专业的划分使剧团成为一个互相合作、各司其职的整体，每个人作为独立的个人介入到创作过程中，发挥自己的力量，提供自己的见解，这其中涉及大量需要磨合的过程，以及人与人之间的沟通和理解，包容和体谅。与此同时，相对而言，按照较为明确的分工形成的儿童戏剧有其自身的特点。这一操作方式几乎都是以剧本为根本，以导演为核心的创作模式。但是这种观念同时忽略了非常重要的另一种戏剧创作模式，也就是后现代戏剧所进行的艺术尝试。国外戏剧界从 20 世纪 80 年代开始逐步探索形成了不同于传统戏剧创作的新方法，包括创作的方法和演出的方法，超越和更新了自身对于戏剧的观念，然而这一创作方法和戏剧观念在国内还没有广泛流传和被接受。

后现代戏剧的三个特征：非线性剧作、戏剧解构、反文法表演，这是由德国柏林艺术学院教授尤根·霍夫曼提出的。非线性剧作既没有线性故事又不以对话形式交流来确定人物，文本全部或部分是由既不表现确定戏剧性又不与角色相关的平实的文字和段落组成，事件不再受时空限制，它们既无开端又无结尾，更不遵循任何叙述脉络。戏剧解构是把形象从作为人物的持续中撕裂开来，撕去它们的面具，或至少像婴孩出世一样被裸露，事件借助对线性故事的打断、分裂和改变来发展，精心编就的对话变成了尖叫、口吃、摇滚似的文本。解构的编剧法包括对经典作品的分析、重组、删除，以及外来的非戏剧性文本的插入。反文法表演的构成并不依赖于把某个现成的东西搬上舞台，而是依赖于大纲草稿与即兴创作之间的相互作用。即使存在人物对话的文本，也只是支离破碎、断章残句，只追求语言价值和节奏感。

从根本上来说，后现代戏剧是反叙事、反文本的，也由此产生了新的创作方式，即不是通过编剧进行剧本创作，而是由表演者来兼任创作者，直接在剧场里进行即兴创作，创作的成果不是完整地依靠文字呈现出来，由演员去照着演，而是片段式的，充满即兴和当下的感触，在剧场中直接进行不断地修改完善，创作过程变成了一种探索过程，有时甚至不知道终点在何方，不知道创作的目的究竟为何，不知道将要诞生出怎样的作品来。笔者发现国外的很多儿童剧团都遵循这样的创作和演出方式，如果在不同时期看他们的演出，看到的版本可能会完全不同，演出所呈现的不再是相对成熟和固定的版本，而是始终在发展探索之中的某一时刻的样貌。从这个意义上说，那样的儿童剧场始终有发展的潜力和可能，始终不会标榜自己的成熟，而是在演出过程中不断地积累观众反馈和演员自身的体验，不断在成长的过程中；那样的儿童剧场没有一个创作完毕后刻意画上的句点，它一旦开始就不结束，它和传统戏剧演出最大的不同在于它没有一个权威的固定的文本（剧本）作参照，同样它也并不把戏剧分为写作和演出这泾渭分明的两部分，而是令这两部分同时产生、相互搅扭在一起。

笔者也曾投身于这样的剧场实践（虽然不是在儿童剧场中），亲身感受过这样的创作和演出过程，并认为这是一种非常具有魅力的剧场形式，不管是对于表演者还是对于观众而言，都是对自身的极大挑战。因为这样的剧场真正全然地关注"当下"和"现场"，并要求表演者对其自身和周遭环境做出直接反应，每一次的剧场都是无法重复的，每一次都会有新的创造和新的东西被投入进去，也许会被保留下来，也许会被大浪冲走，碎片化、肢体化地破除语言的阻碍，剧场的直面性和即时性彰显出属于当下的无限可能。当然这种创作也并非表面看上去那样无限自由，有其自身的限制，与演出场地、演员本身的特质、演出规模和内容的方向性息息相关。不可否认的是，进行这样的戏剧创作需要有相应的戏剧观念的支撑，同样观赏这样的戏剧也需要土壤和观念的渗透。

后现代戏剧开放意义建构的权力和空间给观众，但很多中国的观众并不能理解这样反叙事的方式，感觉"看不懂"，这种根深蒂固的疑惑在一定程度上是中国的戏剧观众无法进入、无法参与、无法享受这类剧场的代名词，但其实后现代戏剧的目的并不是为了要让你"看懂"。相关问题较为复杂，我们将在第六章"儿童剧场是怎样的"中再度讨论这一问题。而这里想要说明的是，随着戏剧观念的革新，新的创作方式和演出方式已然诞生，甚至在国外的艺术实践中早已经波及儿童剧场，并形成大量的儿童剧场相关实践，而在我们的儿童剧场理论中仍旧以"写作并演出"去对戏剧制作过程进行简单划分，不免有滞后的嫌疑。"写作并演出"的两分法已不能完全概括和满足当今儿童剧场的切实需要与未来发展，而概念上的滞后可能也会造成实践领域内的有限尝试和带有较大局限性的视野和目光。

反思二：

儿童剧是一门综合艺术，从剧本创作到舞台演出，除了具备戏剧的一切基本特征外，还要符合不同年龄段少年儿童的思维方式和对事物的理解能力，符合他们的心理以及生理特点。

书中对新出现的"儿童剧"概念并没有进行解释，什么是"儿童剧"？"儿童剧"和"儿童戏剧"有多大程度的不同？如果两者一致为何要使用两个概念？这些都是有待回答的问题。这一论断肯定了儿童戏剧是一门艺术，体现出从艺术角度审视儿童戏剧的可能性，但并未进行深入的探讨；同时肯定了儿童戏剧具有戏剧的一切基本特征，但并未细致分析其与戏剧的关系，只是指出了其与戏剧的不同在于要符合不同年龄少年儿童的思维方式和理解能力、心理和生理特点。笔者认为，得出这样的判断是值得肯定的，但是也存在局限性需要去反思，且这一判断是对儿童戏剧和非儿童戏剧之间所存在的区别的最表层理解，其深层的不同以及两者之间密切而复杂的相互关系需要进一步的理论揭示和探讨。本书第五章将详细讨论这一问题。同时单单这一判断也是可以继续追问的：少年儿童的思维方式到底是怎样的，戏剧应该如何去契合他们的思维方式？对于事物的理解能力到底和成人观众存在哪些区别，需要儿童剧场进行相应的区别对待和特殊关注？他们的生理特点和心理特点到底是什么，在多大程度上会影响到剧场里的观赏？不同年龄段的孩子的上述种种能力和方式到底存在何种差异？所有这些追问都预示着理论自身的进一步深化和完善，以及对儿童戏剧观念的不断反思，并不能想当然地根据创作者或成人的预设观念或大致感觉去判断，而是需要理论的支撑和切实的观察与验证。本书由于篇幅有限，无法一一回答这些问题，然而这些问题对于儿童剧场的理论建构是具有思考和回答的价值的。

同时也要指出，"从剧本创作到舞台演出"这一说法本身的局限性。如上文所述，剧本创作只是传统戏剧观念中的一种创作方式，将剧本作为一剧之本，而不是现代剧场发展的唯一方式；同样舞台演出是指呈现在舞台上的演出，也具有一定的局限性，现代戏剧发展到今天已经不仅仅被呈现于舞台，而是在任何可供呈现和欣赏的空间里都有可能，比如公共空间(商场、广场、公园、地铁、酒吧等)，比如学校（教室、食堂、办公室等），又比如风景地(海边、山上、沙漠、高原、森林等)，所有这些开放性空间或者封闭性空间都可以成为剧场，舞台的概念已经被大大拓展了。"从剧本创作到舞台演出"这种说法同样人为地将可供研究的对象范围大大缩小，不利于理论的进一步开展和实践的创新。

反思三：

演员扮演角色在舞台上演出，以人物活泼风趣的外部行为与内心动作，以引人入胜、曲折跌宕的情节，表达鲜明的主题。

这一论断体现出传统戏剧的观念如此强势地笼罩着当前的儿童剧场，威力惊人，角色、人物、情节、主题，这些都是在传统戏剧的语汇上进行的儿童戏剧的演绎和阐释。而正如上文所指出的，在当今戏剧理论中，这些概念已经被打碎、重组，不再严格遵循戏剧的"三一律原则"，而是从根本上颠覆了剧场可能的对于人物的塑造，破除了对于情节与故事的固有认识，以及对于主题的先期预设，尤其是"曲折跌宕"的情节和"鲜明"的主题，再也不会成为剧场艺术家们的唯一追求。现代戏剧观念大大改变了剧场的形态和样貌，也大大改变了观众对于剧场的体验，其对剧场的影响是不容忽视的。

还要指出的是，对于儿童戏剧来说，不一定由演员扮演角色，也可以运用戏偶（木偶、人偶、提线偶等各种不同形态的偶）、物件进行演出，操偶者会赋予无生命物以生命，使他们具有喜怒哀乐，开始向观众表达和讲述些什么；有时演员会和戏偶同台演出，不仅作为戏偶之外的人物出现，也作为操偶者出现，这种人偶同台的形式极大地扩展了儿童剧场的表现方式。此外，儿童剧场的风格也应该是多样的，人物不仅可以活泼风趣，也可以冒傻气，可以机灵聪明，或是忧郁悲伤，甚至犹豫不决，也可以冲动快乐、无拘无束，总之儿童戏剧中的人物应该形态性格各异，形成多样性和丰富性，而不是只有一种特点，只呈现"活泼风趣"一种风格，这是对儿童戏剧的误解，对于儿童理解能力和心理特点的误解。同样道理，不仅仅是人物，整个剧目的风格都是如此，应该具有多样性，不雷同、不重复，力图表现出丰富多彩的外部生活和内心世界。

反思四：

儿童剧具有审美、教育、认识、娱乐功能，有助于少年儿童情操的陶冶，素质的提高。儿童剧包括戏剧家们的专业演出和少年儿童们的业余演出两部分。

这一论断阐释了人们观念中的儿童戏剧的四大功能、对儿童的意义和价值,同时将儿童戏剧进行分类。笔者认为,单单提及这四大功能是不够的,这只是理论的外壳和构架,没有血肉,没有持续深入地质问和思考,对于儿童戏剧的阐释就无法形成活的生命和真正的力量。儿童文学的基础理论中也同样提到了这四大功能,然而从中我们并不能发现其与儿童文学的不同。作为理论者,我们必须进一步叩问：儿童戏剧的审美和同样为儿童创作的儿童文学的审美究竟存在哪些不同？儿童剧场的教育功能、认识功能、娱乐功能与儿童文学，甚至与其他和儿童相关的领域（比如儿童电影）到底存在什么本质的差别？这才是儿童戏剧确立自身的碑石。同时对于这四大功能的一般概括，笔者是存有质疑的，理由是在这四大功能之中，可以发现从审美、从教育、从认知和娱乐四个方面去考察的儿童戏剧，但是看不到儿童戏剧自身的特质和融合性，体验不到儿童剧场所具有的独特魅力，解释不了儿童剧场究竟是为了什么产生，儿童观众和成人观众又究竟是为了什么而走进剧场，儿童剧场到底能在儿童生命的某一阶段为他们带来怎样的体验和感悟、收获和影响？从这四个方面的功能中只能模糊地看到儿童剧场在作为剧场艺术之外而承载着的某些零散的功能和作用，而其核心的立身之本则被忽略。

"有助于少年儿童情操的陶冶，素质的提高"这一判断更是隔靴搔痒、雾里看花，而且显示出对于儿童的强烈的教育意味，即以儿童戏剧为手段达成对于少年儿童某些方面的教育，若儿童戏剧理论仅仅以此作为儿童剧场的存在价值，若儿童剧场仅仅以这样的形象停留在人们的观念领域，这是多么令人痛惜的事情！作为剧场艺术的儿童剧场、作为教育方式的儿童剧场、作为日常游戏的儿童剧场——儿童与剧场的联接是如此密切，如此多样化，他们以各种方式和剧场产生可能性联接，每一次联接每一类剧场所带给他们的体验都是不同的，对于他们的价值和意义也不尽相同；而且这些意义并不是通过理论的强加或者外在的宣判，而是通过其自身的体验和感悟，在当下和长久的将来所发现和了悟的意义为准，即使是同一瞬间，每个个体所收获的意义也不相同。

最后我们来看对儿童戏剧的分类，将儿童戏剧分为"专业演出"和"业余演出"两类，这有一定的合理性，这一分类是从演出的专业性上来划分的。然而这就势必会引发下一个问题：怎样的演出是专业演出，怎样的演出是业余演出？在这一点上给出的论断就显得有些片面了："戏剧家们的专业演出""少年儿童们的业余演出"。从表面上看，这一判断似乎没有错，戏剧家固然是专业的，他们已经成名成家，而没有经过专业训练的少年儿童们理所当然是业余的，然而我们也不得不看到这一论断所存在的缺漏。

第一，这一分类无法概括儿童戏剧的种种可能性情况。在中国和外国，都有专业的戏剧团体和剧院，同时也有一些民间剧团、社区剧团、学生剧团或其他因为对此感兴趣而聚集到一起的戏剧社团，他们都可能为儿童提供演出，不仅是商业演出，也包括公益演出和免费演出。他们可能来自社会的各个阶层，基于不同的身份和社会背景，拥有不同的思想、看法和价值观，需要应对各自不同的生活境况，又因为不同的目的共同参与到儿童剧场之中，他们可能是警察、医生、企业家、普通工人、律师，也可能是老人、白领，他们可能是中年人、青年，甚至孩子，所代表的是可以参与到儿童剧场之中的广阔人群，而绝不仅仅限于戏剧艺术家和少年儿童。这一观念的转变是至关重要的，剧场并不是为一些人所特有，儿童剧场也不是专属于某些人，来自社会的任何阶层的个人，只要有兴趣有意愿，能找到相应的途径和机会，就能以自己的方式参与到儿童剧场之中。这是第一点要反驳的——儿童剧场不仅仅属于戏剧艺术家和少年儿童，对儿童剧场的分类也不该仅仅以这两者为界。

第二，所谓专业演出和业余演出的分类也值得反思。达到了什么程度才算是专业演出，什么才算则是业余的呢？让我们试想这样的状况，如果由戏剧家和少年儿童同台演出，此时要如何判断这出戏的专业性呢？由此可见，这样的分类过于简单，不能适应纷繁复杂的社会状况，也无法解释实践提出的各类问题。对于演出的专业性，不同的人也许会给出不同的标准，不同地域、不同时代、不同国家的人也许会得出截然不同的答案。如果从演出的目的性角度进行考量，是否用于赚取商业利益的就是专业戏剧，而用于公益用途的就是业余戏剧呢？答案当然是否定的，我们很容易找出这样的实例，为了赚取钱财以低劣的演出质量面对观众，所选用的演员也没有经过专业培训，舞美、灯光、服装、道具水平也堪忧，这样的剧目仍然可以进入市场操作流程公开售票；然而有些非常专业的演出却可能因为国家的扶持和资助会对某些特定人群进行免费演出和公益活动，比如每年的优秀剧目进校园活动，就是最专业的演出却在行使着公益的目的。

由此可见，单单要判定演出的专业性都不是这么简单的，让我们参考一下国外戏剧理论对解决这一问题所采取的方法。《戏剧的快乐》一书中从剧院而不是演出的角度进行阐释，认为专业剧院的定义非常复杂，但其底线为在专业剧院中工作的人们收入丰厚（而不仅仅是象征性地赚一点），同时指出专业性的剧院也分为营利剧院和非营利剧院。[1] 而业余剧院在美国则主要包括教育性剧院和社区剧院，是由不拿薪水的人们制作并演出戏剧。[2] 这是从工作者的薪资状况去定义专业与否这一概念的，有一定的合理性，说明了一定的问题，但其所指称的"专业"却有可能和"职业"相混淆。

第三，将儿童戏剧仅仅通过演出来划分具有显而易见的限定性，儿童戏剧中最重要的关系——观演关系从中并没有体现出来，而且包括观演关系在内的剧场整体才是真正具有研究价值的，这一分类显示出对这一剧场整体的忽略。同时儿童剧场应该包括更大的范围和更多的可能性，实现在儿童和剧场之间的多角度、多层次、多侧面的联接。

综上所述，已有的儿童戏剧理论提出了为儿童演出，将儿童观众放到首要位置来定义儿童戏剧，这有一定的合理性和进步意义。然而从儿童戏剧这一概念阐释中我们会发现其中存在很多问题和局限，主要包括：对儿童的年龄划分比较混淆模糊，对儿童和剧场的关系缺乏深入的探讨，传统的戏剧观念非常强势，对有别于传统戏剧的后现代戏剧的新观念及其创作方式和演出模式缺乏足够的了解，对于戏偶、多媒体与儿童剧场的结合并没有足够的意识，对当代戏剧的发展可提供给儿童剧场的借鉴和灵感缺乏足够的认识，对于儿童戏剧的某些特性，如艺术性、观众的特殊性等问题只是点到为止，并未进行深入思考和探讨，对人物的理解和剧目的风格在理论上呈现出单一的倾向，对于功能和意义的解读没有切准儿童戏剧的要害，揭示其有别于他者的特殊性，对儿童戏剧的分类大大缩小了研究的范围且有必要论证其合理性。此外最重要的是，这一概念仅仅关注戏剧的演

---

[1] 吉姆·帕特森等：《戏剧的快乐》，张征、王喆译，人民邮电出版社，2013，第75页。
[2] 同上，第80页。

出过程，而忽略了剧场作为一个整体所具有的合力和能量，以及观众作为剧场中至关重要的参与者，他们的进入对剧场所造成的关键性的影响。

对于儿童戏剧的概念阐释揭示出目前这一概念自身的局限及其背后所隐藏着的人们对儿童戏剧的已有观念，有些认识和观念已经造成了现实实践中的阻碍，这让我们看到建构新概念和新理论的紧迫性和重大意义。理论上的缺漏和匮乏呼吁着学者去重新界定概念，找到新的符合时代和社会发展要求的概念，找到能承载新的戏剧观念，促进和支撑新的戏剧实践的准确而清晰的概念。

二、新概念：儿童剧场的提出

由于上述诸多因素，儿童剧场的概念提出成为理论完善自身的迫切期望和必然要求。那么这一概念的提出是否能承载和满足当今的戏剧发展流变与理论建构的内在要求？"剧场"和"戏剧"两个概念之间存在何种差异？"儿童剧场"概念与已有的"儿童戏剧"概念又在哪些方面存在差异，这些差异又是如何弥补"儿童戏剧"在已有阐释上的不足和缺漏？新概念"儿童剧场"的提出究竟具有哪些崭新的意义和价值，对进一步的理论建构能给出怎样的研究思路和研究内容方面的具体建议？这些都是"儿童剧场"这一新概念的提出所必须要探讨和解决的问题，也是本节致力于完成的目标。下文将从"戏剧"和"剧场"的区别入手，深入分析两者所指向的对象的区别，进而论述从"戏剧"到"剧场"的转变所揭示出研究对象的转变。

1. "戏剧"和"剧场"

在论及儿童戏剧和儿童剧场的时候，对戏剧和剧场做概念上的辨析和梳理显得必不可少。这是一个相当复杂的问题，因为中国现代戏剧是舶来品，是在西方的文化土壤中诞生和发展起来的，戏剧理论的核心概念也是借用西方的概念和观念进行表述，所以当我们在这里试图讨论中文"戏剧"和"剧场"概念的时候，不得不追溯到外文词汇及其与汉语表达之间的关系，同时还要论述在汉语表达过程中已然形成的对戏剧和剧场的已有观念与认识转变。也就是说,我们既要研究词源,及其对戏剧观念的影响,也要反观戏剧观念对语言的反作用,以及日常语言和理论语言在表述上的区别。

先来看外文中的戏剧和剧场概念及其所指称的对象。theatre 一词如今在英文中使用得十分广泛,它被用来描述演戏的剧场:"建筑、结构、演出空间,即'观看事物'的地方",同时"它也泛指剧团、剧团里的成员和上演的剧目,即'所作所为'的部分",最后它还指一种专门的职业及职业生涯的统称。①也就是说,英文表述中的 theatre 既包括硬件的部分(建筑、空间、实体),同时也包括软件的部分(剧团、剧目、成员、职业),它所包含的范围是很广泛的。那么 theatre 和 drama 之间有什么不同的呢?罗伯特·科恩在《戏剧》一书中说,"在英文里,theatre 和 drama 常可替换着用,但它们各有其特有的含意。尽管两者都是广义的,theatre 意味戏剧各种成分的总和(建筑、布景、表演等),drama 的含意相对狭窄一点,主要是指在这样的'剧场性'环境里演出的剧目。"同时他还特别指出,"theatre 可以指一幢建筑,drama 则不能。前者包括戏剧艺术的全部——建筑、设计、表演、布景建造、广告、市场销售等等——而后者更多地用来特指剧目或剧本(或戏剧文学)。"②由此我们可以看出,drama 不包括硬件的部分,而且它的使用范围相对比 theatre 小,它常常特指"在戏剧性环境里演出的剧目",即它所指称的对象集中在演出整体的一个重要部分——剧目上。

从词源上的解释也从某种程度印证了这一区分。英文里的 theatre 一词源于希腊语中的 theatron,意为"看的场所",drama 一词则源自希腊语 dran,意为"去做"。然而由于翻译上的问题以及考虑到汉语本身的表达习惯和概念所能承载的涵义和意味,一般而言在翻译国外的戏剧理论时常常把 theatre 一词根据其特定的语言情境翻译成"戏剧",同样 drama 一词也被普遍翻译成"戏剧",由此在外文中可以较为明确地区分两者的不同意味的状况,到了汉语表达中就较为容易混为一体。这在传统戏剧的理论框架

---

①吉姆·帕特森等:《戏剧的快乐》,张征、王喆译,人民邮电出版社,2013,第7—8页。

②罗伯特·科恩:《戏剧(第6版)》,费春放等译,上海书店出版社,2006,第10页。

下还能够勉强应对，因为传统戏剧所指称的 drama 具有十分明确的创作方式和特性，一般都有固定完成的剧本，情节性较强，人物典型而分明；然而当戏剧发展到了后现代，出现了大量从根本上背离文本，取消文本对戏剧的统治权的剧场作品，同时戏剧的概念也被大大扩展了，戏剧作为艺术只是对戏剧的理解方式之一，而戏剧作为表演（人类表演学）的理念被提出，受到了人们的关注。在这样的状况下，drama 一词就渐渐失去了概括这一新实践的能力，戏剧观念的极大割裂和革新也带来了概念表达上的失误，theatre 一词因其涵义上的广泛性和兼容并包而具有更强的适用能力来应对戏剧观念的变革，同时在西方日常的语言表述中也更多被运用。各国所举办的戏剧艺术节，其名称未出现过 drama，而一律统称为 theatre，同样的情况也发生在国外的各类儿童戏剧节中，中国上海多年前举办的国际儿童戏剧节邀请了来自世界各地的优秀儿童剧团，为了和国际戏剧观念接轨，也沿用了国际上对于儿童戏剧的一般表达，不再称其为 children's drama，而一律称其为 children's theatre 或 theatre for young people。

由此可见，汉语概念所指称的对象及其范围与英文相应的概念所指称的对象和范围是不同的，在汉语中剧团、剧院、剧目、剧场、戏剧都有不同的词汇对其进行划分，其所界定的含义相对而言是比较精细的，针对性也较强，而在英文中主要使用两个词汇，一个是 theatre，一个是 drama，且词意范围都比较广泛，故其意义也比较模糊。在英文中 theatre 一词就包含了上文所讲的和戏剧相关的各个方面和行当，而在中文翻译的过程中，为了显示出其与"剧团""剧目"这些概念的区别，也会将 theatre 译为"戏剧"，然而此"戏剧"非彼"戏剧"，再也不是传统意义上我们所理解的戏剧了，这一"戏剧"的概念被大大扩展。然而这些在翻译中无法体现，当我们阅读翻译完成后的西方戏剧理论著作时，却无法觉察到这一点，因为翻译为了表达和理解的流畅性，已经把词意进行了微妙的替换。比如近年来所引进的理论作品，上海书店出版社于 2006 年出版的《戏剧》一书，其原名为 Theatre；2013 年人民邮电出版社出版的 The Enjoyment of Theatre，也仍旧被翻译为《戏剧的快乐》。普遍将 theatre 译为"戏剧"，不对 theatre 所表达的"戏剧"和 drama 所表达的"戏剧"作严格的区分，这固然是由于汉语表达的习惯性用法所形成的强大保守力量造成的，但事实上也为理论的继续探索和深入思考设置了阻碍。

笔者认为，应从根本上区分 drama 所指称的"戏剧"和 theatre 所指称的"戏剧"之间的区别，重新界定研究对象的范围和广度，发现新的可供研究的切入点和视野，当然这种表达也确实要兼顾汉语的表达习惯，并在更大范围内，以更顺畅的方式被我们接受，用以思考和界定。从这个意义上，笔者将提出"剧场"这一概念并对其加以论述，从而揭示其与 theatre 在概念范围和表述上的贴合性。

汉语中对"剧场"的一般性理解是"演戏的场所"，这与 theatre 在词源上具有共通性。剧场首先是一个空间概念，即可供演出的场所，但是在空间感的建构上，剧场和"剧院"既有区别又有相似。剧院这一概念所体现出的空间感更多是从建筑物上去描绘的，而且往往指比较正式，比较豪华的室内场所，也就是说，剧院体现出的建筑物自身的功能性——用作演出的用途，一般而言是比较传统的舞台和观众席设置，演出和观众都是处在封闭的室内空间中，这相对而言是比较传统的剧院结构。现今一个剧院里也往往不止一个剧场，常设有多个不同形态的剧场。同时剧院也是一个组织团体概念，用以指称策划组织演出活动的剧团。

剧场所指称的空间感与剧院不同，剧场提供了一定的演出空间和观看空间，但不仅仅限于传统意义上的舞台和观众席的布局，而是存在更多的可能性。剧场这一概念也并不关注建筑物对空间的塑造和限制，剧场可以在室内也可以在室外，可以在广场、海边、山顶、学校，总而言之，凡是可以形成演出和观看关系的场所，都可以成为剧场。剧场也不仅仅依附于实体，即某个建筑物被人为地长期赋予演戏的功能，人们来到这里就是为了欣赏戏剧；剧场则不然，剧场可以兼顾任何其他用途，比如酒吧、咖啡馆既可以让人们休闲娱乐，享受饮料点心，也可以同时成为观戏的场所。剧场的"观戏"功能不是被强行规定始终存在的，而是在特殊的状况下被赋予，在某一时刻根据另一些特殊需要又可以被抹去的，由此剧场具有了更广阔的选择性和可能性，夜晚安静的街道、人头攒动的商场、轰隆隆行驶的火车上、半山腰的凉亭里、雨后的菜园中，所有这些场所都可能成为剧场。于是，剧场可以是金碧辉煌的宫殿或中世纪的城堡，豪华精致，也可以是简陋的小仓库或破厂房，甚至阴暗潮湿的地下室，落魄简单，它可以搭起最炫目的布景，也可以一无所有任凭观众想象。

　　熟悉戏剧的观众都知道，剧场本身是不能以其豪华与否去评价其优劣的，豪华先进的剧院固然有其优势，它的灯光、音响设备可能会带来非常震撼的感官体验，目前流行的多媒体演出效果就需要相当昂贵的器械和幕后控制室才能够完成，然而剧目的类型多种多样、风格迥异，所需要的环境各有很大不同。有些剧目从其创作的初衷、内容和对剧场的要求来看，可能会更适合在阴暗不透气的小型剧场演出，有些剧场没有充足的灯光设备，但会合理运用自然光或者其他照明设备来营造出全然不同的剧场效果和感受。不同的空间会带来不同的能量的聚集，不同的空间感受和身体感受，不同的视觉、听觉，甚至触觉和嗅觉上的迥异效果，有时也会彰显出其背后的创作理念。所以，如果剧场空间选择得好，与剧目相得益彰，就会极大地提升演出的效果。而在现代戏剧的创作过程中，不同的剧场空间甚至会在其生成阶段就影响剧目的创作，从某种程度上决定剧目的走向和风格。

　　那么判断某场所是否成为剧场的决定性因素是什么呢？当演员在地铁里演出，那么在演出过程中，地铁的某一被占用及其被影响到的空间，形成观演关系的空间都可被称为剧场，而地铁里来往的路人则成为观众，自行决定着何时开始观看，是否停留下来继续观看，或者离开；当演出结束后，演员撤离，一切又恢复了平静。你很难说刚才演出的地方仍是剧场，剧场已经随着演出和观看的结束而消失。剧场概念的这一特性所具有的意味和学校有些相似。学校看似是一个空间概念，实则并非如此，只要有学生和老师在进行教与学的活动，学校就存在；而如果没有主体的存在，那学校就只剩下教室和校舍，如果学生和老师因为某些原因从原本被称之为学校的场所撤离，搬迁到另一地方，那么这些空空如也的建筑物是无论如何也不能被继续称为"学校"的，顶多只是"学校的遗址"。同样，我们对"家"的理解也是如此。所以对剧场的理解不要和剧院、舞台混同起来，剧场首先是一个空间概念，同时它又是广义的，充满灵感和创造性的，充满着多样性，各种场地都拥有实现为剧场的可能，然而判断某场所和空间是否已然成为剧场的决定性因素是观演关系的存在。当演出进行且有人观看时，无论是否售票，无论作为个体的观众何时进入何时离开，剧场都是存在着的。

如果对剧场内部空间作进一步的细致分析，可以将其大致分为舞台区和观众区两部分。当然这种划分也越来越受到当前的演出实践的挑战，演员在观众当中表演，突破对于舞台区和观众区的人为划分，将舞台区和观众区水乳交融、合而为一的状况也变得常见。一般而言，目前占据主流地位的戏剧空间(主要指美国)分别为：镜框式舞台、伸出式舞台和圆形舞台。不太常见的其他布局也包括亭子间舞台、过道式舞台。[1] 这是比较传统和主流的剧场的舞台和观众席的位置关系，不可否认还有大量其他的可能性存在，这里不一一列举。在所有这些剧场空间设置中，剧场的大小、高低、冷暖，观众席和舞台的关系，舞台的高低，座位的摆放和面向，以及座位的高低、软硬和豪华程度，座位之间的间隔等诸多设计，都可能会影响到具体剧目演出的实际进行和效果。观众席和座位的设置是观演关系的实体化，带有强烈的观念特点和阐释意味。"某些既非欣赏主体又非欣赏客体的因素同样能制约或影响到艺术欣赏活动的过程以至效果。"[2] 在欣赏剧场艺术的过程中，这些非欣赏者也非演出的因素对欣赏过程的制约和影响显得尤为突出。因为剧目的呈现需要通过一定的空间来完成，而这一空间并不是抽象意义上的空间结构，而是包括周遭的环境状况、气候状况和空间所在的位置、形状、大小、布局等多方面的因素构成的具象空间，是演出最终得以呈现的实体环境。

剧场的环境因素对于整出戏的呈现方式、演出效果和欣赏方式而言具

①吉姆·帕特森等：《戏剧的快乐》，张征、王喆译，人民邮电出版社，2013，第71—73页。
②万庆华：《艺术欣赏——体系和理论架构》，山东美术出版社，2012，第57页。

有举足轻重的作用。尤其在欣赏方式上，戏剧不同于雕塑、绘画、文学等其他艺术形式，它是在同一时间内聚集大量观众，成为一个整体并进行共同欣赏的过程，并在这一过程中保持个体欣赏者自身的独立性。由于这一欣赏方式的特殊性，即个体欣赏者是在某一公共空间（剧场）中进行欣赏活动，而不是处于较为隐秘的私人空间，故无法最大限度地保有私密性和无干扰性。置身于观赏群体之中的个体不得不受到来自整个观众群体的影响，包括他人的回应，他人对戏的观感和态度，他人的肢体动作和言语表达，他人的情感情绪也会通过某些方式传达出来，甚至某些很小的看似微不足道的行为(比如抖腿)，都有可能会影响附近观众的欣赏效果。同时独立于观赏群体之中的个体也以某种方式影响着整个剧场环境和氛围的最终形成。这种表面看似与演出关系不大，却在不动声色之间影响着个体欣赏者的欣赏趣味和意愿的综合性的环境，比如整个剧场的风格、舞台的走向和大小、舞美的呈现、观众席的布置、灯光、音效、服装等多种因素所共同营造出的复杂效果，当这一切与演出的现场呈现、观众的观看形成合力时，缠绕在剧场之中的那种特殊的氛围、能量的流动所形成的"能量场"，就会向我们揭示无形剧场空间的存在。无形剧场空间既会对演出的呈现、演员的发挥造成较大影响，也会对观众的实际观赏效果造成较大影响，无论是演出还是观看都是在这一能量场中完成的。

雅克·德里达说过："戏剧的表现是有限的，除了自身的即时存在，不留下痕迹和实物。它既不是书也不是作品，而是能量。在这个意义上，它是唯一的生活的艺术。"在我们的观念中，通常认为剧场是有形空间，然而还存在着"无形剧场空间"，如果从能量的角度去理解，那就是"能量场"，身处同一能量场中的各方的作用是互相的，剧场的无形空间正是提供能量的汇聚、积累、碰撞和爆发，从而产生不可估量的化学反应的"无形剧场"。这样我们就触及到了关于剧场概念的空间建构的另一层面——剧场不仅包含可看到、可触摸到的有形空间，同时也包含着无法看到、听到、闻到、触摸到，却可以强烈感受到的汇聚着能量的无形剧场空间。也就是说，剧场并不仅仅是空间意义上提供演出呈现的地方，同时也承载了观众的存在及其面对剧场的方式，对演出和剧场的反应，以及由此而产生的能量的流动和相互作用。然而由于这一"能量场"和"无形剧场"是没有实体的，那么人们（包括演员、观众、剧场工作人员等所有身处剧场之中的人）是如何可以体验到能量场和无形剧场空间的存在？通过何种方式这种能量为他们所感受到？这是一个值得深究的问题，下文将专辟章节进行详细讨论，这里不再详述。

需要特别指出的是，剧场的空间建构只是剧场概念的基本层面的涵义，同时剧场也可以从历时性的角度去衡量，指包括演出过程在内的剧目的创作过程和呈现方式。此外，剧场概念也可以从时间和空间的共同呈现上进行指称，其特定涵义是由演出和观看所形成的观演关系的整体，及由剧场的有形空间和无形空间共同营造出的能量场的流动和碰撞，包括所有这一切在内的复杂交融、相互作用所呈现出的整体效果的"当下"和"现场"。更进一步阐释会发现，剧场不仅仅是空间概念和时间概念，同时也是文化概念，是审美概念，包含着在不同层面上对剧场这一概念进行深入阐释的可能性。

回看当今的戏剧（theatre）理论，对戏剧（theatre）的理解总体可以分为两部分，即作为艺术的戏剧（theatre）和作为表演的戏剧（theatre）。"戏剧既是表演也是艺术。时下的理论著作大多将戏剧看作一种表演，早期理论则将其视为一类艺术。"①"剧场"一词具有同时指称这两种理论和观念的容量，即表述为"作为艺术的剧场"和"作为表演的剧场"，将theatre直接翻译成"剧场"比"戏剧"更贴切，更有包容性，最重要的是在词意的表达上"剧场"明确拓展了概念的范围，将演出和观赏环境纳入到涵义中一起考量，展示出"戏剧"一词（一般指"剧目"或"演出"）并不是孤立存在的，而是在一定的空间里（包括有形空间和无形空间），在一定的情境（社会大情境和剧场小情境）下完成的，扩展了研究关注的焦点，同时也为"能量场"的阐释提供了便利。由此可见，"剧场"在理论阐释和表达上的优势比之"戏

①吉姆·帕特森等：《戏剧的快乐》，张征、王喆译，人民邮电出版社，2013，第3页。注意这里所引的戏剧一词原文是theatre。

剧"一词是显而易见的。

2. 儿童剧场的概念提出

在详细论证了"剧场"比之"戏剧"一词在所限定的对象范围、关注焦点方面的差异及其在翻译过程中所产生的种种问题之后，笔者将从理论层面正式提出"儿童剧场"这一核心概念，并对其进行初步的分析和阐释。

与儿童戏剧的概念不同，儿童剧场通过词汇上"剧场"对"戏剧"的替换，大大扩展了研究对象的范围，主要表现在三个方面：

第一，不仅关注儿童戏剧的文本（剧本）和剧目（drama），而且将指称对象扩展到由演出和儿童观众群体，及各种附件因素所共同形成的儿童剧场整体（theatre），包括有形剧场空间和无形剧场空间在内的整体。这一新概念大大拓展了研究的范围，把儿童观众也融入其中，并研究儿童剧场里发生的整体，这也将有利于对儿童剧场的整体性把握，而不仅仅是关注演出。

第二，新概念也暗合了当今戏剧（theatre）理论的两大趋势，即把戏剧作为艺术和作为表演两个方面来理解，无论是作为艺术的儿童戏剧还是作为表演的儿童戏剧都会形成相应的"儿童剧场"，虽然这些儿童剧场形态各异，目的、方式和进程都迥然不同，但是其作为儿童剧场的实质是基础性的，都可以涵盖于儿童剧场的概念之中。也就是说，儿童剧场不仅仅包括作为艺术的剧场，还包括作为表演的剧场。而儿童戏剧概念则仅与作为艺术的儿童戏剧（theatre）之间具有更强的贴合性。

第三，儿童戏剧在指称作为艺术的戏剧时，其所指称的对象更多偏向于作为艺术的戏剧的传统形式，即通过戏剧动作表现人物，遵循三一律，以剧本为本的戏剧形式，而与后现代戏剧的发展实践之间也存在一定的概念偏差和无法准确概括的现象。简单而言，drama 主要指建立在剧本基础上进行演出，而 theatre 指可与文本相关，也可背离文本直接进行创作所呈现出的儿童剧场。

综上所述，"儿童剧场"对"儿童戏剧"在研究对象和关注焦点上的扩展主要是通过这三方面来完成的。

儿童剧场概念对于特殊观众群及年龄段的划分仍然沿用了"儿童戏剧"中的"儿童"表述，这是因为在汉语中难以找到能够更准确涵盖0~18周岁各个年龄段的词汇。从语言学的角度而言，词意本身具有模糊性，原因在于现实现象是复杂的且往往是连续的，用离散的语言单位"词"对这种现实现象的切分也只能是大致的，不可能做到丁是丁，卯是卯。比如从年龄上可以将人划分为童年、少年、青年、中年、老年五个阶段，在汉语中可以用这五个词来表达，但每个词所指的具体年龄段界限却是比较模糊的，比如58岁算中年还是算老年呢？37岁算青年还是算中年呢？在不同的时代、不同的地域可能都会产生不同的判断。然而需要肯定的是，虽然词义具有模糊性，但词义所概括反映的现实现象的中心和典型是比较清楚的，例如我们不会怀疑20岁属于青年，80岁属于老年。有时为了表达的方便，人们还会对汉语词汇进行重新概括，于是就有了比如少年儿童、青少年、中青年、中老年等说法。在日常交际中的使用需要词意相对明确同时也要具有弹性，理论研究则要求词意的高度准确和严密。

在儿童戏剧的概念层面，其所面对的特殊观众群体是指从0~18岁的儿童。也许有人会怀疑剧场是否能提供给年龄非常小的孩子，甚至是婴儿观赏，然而国外大量的研究实践都证明了0~2岁的婴幼儿进入剧场的可能性，婴幼儿剧场在现实中发展迅速蓬勃，日益引起人们的关注。同时所谓18周岁的成年标准，不同国家也有所不同，有的国家规定的是16岁成年，有的则是18岁。我国根据联合国妇女儿童权益保障法规定0~18岁都为儿童，这也是目前国际上普遍认可的对未成年人和成年人界限的划分。本书所指的"儿童剧场"中的"儿童"是指大儿童的概念，包括了婴儿阶段（0~1岁）、幼儿阶段（1~6岁）、儿童阶段（主要指小学生，6~12岁）、青少年阶段（主要指初中生和高中生，12~18岁）四个年龄段。其中6~12岁的小学生阶段也被称为"儿童阶段"，但这是狭义的儿童概念，与"儿童剧场"中的"儿童"所指称的大儿童概念是不同的。由于汉语表达的特殊性，难以找到能同时涵盖上述四个年龄段的词对其加以概括，只能暂且沿用"儿童"所表述的大儿童概念，但是需要在理论上作明确的区分和界定，并将其与日常生活中的通常用法区分开来。此外，从年龄上对儿童概念进行划分只是其理解的某一方面，理论上的"儿童"不仅包括现实层面的儿童、社会学意义上的儿童，还包括文化和审美层面的儿童。

如上文所指出的，由于日常用语和理论用语之间的区别，在现实中使用"儿童剧场"这一概念时仍然可能会造成与"儿童戏剧"同样的问题。日常生活中约定俗成的用法是将"儿童"视为年龄为 12 岁以下的孩子，或者在更狭义范围内使用它，仅指 4~12 岁的孩子（包括幼儿和小学生），已入初中的孩子大多从心理上不再认为自己是"儿童"，成年人也往往认为他们有别于狭义的儿童而称其为"青少年"。由此现实中的儿童剧场自然而然会损失大部分青少年观众，以及非常年幼的婴儿观众，将他们拒之门外，这大大缩小了儿童剧场的观众年龄范围，对儿童戏剧场的整体发展是很不利的。这类情况很有可能发生，近年来儿童剧院排演的儿童剧所针对的年龄层大多集中在 4~10 岁，而青少年往往不屑于走进儿童剧场，因为他们并不认为自己是儿童；由于他们拒绝进入儿童剧场，这一观众群逐渐萎缩，中国又没有专门的青少年剧团，这就使青少年剧场失去了发展壮大的土壤和契机。同样的情况也发生在婴幼儿剧场中。其实青少年和婴幼儿作为儿童同样有权利进入剧场，观赏到为他们所喜爱的戏剧，思考和讨论为他们所关心的话题，然而由于命名上的疏漏却使之受到阻碍而停滞不前。可见概念的界定和特定名称的赋予在日常用法上和在理论上同样重要，甚至会极大影响儿童剧场的日常发展和理论阐释，这是值得我们警醒的。同时也要避免在剧目创作上过多倾向于小学与幼儿园阶段的孩子，要更为专注青少年剧场和婴幼儿剧场，有意识地为他们创作，使他们能够更容易进入剧场，感受和体验剧场的巨大魅力。

综上所述，在理论层面，确认在"儿童剧场"概念表述中的"儿童"指的是从 0~18 周岁的特殊观众群体，并将儿童剧场按年龄段进行分类，可分为婴幼儿剧场、儿童剧场（狭义上的儿童）和青少年剧场三大类。同时在日常生活中，为了适应人们对"儿童"一词的固有理解，避免因此造成的偏差，可将"儿童"仅从狭义上理解，同时确立与之相对待的"婴幼儿剧场"和"青少年剧场"的提法，用以指称相应年龄段的儿童剧场，从而为在实践领域有效地扩大儿童观众进入剧场的年龄范围，为发展适合于婴儿和幼儿观看的剧场，适合于成长中的青少年观看的剧场提供理论上的支撑，奠定基本的概念指向和理论基石。

同时还要特别指出，"儿童剧场"概念虽沿用了已有的"儿童"一词，并以"剧场"替换"戏剧"一词，然而所涉及的不仅仅是单个词汇的沿用和替换，也不是"儿童"和"剧场"的简单相加，而是"儿童"和"剧场"这两个核心词汇相互融合和作用而形成的拥有特定含义的专有名词。儿童剧场概念从本质上显示出儿童和剧场的可能性联接。戏剧牛津词典中关于 Children's Theatre 的词义解释很明确，就是成年人为了儿童所进行的演出。然而在中国特殊的历史条件和社会状况下，我国的儿童剧场除了有成人为儿童的演出之外，还有儿童作为演员来演剧的传统，这一传统丰富了在中国儿童和剧场的可能性联接方式，不应该被忽略。那么儿童剧场包括了哪些丰富的剧场形态？儿童和剧场之间存在怎样的可能性联接呢？接下来让我们对儿童剧场概念中所包含的不同种类的研究对象进行细致的划分。

笔者将借助于目前的戏剧（theatre）理论已取得的丰硕成果，即将戏剧（theatre）作为艺术和作为表演两方面进行理解，试图为儿童剧场的理论建构提供思路和灵感。戏剧（theatre）被作为一种艺术（art）在传统戏剧理论中已经进行过较深入的研究，这里不再详述。先来说说作为表演的戏剧（theatre），"表演（performance）是一种有人做某事而他人旁观的活动。……人们在日常生活中也会表演——他们会依据事件和对象的不同而改变自己的行为甚至是外貌"[1]。有些表演非正式且不具有明确的结构，而有些表演则恰恰相反，比如宗教服务、体育竞赛、游戏或婚礼，而在这些表演中最正式的就是戏剧，故而戏剧也被称为"表演艺术"。值得提出的是，作为表演和作为艺术是对戏剧理解的不同方式和不同角度，而不是对戏剧所做出的简单划分，从已有的理论探讨来看，这两种对戏剧（theatre）的理解都

①吉姆·帕特森等：《戏剧的快乐》，张征、王喆译，人民邮电出版社，2013，第4页。

是具有高度建设性和益处的，两种理论视角的合力将会更有助于我们对于儿童剧场的深入阐释。

从艺术的角度去理解儿童剧场，确立了儿童剧场作为艺术形式的特殊性，将其与其他的艺术形式相区别、相对照。同时这种理解自身显现了对于因儿童剧场观众的年龄和能力问题而造成的对儿童剧场进行浅显表面认识的弊病，也有助于纠正在实践中出现的儿童剧场一味热闹，艺术感欠缺或毫无深度的倾向。借鉴已有的戏剧艺术理论也将能帮助儿童剧场自身的理论建构，进而揭示其与一般戏剧理论的相似之处和差异性，从而树立完整的成系统的儿童剧场艺术观和艺术论。从表演的角度去理解儿童剧场，为我们提供了一个更广阔的理论视角，剧场的范围不仅仅局限在专业的剧院之中，而是拓展到了日常生活领域和教育教学领域，有效建构起儿童和剧场的可能性联接的广度和深度。我国目前对儿童戏剧的理论研究专注于专业演出层面（根据 1987 年 8 月中国儿童戏剧研究会章程），这固然是值得深入研究和深入开垦的土地，然而也应该看到儿童剧场自身所包含的广阔空间和研究角度。

在 20 多年前（1994 年开始），被誉为"中国教育戏剧第一人"的李婴宁就将教育戏剧（当时也称"创作性戏剧活动"，但两者略有不同）从国外引入上海乃至其他城市。起初学校并不认可，只能先在企业做试点，直到 2007 年，教育戏剧专业开设于上海戏剧学院戏剧影视文学系下，开始了专业人才的培养和输送。李婴宁在各种公开场合大力介绍和推广这一剧场形式，为教育剧场在中国的普及和发展开拓了道路。"教育剧场"以戏剧作为教学方式被引入到学校，其理论偏向于应用层面，且在美国和英国都已经有了多年的经验积累。教育剧场不是戏剧作为艺术，而是作为教育方式的实践运用，这在某种程度上也应和了作为表演的戏剧（theatre）观念，是其在特定社会领域的运用。从日常生活领域，儿童和剧场也能找到无比广阔的可能性联结，儿童自发的游戏中充满了大量与表演相关的因素，由此形成的剧场更日常化，具有更大的随意性，是儿童作为创作者，由儿童来组织、完成、观看的准剧场活动，充满着儿童自身的想象力和创造力。大量存在于儿童日常生活领域的这类"日常剧场"和教育教学领域的"教育剧场"都是从作为表演的戏剧观念中诞生的，是从表演层面理解儿童剧场所获得的新的研究思路和研究领域，具有极大的理论意义和实践价值。

需要指出的是，具体的剧场可能同时承担着艺术、商业、娱乐和教育等诸多功能，即使作为艺术的剧场中也是如此。作为艺术的剧场并不是特指那些只为了艺术而存在，把艺术奉为唯一准绳的剧场形式，而是从剧场的专业性角度加以界定的，从艺术角度去考量剧场的一种理解方式。当我们论及教育剧场时，也并不是指这其中就完全没有艺术性，或者完全与儿童自发的表演游戏相隔绝，而是指在一定的教育目的的指导下，在比较典型的教育场所（如学校、幼儿园、早教机构）中所进行的戏剧活动，是从教育角度去考量剧场的一种理解方式。同样，日常剧场是从日常生活角度去考量剧场的一种理解方式，日常剧场中也可能包含着儿童自发的艺术呈现，或者展示出儿童某种天然的自我学习和教育的倾向，这并不矛盾。

由此，这三者（作为艺术的剧场、作为教育的剧场、作为日常的剧场）就构成了儿童剧场理论研究的三大面向，也是儿童剧场理论建构的三大支柱。这三者都是人为赋予并通过一定的手段和方式去实现的，然而在所要达成的目标、所采取的策略、所需要的时间长度和场地要求、儿童的参与方式、体验方式、感知方式、过程及最终所获得的感悟，以及引导者的介入等方面都存在根本性的差异，其共通点就是儿童剧场的存在（虽然其存在形式是多种多样的），及其中所蕴含的戏剧精神（虽然其表现形式也是多种多样的）。

综上所述，儿童剧场同样可以从艺术的角度和表演的角度对其进行探讨，包括作为艺术的儿童剧场和作为表演的儿童剧场，前者既涵盖了传统戏剧形式在儿童剧场中的体现，也包括了后现代戏剧形式在儿童剧场中的体现，后者主要包括教育剧场和日常剧场。当然也要看到，儿童剧场中可能还包括着更多更复杂的形式和状况，未来儿童剧场的发展也可能会提供新的实践面向，有些特殊案例或状况可能无法被完整而全然地容纳到这一理论体系之中；然而值得安慰的是，儿童剧场的理论建构还处在最为初始的阶段，还有进一步探索调整的必要和继续探索调整的潜能，期望这一理论框架和三大支柱的建构能为儿童剧场的完整理论建构提供视野，奠定基础。

儿童剧场发展至今，已经在整个戏剧发展过程中占据了一席之地，其产生是历史的要求和时代的呼唤，表达了切切实实的生活中人们的特定需求。而儿童剧场这一研究对象在理论上的确认和拓展是具有里程碑意义的，为研究提供了新的视野和关注焦点，树立起三大理论支柱和研究方向，更有益于深入探索儿童剧场和成人剧场之间的界限和本质区别，在戏剧发展和理论建构的语境变动之中，在儿童概念及对儿童的认识不断生成的变化之中，为儿童剧场如何确立自身，如何发展自我，如何找到立身之本，如何在此基础上进一步发展壮大寻求突破口和理论可能。

3. "儿童剧场是什么"及对问题的反思

提出儿童剧场的概念之后，就需要对其进行理论阐述，界定其概念的内涵和外延，同时确定研究对象的范围。我们已经知道这里所指的"儿童剧场"并不仅仅是空间意义上提供演出呈现的地方，而是指包括演出空间在内的剧目呈现方式和观看方式的整体。接下来就要进一步思考：儿童剧场到底是什么呢？它和成人戏剧之间到底有怎样的区别和联系，使其能够从一般戏剧中脱离出来，与成人剧场划清界限，同时得以确立自身？

在中国儿童剧场的发展过程中，存在专门为儿童建造的剧场，大多专属于某个剧团，大多数情况下只供儿童剧场的演出专用。然而如上文所说，儿童剧场的概念和儿童剧院的概念是有区别的，并不是所有在儿童剧院中的演出都可以被称为儿童剧场，同样在任何其他剧院，甚至是专供成人观看演出的剧场中，也可能会存在儿童剧场。儿童剧场的界定并不是由其在哪里演出决定的。在一般性的剧院演出儿童戏剧，其演出过程所形成的剧场整体就可被称为儿童剧场。同样，虽然在国内，我们有专门的为儿童提供演出的剧团，包括国立剧团和民营剧团，然而在国外，专门演出儿童戏剧的剧团相对较少，他们的剧团大多是成人戏剧和儿童戏剧都会进行创作。由此可见，判断一个剧场是不是儿童剧场，也不是由剧团的性质和以往演出的特点决定的。某些不专为儿童演出的剧团可能在某个特殊剧目的演出中，因其适合于儿童观看，便允许儿童入场，或者组织儿童观众集体观看，此时的剧场也被称为儿童剧场。

那么儿童剧场到底是什么呢？判断儿童剧场的标准到底又是什么？是不是某个剧场里一旦出现儿童观众，这一剧场就可被称为儿童剧场？对于这一问题，答案并非如此。儿童剧场似乎并不是某些儿童观众的个人选择，这些儿童也可能只是因为某些偶然原因误入了这一剧场，并不能因此就称其为儿童剧场。对儿童剧场的界定是一个纷繁复杂的理论难题，涉及到对各方面因素的考量，对儿童剧场的根本性理解，以及对儿童剧场相关观念和儿童地位的确证。作为学科建设的基础性工作，对其进行分析探讨是十分必要的。下文中笔者将借鉴儿童文学的理论阐释和相关概念，对"儿童剧场是什么"的各种可能的观点进行归纳，同时借助伦理学上的理论术语，分别称之为"动机论""效果论"和"统一论"，并对其进行合理性和局限性的理论批判，并在批判的基础上进一步反思。

如果从动机角度去定义儿童剧场，可以把儿童剧场认为是为儿童创作的剧场。这种观点把创作的目的和动机视为判断一个剧目是否构成儿童剧场的标准，认为此时的儿童剧场创作者已经对儿童和成人是不同的个体，儿童需要属于自己的剧场这一点达成共识。这种观点认为儿童剧场存在合法性，为儿童演出的剧目需要不同于成人剧场的特殊表现方式，在这种儿童观得以确立的基础上，剧目创作者已经具备了为儿童而创作的自觉意识。执有这种观点的动机论者同时也认为，在儿童观确立之前，即使存在着一些适合当时儿童观看的戏剧，或者被如今的我们判断为适合现今儿童观看的戏剧，比如某些皮影戏、歌舞戏、傀儡戏等，由于它们不是专门为儿童创作的，在创作之初并没有专为儿童创作的自觉意识，所以这些剧目称不上是真正意义上的儿童剧场，而只是自发地、偶然产生的适合于儿童观众观看的戏剧罢了。同时，是否适合于儿童观看这一判断本身也可能根据时代和社会观念的变化而变化，即我们现在认为是适合于现今儿童观看的，几百年后的人们未必这么认为，或者在非洲认为适合于儿童观看的，在某个欧洲的小国家里人们则未必这么认为。

动机论观点的合理性在于对儿童剧场之所以为儿童剧场的清醒认识，而且这种认识是建立在理性自觉的基础之上的，只有当儿童剧场伴随着儿童的需要产生，被创作者意识到并进行自觉地有意识地创作时，儿童剧场才得以诞生。然而这种观点也存在不合理性，首先，如果从动机角度对儿童剧场加以判断和划分，那么这种判断和划分的绝对权力就属于创作者，因为动机是创作者的动机，创作者对动机享有"自主权"，那么创作者自身就决定了某个剧场是不是儿童剧场，且在某一剧目被创作出来之前，或者更准确地说，在其被搬入剧场进行演出呈现之前，就已经能判断它是不是儿童剧场了，这样的观点显然不能令人信服。创作所产生的只是具体的剧目，剧目所呈现出的现场演绎称为演出，而这和儿童剧场所指称的由演出和观众共同构成的"当下"和"现场"之间仍然存在很大差距。创作者能够决定的只是剧目本身，而他们将面对怎样的观众，观众将给予怎样的反馈，是接受还是拒绝，是赞赏还是抱怨，剧场氛围的营造和剧场中能量的流动不单单是由创作者可以决定的。

其次，如果进一步追问，儿童剧场的创作者为谁，就将面临另一难题。儿童文学的创作大多是由单人创作，合作的状况虽然也有存在，比如儿童歌曲大多是由词作者和曲作者合作而成，有些图画书是由文字作者和图画作者合作而成，但是这种合作局限在较小范围内，且发生频率不高。然而儿童剧场的创作则全然不同，一出戏从最初产生到最后在剧场里呈现，要经历相当繁复的合作过程，戏剧存在着不止一次地再度创作，其大致的创作流程可概括为：在剧作家完成剧本创作后，导演要从表演角度给出舞台脚本，舞台脚本中包含着导演和舞美、道具、灯光、声效、服装等各类技术人员对剧本所进行的再创作，然后开始排练，演员将从表演角度再度创作，直至最后演出。这是传统意义上以剧本为本的创作流程，在后现代剧场中，剧本不再是剧目可依凭的根本，演员本身就是创作者，基于特定的主题直接开始在剧场中呈现自身，并在互相磨合、思考并加以肢体表现的基础上逐步完成对于整出剧目的呈现，这种碎片化、解构式的戏剧创作方式带来了剧目成型过程的偶然性、自发性和未完成性，大多数时候创作和演出的是同一群人，创作过程没有提供可判断为结束的标志，而是在不断地生成、发展过程中完成的，再度思考和再度创作始终伴随着整个创作过程。

无论从上述哪种剧场状况来看，戏剧都是大范围的、全方位的艺术合作，是真正的集体艺术。所谓集体艺术是指在演出呈现的幕后有一个有组织的创作团体在支撑着整个剧目的制作流程，事无巨细地在各个环节上给予支持，任何环节都缺一不可。在这种普遍作为团体进行创作的剧场之中，所谓的创作者的动机到底是指谁的动机呢？我们无法保证这个创作团体中的每一位参与者都怀有相同或相似的创作动机，那么谁能够替代其他人的动机，将其自身的动机作为创作整个剧目的动机？是制作人、剧作家，还是导演，或演员？在不同的剧场中人们遵循不同的方式来统筹安排整出剧目，有时可能是"制作人制"，有时遵循"导演制""演员制"，也就是说，制作人、导演或演员分别处于整个戏剧活动的核心地位，对整出戏的顺利完成负有首要责任，在享有支配权的同时也须行使一定的义务。可即便是如此，我们也无法说，制作人或导演个人的创作动机就可以取代其余人的动机而成为判断某一剧场是不是儿童剧场的标准。

再次，从动机本身来看，创作动机是存在的，但是存在着的创作动机又是复杂的，有瞬时动机和长远动机，有单一动机和混合动机，有显在动机和潜在动机，动机也在不断变化之中，也就是说，存在这样或那样的情况：一开始不是为儿童创作，但是在创作过程中改变了原本的动机，产生了为儿童创作的动机；或者相反的情况也可能发生，在创作之初秉持着为儿童创作的初衷，然而在创作过程中改变了原本的动机，产生了新的动机；又或者，原本就存在着两种创作动机，既是为自己创作也是为他人创作，既是为儿童创作也是为成人创作，在这些状况下要如何依靠动机来判断某一剧目是不是儿童戏剧，某一剧场是不是儿童剧场呢？

最后，如果我们进一步追问，虽然动机是存在的，但动机是可知的吗？也就是说，我们如何判断所获知的这一动机就是真正的创作动机呢？创作者又要如何证明这一动机就是自身创作的真正动机呢？这大概是最需要证明而恰恰无法证明的事情，这隐藏于人类心灵世界的"动机"如何才能被人的意识把握到，并作为真相被揭示出来，这实在是如今的人类力所不能及的事情。综上所述，从动机论角度去定义儿童剧场存在着理论上的局限性。

那么如果从"效果论"的角度去定义儿童剧场是否可行呢？所谓儿童剧场的效果论，就是把儿童剧场理解为以儿童为观众，且适合于儿童观看的剧场。也就是说，不论创作者的动机为何，不论排练过程和售票过程出现什么样的倾向和问题，某一剧场中演出的实际效果是否适合于儿童欣赏，决定了其是否为儿童剧场。效果论者认为，剧目演出的实际状况才是戏剧实现自身的方式，只有最终剧场中的呈现，即演出效果是否适合于儿童观看，才能作为评价某一剧场是不是儿童剧场的标准。由于儿童剧场是以儿童为观众，所以适合于儿童观看的就是儿童剧场，反之，不适合儿童观看的则不能被称为儿童剧场。效果论把儿童观众的地位放到了举足轻重的位置上，试图从观众的角度对儿童剧场做出界定。也可能出现这样的状况：即使创作者怀抱着为儿童创作的热情，排演出了一个剧目，但由于各种原因无法达到预期的效果，或由于创作者水平有限或对儿童心理的不理解，创作出的剧目并不符合儿童的欣赏习惯，被判断为不适合儿童欣赏，那么这个剧目就不是儿童戏剧，这一剧场甚至连糟糕的儿童剧场也算不上，而从根本上就不属于儿童剧场之列。这样的说法显然存在一定的问题，混淆了优秀的儿童剧场和糟糕的儿童剧场之间的差别，把内部矛盾当成了外部矛盾。与此同时，即使创作者没有为儿童创作的动机，但由于其内容和方式上的特点使其具有适合于儿童欣赏的某些特质，比如古时的皮影戏、傀儡戏、歌舞剧，那么效果论者认为，它们也都属于儿童剧场。

效果论有其合理性，首先表现在一出戏的演出效果是可能被人意识到和感受到的，作为意识、感受并进行评价的对象有其客观性，弥补了动机论在"动机不可知"这一层面上的不足。其次，效果论对儿童剧场的界定从创作者转向了观众，从接受美学和解释学的角度重新阐释了儿童剧场究竟是什么，在理论层面上具有一定的前瞻性。当代的戏剧理论确实更倾向于从"观看"的角度去界定戏剧，而不是从"演出"的角度，效果论在这一问题上所呈现出的戏剧观念，也是值得肯定的。再次，效果论把演出过程作为戏剧的实现过程，这一观点对认识戏剧艺术也具有重要意义，戏剧作为一般艺术品的实现正在于演出过程，而不在于创作的前期准备、选择整理或排练过程。

但效果论也存在不少需要面对的理论问题。首先，效果论把儿童作为儿童剧场的观众，且是唯一可以作为对戏剧合适与否进行匹配与衡量的欣赏群体，然而儿童剧场的实际观众群并不仅仅只有儿童，大多数儿童剧场中都是成人和儿童一起观看演出，由此还专门产生了"亲子剧"的概念。除了幼儿园或学校包场之外，亲子剧场是儿童剧场的一种典型形态。效果论将另一部分观众群体（这部分观众大多是买了票，坐在座位上，和儿童一起平等地欣赏戏剧的成人）撇除在对儿童剧场的判断标准之外，这是值得反思的。这些成人观众前来看戏的目的固然多种多样，有些人因为要领着孩子进入剧场才不得不一同进入，也有些人则是出于自身的兴趣而选择了儿童剧场。效果论所产生的这种将成人观众和儿童观众予以划分的不平等方式，也会对儿童剧场的进一步发展造成影响。此外，当效果论提出"适合于儿童观看的剧场"，其理论的预设前提是同样也就存在不适合儿童观看的剧场，并且儿童想要进入那样的剧场是受到成人限制的。

其次，对于什么才是"适合的"，这也是一个非常复杂的问题。只要能够吸引儿童，为他们所喜欢，并得到儿童认可，就能算是"适合于"他们的剧场吗？显然这个答案并不能让人满意。那么是否只要是对儿童的成长有利的，能对他们进行教育的，就是适合于他们的剧场呢？这显然是站在成人功利的立场上所做的评价，也难以令人满意。那么所谓"适合与否"是否存在一个客观的统一标准呢？我们难以想象存在这样一种统一的标准，可以涵盖那么多不同文化背景、宗教信仰、来自不同国家、地域的各色人群和社群的不同观点和认识。如何评价某一剧场是适合于儿童观看的？由谁来做出评价？我们知道，每位观众的评价可能都不尽相同，无论观众专业与否，是父亲还是母亲，是祖父母辈还是儿童自己，是只看过一遍剧目还是已经重复欣赏过好多次剧目，是很喜欢这出戏还是对此完全不感兴趣，在现实生活中我们可能会面对各种各样全然不同的观众，他们的欣赏标准、儿童观，他们对儿童剧场的认识可能完全不同，那么在这样的情况下，谁能够给出一个比较客观而又能受到普遍认同的判断，认为某一剧场适合或是不适合于儿童观看呢？再进一步追问，儿童观众自身也各有不同，不同性格、不同年龄、不同喜好，这些都有可能形成对于剧场的不同看法。有的剧场也许很适合男孩看，女孩却不太喜欢，有的剧场也许更适合于内向和沉默寡言的儿童，而开朗的、活蹦乱跳的儿童则并不喜欢。是否喜欢，是否适合，这是一个见仁见智的问题，如果我们撇开成人对于儿童应该喜欢什么的固有认识，撇开成人所拥有的判断什么样的剧场适合于儿童的权力，也许我们可以这样说，没有哪个个人有权利制定出这样一套权威性的标准来让所有人接受。

那么退一步问，即使我们无法得到统一的客观标准，那么我们是否能够得到关于"适合与否"这一标准的较为普遍的价值共识呢？也就是说，这并不是由某个个人或某个群体来制定，而是在社会发展过程中逐渐形成的普遍性认识，对这种认识的研究和分析似乎还是值得期待的。我们可以较为笼统地做出概括，人们普遍认为的对"是否适合于儿童观看"的价值共识大约会建立在这些标准之上：比如说是为儿童所喜爱，是符合他们的理解能力和认知水平的，是在此基础上带给他们审美享受和娱乐体验的，甚至也是可以给他们精神上以启迪的，诸如此类等等。但同时也要指出的是，在这一时代、这一国家、这一社会状况之下认为是"适合于儿童的"，在另一时代、另一国家、另一社会状况下却可能被认为完全不适合儿童，适合与否的判断是相对的，随着时间、地点、状况的改变而改变，人们对这一标准的认识也是一个不断变化发展的动态过程。一个剧目在今天可能被认为十分适合于儿童观看，然而到一百年后却完全不适合那时的儿童了，这种状况也是很可能发生的。

让我们再来看看这样的状况：如果一出戏一开始不太适合儿童欣赏，

然而其在演出过程中不断接受反馈，在排练过程中不断修改完善，以至于这个剧目越来越适合于儿童观看了，这样的剧场是否可以被称为儿童剧场呢？我们知道，剧场是可以通过不断演出、修改，从而完善自身的，剧场具有这样的潜能，然而通过修改和完善自身逐步变得适合于儿童观看，这可能不是一个一蹴而就、拥有明确临界点的事情，而是不断循序渐进、不断生成发展的量变过程，那么从什么时候开始，从哪一场演出开始我们可以判断这个剧场就是儿童剧场，因为其适合于儿童了呢？又或者，有些剧场就是适合于一部分儿童观看，而不适合另一部分儿童，那么它们还能被称为儿童剧场吗？青少年如果进入给幼儿观看的剧场中，也许会觉得分外幼稚，然而幼儿观众却可以看得津津有味，这样的剧场还是儿童剧场吗？仔细分析会发现，要从效果论的角度判断某一剧场是不是儿童剧场，还有众多理论问题需要回答和解决。其中最重要的问题是，效果论的效果究竟是指什么效果？是单单指演出效果适合于儿童观众观看，还是包括演出和观众在内的剧场整体效果？后者才能对"剧场"一词做出准确回应，而前者仍然只是关注演出效果。此外，效果论认为戏剧的实现在于演出过程，而剧场的实现则不仅仅限于演出过程，而是演出和观众群体共同作用的过程，是儿童剧场有形空间和无形空间的融合，是能量的汇聚、融合和激发。从这个角度去反思效果论，就能为儿童剧场的理论建构提供有益的思路。

　　除了"动机论"和"效果论"之外，对儿童剧场是什么还存在"统一论"的观点。统一论综合了前两者的观点，认为儿童剧场是为儿童创作且适合于儿童观看的剧场。统一论看似更全面完整地阐释了对儿童剧场的理解，其实并不能解决上文中所提及的"动机论"和"效果论"自身存在的问题，反而将两者的问题堆积起来。与此同时，对于儿童剧场还存在其他方面的可能观点，比如认为儿童剧场是由儿童作为演员的剧场，或者儿童剧场是由儿童自编自导自演、自行完成组织活动的剧场，再比如认为儿童剧场是演出儿童故事和儿童生活的剧场，上述观点分别是从演员角度、创作和组织角度、剧目内容角度寻找剧场与儿童的可能性关联，其对儿童和剧场关系的表述都是不完整的，都只是呈现出儿童剧场的某一方面或者某一特殊状况，如将这些观点作为对儿童剧场的定义也能够较为容易地找到其问题所在。那么儿童剧场究竟是什么，是专门为儿童创作的剧场，是以儿童为观众，适合于儿童观看的剧场，还是以儿童为演员的剧场，或是属于儿童的剧场，这一问题的答案究竟为何，实在难以一概而论。

4. 新问题："儿童剧场是怎样的"

对"儿童剧场是什么"提供的可能性观点所进行的分析和反思促使笔者进一步去反思回答提出这一问题的目的究竟是什么。定义儿童剧场的目的是以其概念来为现实中某一剧场是不是儿童剧场提供判断标准，建立区分依据，还是为了在理论上对其进行详细分析和论述？如果是前者，生活本身早就先一步做出了直观判断，然而因生活判断的有限性容易造成偏差，这才需要理论上的澄清与纠正。如果是后者，那么在理论上自圆其说就可以了。也就是说，概念的产生大概是为了两种目的，一是为了应用，二是为了理论自足。那么在理论上对儿童剧场进行论述的目的又是什么呢？是为了将儿童剧场作为一个整体和集合更完整地给予透彻的思考和认识，而不是将其作为评价某个剧场是不是儿童剧场的标准。

在这一理论建构的目的之上，让我们进一步去叩问和反思提问本身。"儿童剧场是什么"，这一提问要求对儿童剧场给出一个明确的定义，揭示其本质特征，以此作为儿童剧场的概念。然而问题的提出中已然包含着对这一问题的回答。儿童剧场是什么，这看似是顺理成章、不可绕行的基础理论问题，却埋藏着不易为人察觉的陷阱。这一问题本身的前提，即把儿童剧场作为固定不变的可被把握和概括的事物来看待，并要求理论对其本质属性进行概念陈述。这一前提是值得反思的。下定义容易，一旦回到现实中就千疮百孔。用我们这个时代对儿童剧场的认识去反思另一个时代对儿童剧场的认识，由此得出判断那个时代的儿童剧场不符合这一对象自身的内在规定性，这样的方式固然可行，然而可以预见的是当下对儿童剧场的认识也存在极大可能会被将来新的经验和认识所取代或推翻。历史就是这样一步步走来，人的认识和思想也在此过程中一步步深入和转变，并将如此继续，对概念的评判并不存在一劳永逸，而是始终在未完成中行进。从这个意义上来说，转换对问题的提问方式就显得至关重要，甚至是关系到审视对象的角度和方式，关系到研究能得到怎样的结果的大问题。

古希腊人研究哲学本体论，探讨存在着的世界如何存在的问题；直到笛卡尔提出认识论，认为哲学应该也只能探讨"我们怎样才能感知和认识世界"，在学理上后退一步，同时攻击独断论；到了 20 世纪，海德格尔认为"我的世界就是语言的世界，语言决定了你的世界是怎样的。语言是人的存在的家园。"在学理上又退一步，哲学开始转向研究语言，于是有了语言哲学。而本书所真正试图去描述的，不是关于存在着的儿童剧场是如何存在这一本体论的问题，而是人们是如何来认识和感知儿童剧场，在此状况下创作出了怎样的剧目，这些剧目在剧场中予以呈现，又和观众共同作用形成了"无形剧场空间"和"能量场"，这一"无形剧场空间"和"能量场"又是如何影响儿童剧场中的观众（包括儿童和成人）对儿童剧场的感受和体验，进而形成相应的判断和认识，从而在不同时期形成了怎样的"知"，这"知"又是如何进入语言范畴，被语言塑形并发展至今，如何影响当代儿童剧场的实践，以及如何在共同作用下形成对儿童剧场的概念阐释：

海德格尔在《存在与时间》中不再问某一存在者是什么而是问"怎么样"，这一提问方式的转变使我们追问艺术作品如何显现出来以及显现的艺术。[1] 如果我们不再追问"儿童剧场是什么"，而是转变提问方式，进而叩问"儿童剧场是怎样的"，并对儿童剧场进行细致入微地描述，那么呈现在我们面前的就是对于儿童剧场全新的审视方式和角度，破除对于儿童剧场存在本质的预设和根本性认识，从历史的角度去探讨古往今来人们是如何认识儿童剧场的，人们对儿童剧场的观念有怎么样的发展和转变，理论研究又是如何在此层面上对儿童剧场进行界定并促进或阻碍了儿童剧场发展的，由此可以描述出人们对儿童剧场的思考之路，这一思考是如何演变为对儿童剧场的理论研究，这一理论建构目前进行到哪一阶段，还需要怎

---

①马丁·海德格尔：《存在与时间》，陈嘉映、王庆节译，生活·读书·新知三联书店，2006，第9页。

样的补充和完善，这将是对学科和理论建构迫切而重要的问题。通过对儿童剧场曾经如何和可能如何的现实性描述，来呈现儿童剧场的多样化和广阔可能，这将为儿童剧场的理论建构和学科建设描绘出激动人心的宏伟蓝图。

儿童剧场是怎样的？儿童剧场已然是怎样的，曾经怎样，现在又是怎样的？在这已然背后，也存在着为何会如此的人们的已有观念和对儿童剧场的认识。国外和国内的儿童剧场有何不同的分野？儿童剧场还可以是怎样的，未来可以如何发展？可预期的将来又会如何发展？这是对儿童剧场在现实性层面上的总结和思考，同时在理论层面做出推断和预测。在理论层面上，我们还要论述儿童剧场何以可能，这是在回答儿童剧场是怎样的这一问题前必须要回答的理论前提；只有回答了儿童剧场何以可能，儿童剧场在概念上才是有可能实现，并可能进行描述的。显而易见的是，现实中的儿童剧场已然存在，无论在中国还是国外都是如此。在我国，从最初无意识地悄然存在，到后来因儿童观的转变大力推广儿童戏剧并创立专门的儿童剧团，儿童剧场在现实中的发展并不受制于理论的薄弱和约束，而是在理论涉足之前就已经自然而然生长起来，如火如荼地展开，远远超前于理论的建构。

综上所述，从"什么是儿童剧场"到"儿童剧场是怎样的"，这一提问方式的转变具有不可估量的重要意义，将带来全新的研究视野和方向。然而在回答"儿童剧场是怎样的"这一问题之前，也就是说确定学科的研究对象和研究范围之前，我们必须先证明这一对象是存在的，即先回答"儿童剧场何以可能"这个问题。儿童剧场何以可能，这是理论建构的前提，本书第三章、第四章将对这一理论前提进行系统论述。

第三章　儿童作为观看者的可能性

儿童剧场何以可能？要论述这 理论建构的前提，首先要分析儿童和剧场之间的联接方式及其互相关系，并在此基础上探讨每一种方式及关系的可能性。这些方式和关系直接关系到对儿童剧场的不同理解，是将儿童剧目纳入市场流通领域将其作为商品来看待，还是将儿童剧场作为艺术来看待，亦或是将其作为社会活动形式、作为教育手段、作为儿童日常游戏的一部分来看待，都是从不同角度、不同侧面去理解儿童剧场的方式，而这一多角度、多侧面的理解方式和实践方式也提供儿童和剧场形成联接的多种可能性，为儿童剧场的研究提供多侧面的研究角度和丰富面向，开辟新的研究领域，拓展新的研究空间。这是从横向考量儿童剧场的可能性，每种实践方式提供给儿童不同的介入方式，使其参与到剧场之中。从纵向上考量，即从儿童参与到剧场所呈现的各个环节之中来探讨儿童和剧场产生联接的可能性，则是撇开千差万别的剧场形态，从抽象意义上去探讨儿童介入剧场环节的契机和可能，以及这种可能性如何为儿童和剧场的相遇提供某种必然联接，使儿童剧场这一特殊的剧场形式成为可能。

笔者主要采取后一种论述策略，这是由于考虑到基础理论研究的需要，为达成理论的概括性，同时避免千差万别的剧场呈现方式和对剧场理解方式的差异而影响阐释的概括性和抽象性。同时在必要时也会兼顾第一种论述策略，以获得探究的完整性，比如在谈及儿童观众进入剧场的契机时，会将剧目纳入市场领域作为商品来看待，而将进入剧场的儿童观众作为文化商品的消费者。

当然需要指出的是，儿童和剧场的关系只是儿童剧场的核心关系，无法涵盖儿童剧场中生成的各种其他关系。也就是说，一旦儿童和剧场之间的联结方式生成，某一场域的儿童剧场得以确立，儿童剧场也会随之生成各种其他关系，比如成人观众与儿童剧场的关系，这是很有价值的命题。作为家长身份的成人和作为一般个体的成人与儿童共处于剧场中所形成的观众共同体，这些关系对于儿童剧场的建构同样十分重要而有价值，只是按理论建构的顺序目前暂且不提。

一般而言，戏剧是主要作用于视觉和听觉的多感官艺术形式，观演关系是剧场中最基本的关系。按照现代戏剧理论，观演关系主要分为两部分：观看者和表现者。由于在儿童剧场中儿童作为观众是其介入剧场最主要，也是最普遍的方式之一，观众的特殊性也通常被人们作为划分儿童剧场的依据，可见其重要性和显著特征，故而本章将先从观看者角度着手论述儿童剧场的可能性。也就是说，儿童剧场的可能性首先体现在儿童作为剧场观众是可能的，要成为剧场观众包括三个层面的实现：一是在生理上由儿童视觉发展提供的保障；二是儿童作为市场消费者的实现，这是儿童观众进入剧场的契机；三是儿童作为剧场欣赏者的实现，这是儿童和剧场联接的真正实现。

一、儿童的视觉发展

儿童的视觉发展通常比活动能力发展较早，初生婴儿已开始眨眼及转动眼球，但双眼还未能完全协调运动。视觉结构、视神经尚未成熟，视力很弱，以正常成人的视力去衡量，也就仅有 0.025~0.05 的水平。由于视网膜上的黄斑仍未发育完全，他们只能见到黑、白、亮、暗的差别，所见的影像很模糊。尽管如此，新生儿对光线还是会有反应，在接受由暗变亮的光线时瞳孔会收缩、眼皮会眯起。如果光线太强，他们会把头转到另一边去。多数新生儿的眼睛看起来像斗鸡眼或外斜视，这种情况通常到满月后就会有所改善。约有 75% 的新生儿是轻微远视，眼球的发育在 7 岁以前都趋向远视，之后则往近视方面发展。

　　婴儿满月后，已具有注视与两眼固视能力，会注视抱他的人，不过无法持续太久，眼球容易失去协调。6~8 周时视线会跟随物体移动，但此时视力仍然很弱，视野只有 45 度左右，而且只能追视水平方向和眼前 18~38 公分的人或物。这一时期的婴儿偏爱注视较复杂的形状、曲线和鲜明的对比色。2 个月的婴儿就能分辨不同形状的物体与图案，而且对人脸、靶心图等既和谐又相对复杂的图形尤为偏爱。3 个月时视野已经可达 180 度，可以看到自己的手，会伸手去拿东西或玩具，这一动作说明其视觉发育已经达到两眼都能更精准地跟随快速移动的物体的水平。4~6 个月时视网膜已发育良好，能由近看远，再由远看近，此时颜色视觉也由出生时的黑白影像发展至色彩丰富的影像，并开始建立立体感。婴儿在 4 个月左右便能区分母亲和别人的面孔，会以视线寻找声音来源，或追踪移动的物体。6 个月后两眼可以对准焦点，会调整自己的姿势以便能够看清想要看的东西。8 个月时对眼前突然消失的东西，会出现寻物反应，特别喜欢用视线来追踪眼前的物体，眼和手的协调也较为流畅。

　　婴儿的视觉能力在 0~1 岁间发展极为迅速。一般幼儿至 18~30 个月时能达到 1.0 的正常成人视力。2 岁时幼儿已具有较好的手眼协调能力和判断距离能力，3 岁时视觉较为敏锐，喜欢观察，会借由眼睛来引导手去接触新事物，眼手协调更灵活，立体视觉的建立已接近完成。

　　儿童视觉发展对儿童的成长具有非常重要的意义，向儿童展示出丰富多彩的世界并能够通过视觉方式获得足够多的信息和刺激，从而激发其他各方面的发展，比如通过视觉可以带动儿童的手部活动，如绘画和手工，手眼协调的能力也通过视觉获得强化。从这个意义上来说，儿童的视觉发展和其他方面能力的发展是密不可分的，与动作发展的关系尤其大，这里因为论述的需要，仅从视觉发展方面进行表述。儿童的视觉发展为儿童作为观看者提供了生理条件。

二、从商品消费看儿童作为观众的可能性

　　在现代社会，儿童剧演出一般在剧场中进行，并实行戏票制度，也就

是说需要支付一定的费用来换取戏票，才能进入剧场去看戏。作为商业演出的儿童剧场与作为消费者的儿童观众之间同样存在着这种以戏票为凭证的有偿看戏的商品交换模式。在市场上进行商业演出的戏剧并不是免费向公众开放的，而是需要通过购买门票进行消费，才能够获得进入剧场的资格，才能够"成为"观众。这是观戏的第一道门槛，也是儿童剧场市场化的必然趋势。当然有些剧场设在公共场合，对来往路人均保持开放状态，不设门票，或者剧目由国家或社会团体免费提供给个人或集体，演出为公益性质，不以盈利为目的，故而不收取观看费用。除上述情况之外，观众在进入剧场之前都须通过支付相应的钱币来获得进入剧场的凭证——戏票，凭借戏票在剧院门口检票入场。戏票是观众所执有的入场权凭证。在观戏时可能会出现下列情况：某些观众所拥有的戏票是别人赠送的票，进入剧场看戏的观众本身并没有支付相应的费用，而是由他人代为支付然后转赠戏票（观戏权），或者因某些特殊原因由剧团成员邀请特定观众前来看戏。即使出现这种情况，也就是说，钱币的支付并没有直接出现在真正进入剧场的观众和负责剧场运营的相关机构之间，但是其背后的商品交换过程仍然存在，戏票仍然是观众进入剧场观戏的权利凭证。

那么儿童是否能获得戏票（观戏凭证）从而进入剧场呢？这个问题之所以存在是因为儿童在年龄上的特殊性决定了他们在现代社会尚不具有通过合法的工作赚取收入的权利，也就是说，他们并不是独立的劳动者和消费者，作为未成年人，他们无法通过合法的工作赚取报酬来获得消费权益，故而在通常情况下他们无法独立自主地凭借自身获得观戏凭证（戏票）。当然也存在某些特殊情况，有些儿童能通过其他途径获得额外钱财，比如压岁钱或者因劳动而获得的由家中成人给予的奖励性质的所谓"报酬"，然而这些钱财往往数量有限，且儿童实际上常常并不具备保存和自由支配这些财物的权利，有些儿童甚至还没有形成明确的财产所有权意识，所以名义上是他们的钱财仍交由成人代为保管。从这个意义上说，儿童本身并不是经济财富的创造者和拥有者，在消费过程中他们也不具备持久的稳定的支付能力。然而这一现象并不代表儿童无法获得观戏凭证进入剧场，恰恰相反，在现实生活中显而易见的是，儿童同样可以光明正大地迈入艺术消费和商业消费领域，获得欣赏剧目的机会。通常身为未成年人的监护人（儿童的父母、亲人）或其他长辈，他们拥有一定的经济保障和支付能力，并且愿意为受他们监护的儿童支付进入剧场的费用，通过这样的途径，儿童就有机会可以进入剧场。而且这种可能性一旦具备，儿童进入剧场的机会便不是一次性的，用完即止的，而是可以反复出现，并且长期保有的。

然而上述情况使儿童进入剧场具有某些特殊性：一般而言演出市场上会有多个儿童剧目同时上演，一些剧团也会在不同档期提供不同的剧目，所以购买戏票的支付者往往具有一定的选择空间，包括对剧目内容、风格、剧团水平等各方面的选择。但是由于儿童本人并不是购买戏票的直接支付者，而他们往往又并不参与到选择剧目的过程中——这一方面是因为他们自身的特点所造成，另一方面也是由于成人购买者的忽略——这使得儿童通常情况下并不具有剧目内容的选择权和决定权，甚至对演出的时间、长度、场地等基本信息，他们也没有获得应有的知晓权和选择权。而所有这些观戏之前应做的众多选择都被代为支付者——成人包办了。然而最后进入剧场去看戏的却是儿童，他们时常在没有准备的情况下就"被作为观众"带入了剧场中，他们虽然已获得了进入剧场的机会，却对所要观看的剧目毫无所知，既没有思想上的准备也没有心理上的准备，更没有形成任何期待和预设。更有甚者，某些对剧场尚不熟悉的小观众，可能是第一次进剧场或一年才有机会进入剧场一次，对于他们所要面对的演出过程中可能会发生的事以及他们所需要遵守的剧场规则毫不知情，这很可能会大大影响他们自身的观戏过程，也可能会因此对其他观众造成影响，进而对整个观众群体的观戏体验造成一定阻碍。

设想一下即便是成人观众，如果对所要观看的剧目毫不知情就被拽进剧场，且没有太多观戏经验或者对剧场不够熟悉时，他们也很可能会对舞台上迎面而来的众多事物措手不及，难以安定心神去细细品味一出剧中的精彩与美妙。即使他们能平复自己的情绪进入剧场所规定的情境之中，演出可能也已进行了一半，他们已错过了开头；无法立刻进入预设情境的阴影将会悬浮在他们头顶，对他们继续观看和感受不断地造成障碍，所以他们不得不花费更多的心神要求自己集中注意力进入剧目所预设的情境之中，跟着剧情随波逐流，且不得不面临一个缓冲、试图熟悉和接受的过程。这还是对所观看的剧目有兴趣的情况，如果观众在观看过程中逐渐对剧目失去兴趣，甚至对之后的剧情发展也不再怀有好奇，那么即使他们坐在剧场里，也无法和剧场真正形成交流与共鸣。

成人观众尚且如此，更何况是年幼的儿童观众？对于儿童观众而言，进入剧场将是一件更不同寻常的事情，有别于现实生活的常规性，舞台上的呈现将会给他们带来另一个无比开阔的可能性的世界，看到另一群人和另一些故事，感受他们的欢喜和悲伤，或者在演员的肢体、音乐和节奏的律感之中发现新的意味和美妙。与此同时，儿童观众也将面临比成人观众更大的挑战去适应和熟悉剧场所提供的氛围以及所附带的规则，这绝不是一件简单的事情，无论它表面看上去是多么简单。有的家长认为一旦把儿童带进了剧场，就好像带他们上了公共汽车，自己的责任就完成了，剩下的"司机"会看着办，把孩子带到哪里和自己并无多大关系。这种观点看起来不可理喻，却非常真实，有一定合理性，但也会造成不可避免的问题，在实际的演出和观看过程中也经常出现。成人把儿童带进剧场，然后再把他们带出剧场，带他们回家或去别的地方，他们以为自己承担着这样的任务，也止于这样的任务，而在剧场中的这段时间和空间，则交由剧场本身来完成，剧场将会把孩子带上历险之路，然后再将他们平安送回。从某种意义上来说，这种观点有一定的合理性，然而忽略了极为重要的两点：

第一，一旦获准进入剧场，就获得了成为潜在观众的资格，即使观看的是儿童剧，成人观众也同样具备观戏的资格和可能。且不论目前的儿童剧场是否有能力去打动成人观众，使他们也能看得津津有味；单从成人观众自身对儿童剧场的了解和认识上来说，他们普遍不具备认为眼前的这出儿童剧也是为自己准备的，自己也可以投入热情去观看儿童剧的意识。当然我们不得不注意到，这两种情况常常是相辅相成，互为阻碍地联系在一起的，一方为另一方提供阻碍，所以一种和谐的、有益的进展将是在双方的共同努力下达成的：儿童剧在创作之初就兼顾成人观众的在场，也对他们说些什么，而不要停留在肤浅和幼稚的表达上以便来赢取儿童观众（这即使能取得短暂的效果但也是不长久的，而且会降低儿童剧的整体质量）；另一方面，成人观众也能深切地意识到所谓儿童剧并不仅仅是给儿童观看，与他们完全无关的事情，而是同样珍惜这一进入剧场的机会，从中发现剧场所提供的作品从成人视角和眼光去观看的另一种可能。这样在目前的儿童剧场中尚存的成人观众在演出时不停把玩手机，而身边的儿童观众则在远处舞台上的演绎和近处手机的光亮中观看演出的局面可能就会得到一些缓解。

第二，观戏并不像坐公交车那样简单，走上公交，付完车费，乘客就已经完成了坐车所必须要完成的所有要求。而观戏则完全不同，它是一件非常具有技术含量的事情，不仅要求观众对于作品的注意力和理解力，要求最低限度地保持安静以便不影响周围其他观众的观赏，要求不冲上舞台去捣乱或者围观以影响演出的顺利进行——不管儿童观众是因为太过厌烦这出剧还是由于太过喜欢以至于太过激动，后者虽然可能性更大，然而儿童观众的这种"热情"如果不能以合适的方式表达出来，则会对某些演出造成摧毁性的后果。剧场演出是一项复杂的、高度精密的合作过程，既是舞台各个部门之间的通力合作，也是观众和整个演出团体之间的合作，理解、欣赏和参与这一过程则需要儿童观众各方面能力的综合，当他们无法依靠自己达成与剧场的和谐关系时，成人的适时出现就显得非常重要。

儿童剧场中儿童和成人的关系是值得深入研究的。笔者认为，儿童剧场中的儿童和成人应该是平等的关系，互相独立又相互依赖。互相独立是指他们在观看剧目的过程中保持思维和情感上的独立性，这种面向剧目时所呈现的独立性会带给他们相互独立的判断和对剧目的个人理解。然而不可否认，在观戏过程中他们又互相依赖，尤其在年龄越小的孩子身上表现得越明显。在国外为0~2岁孩子专设的剧场里，孩子几乎全是坐在妈妈或爸爸怀里，需要父母的怀抱提供足够的安全感，以面对舞台上瞬息万变的世界，有时他们还需要在看戏过程中同时进食，这也需要成人观众的充分准备；3~4岁的孩子则会在父母身前及身边附近的区域来回活动，他们有时向周围突破，有时会回到父母身边，他们边看戏会辅以各种肢体动作，如攀爬小凳子。当然在不同国家，年龄界限可能会形成不同的观戏要求和方式，比如在中国上海，幼儿园组织孩子看演出时，一般会将小班、中班和大班幼儿放在同一个剧场中进行包场，此时座位的安排往往是经过深思熟虑的。不同的剧目特点、风格、难易程度可能更适合相应年龄段的幼儿，却可能对其他年龄段或个别幼儿造成一定的不适感或惊吓，应该根据年龄段的适应情况来合理安排座位（有时靠前的座位可能会将不适感放大，而靠后的座位则相对比较安全）；如果剧场分楼上楼下两层，也应该兼顾到儿童观众的年龄分层。

在儿童剧场中，成人在适当的时机提醒和协助，给予安慰或提供需要，这是成人观众除了自身的观众身份之外，还兼任的另一重要身份。这一身份并不打破儿童剧场中儿童和成人关系的平等性，反而从某种程度上有效维护了这种平等的观戏体验，也会对剧场氛围，以及众多儿童观众更投入地观看演出造成有益的影响。以上所讨论的大多是商业演出，且是成人以家庭为单位买票带儿童进入剧场的状况。如果是幼儿园或学校包场，现场将出现大量的儿童和极少数的老师，这时儿童剧场中的儿童和成人的关系可能又会呈现出另一种不同情况。

回到原先的问题，为了使儿童能够顺利面对剧场中的挑战，更易于他们进入剧场所预设的情境，得以更好地观看剧目，在儿童作为潜在观众进入剧场之前，有大量的准备工作可以帮助他们更好地熟悉剧场并且了解自己进入剧场后将面对什么。这其中最重要同时也最易达成的就是让儿童参与到挑选剧目的过程中来，让他们对于自己将进入怎样的剧场进行相对自由的自愿选择，这样不仅可以帮助他们形成自己的喜恶，以及对剧目的预设和判断力，同时能增强他们对所要观看的剧目的了解，不至于因一无所知地进入剧场而忙于应付自己所面对的演出呈现。参与选择并共同决定观看哪一出剧目，也会让儿童形成对于剧场的更强的心理期待，增进他们看戏的热情和专注度，激发他们看戏的兴趣，帮助他们更有效地长时间集中注意力并从一开始就投入到剧场之中。由此可见，成人支付者在选择剧目和购买戏票的过程中具有很大技巧性，要更多地鼓励并允许儿童参与到剧目的选择上来，而不是只为了消磨某个周末上午的时间，根据自己的意愿随意挑选一出戏。

在目前的现实中，成人的选择往往多是根据自己的意愿和喜好，而并不从儿童的角度出发，也不征求儿童的意愿就一手包办。当然由于儿童的年龄状况，对儿童剧的理解和熟悉程度不同也可能会存在多方面的问题，比如他们无法提供有效的反馈信息来进行自我意愿的表述，他们无法自行阅读书面或网络上的介绍来进行自由选择；有时他们即使做出了选择，也可能无法真正选出自己喜好的剧目，而只是根据所知晓的片面信息进行粗略范围的比较和选择；有时要让儿童参与和选择可能会需要花费成人大量的时间而且很可能到最后儿童都无法做出明确选择，仍旧需要成人的帮助。上述情况在实际过程中都可能存在，而这些也可能会成为成人一手包办迅速做出选择的部分原因，然而需要指出的是，上述情况都是儿童作为潜在观众成长的一部分，是他们学习认识剧场，熟悉剧场，对剧场做出判断并叩问内心进而自主选择的过程，这对他们而言既是学习过程，也是观看戏剧之前所应该进行的心理上的准备，这种准备对于他们顺利进入剧场是有益无害的。

笔者认为，观看剧目并不是从进入剧场才开始，而是在观戏之前，当尚未进入剧场的潜在观众在搜罗和选择剧目的过程中就已经开始了，产生对于特定剧目的倾向性和心理期待，同时为了观看剧目等待或长或短的一段时间，然后在某一天和父母一起准备好，出门，跨越很远的路途专程来到剧院，发现从四面八方而来的许多小伙伴和他们的家人们汇聚在一起，进入剧场去观看戏剧。这一过程中的期望、等待，以及最后的实现带来现代社会中因通常的简便性而被忽略的仪式感，体验到这种相聚的美妙和众人共处一个空间所散发出的巨大能量共同营造出的剧场氛围，无数条支流共同影响着剧目在舞台上缓缓地正式拉开帷幕。这一切都是对剧场的完整的体验过程，是剧场魅力不可或缺的一部分，然而在现实中往往因为比如出门匆忙、迟到等特殊原因而被轻易地磨灭。家长在这一全程中承担着多种责任，他们可能自身并没有真正意识到这一点，因为对剧场缺乏细致和深入地了解——目前的中国成人观众以年龄推算，在他们年幼时并没有大量观看儿童剧的经历，也没有这样深切的体验和对儿童剧场的观念性认识，所以在带儿童进入剧场的过程中无法给予更多的经验分享和帮助，也无法为儿童观众提供更多的信息，让他们更多地参与选择，了解剧目，促使他们在观戏过程中能够更迅速、更投入地观看戏剧，从而更从容、更强烈地体验到剧场的魅力。潜在观众的培养是一个长期的过程，需要在一次又一次的观戏过程中积累经验，寻找到自身进入剧场的最舒服的方式，从而达成与剧场的和谐共处。相较于公共汽车，剧场更像一个游泳池，你完全不会游泳也可以站立在水中，感受到水托举你和淹没你的强大力量，然而如果你熟悉水性，懂得游泳的技能，就能在水中来去自如，真正体验到水的生命和魅力，享受水的抚慰和对你精神与肢体上双重的按摩。

同样，成人在带儿童进入剧场之前就承担着多种责任，在选择剧目上展现出自身的眼光以及对儿童剧场的理解。比如在哪一周的哪一天，具体哪个时间段走进剧场，也需要考虑到儿童的精力、喜好、成人自身的状况、从家到剧院的路线及时间等等，甚至为不同的儿童，或者在儿童观戏经验、水平的不同阶段选择什么样的座位，都是一件值得细心推敲的事情，很有可能会因此而形成完全不同的观戏体验。

综上所述，儿童获得戏票凭证得以进入剧场的权利是他人赋予的，而不是自身通过直接消费钱币获得的。当然在现实生活中会存在各种特殊情况，特定的儿童可能在其整个童年都无法获得进入剧场观戏的权利和机会，这是由多种现实情况造成的。可能是因为这些儿童因其个人身份或人生经历的原因并不存在愿意为其支付相关费用从而使其进入剧场的成年亲属或法定监护人；可能因为儿童所在的地域并不具备演出的相关场地、剧团或众多硬件软件条件，使得演出无法顺利进行，故而无法获得观戏的机会；也可能某些儿童原本具有进入剧场的机会，然而后来由于某种原因被剥夺了；或者之前并不具有进入剧场的权利，之后由于某种原因被赋予了权利并获得了相应的机会……不可否认存在各种特殊情况，然而这些情况都属于特例。

　　总体而言，儿童具有进入剧场成为观众的可能性，然而却需要依赖于他人的意愿和判断，这种意愿和判断对儿童是否能进入剧场是具有决定性的，甚至目前在很大程度上也同时决定了儿童能进入怎样的剧场，以及进入剧场的时间和空间，这使得儿童进入剧场具有相当大的不确定性，并且不具备自主选择剧场的权利，以此带来后续的一系列问题。这也是儿童剧场不同于一般剧场的根本原因之一。进入儿童剧场进行实际消费的个人与观戏凭证的支付者并不全然一致。为儿童支付票款使其获得观众资格的是有支付能力的个人或机构，一般为儿童的亲属或家人（成人），而真正进入剧场的则是儿童本人及随行成人。从商品的流通过程来看，儿童作为商业演出的消费者是可能的，于是我们首先回答了这个问题，即儿童是不具有消费剧场的能力？答案是肯定的，这是儿童得以进入剧场的契机。

　　然而值得一提的是，即便是可以支付相应的金额，有些剧院仍旧对儿童的入场有一定的限制。比如位于上海的东方艺术中心，在音乐会或戏剧演出开场前的广播播报中，都会提及"1.2米以下儿童谢绝入场"的告示；有些演出在出售的票面上也会写明"1.2米以下儿童谢绝入场"。这些规定往往存在于一般的剧场（而不是儿童剧场）之中，是出于保证演出的顺利进行，以免过于年幼的孩子干扰演出并影响到其他观众的观看效果才加以限定的（这种情况往往很容易发生，比如在欣赏交响乐的时候婴儿响亮地啼哭），然而这类提醒往往局限于身高等外观可衡量的硬性指标，而不涉及观众的年龄（因当场无法核对等原因），也无法兼顾到观众的特殊性（比如有些孩子可能因学习音乐，故在年幼时就具有欣赏古典音乐的集中力和安静度）。从这一规定执行的状况来看，门口检票的工作人员一般对儿童身高的衡量并不是非常严格，有时会根据演出者的要求区别对待，有时睁一只眼闭一只眼，适当放宽尺度，更尊重票面凭证(有票即获取入场权利)。当然这些实际操作的状况都无法掩盖制定和支持这一规定的背后存在的观念，即人们普遍认为有些演出活动是不适合儿童入场的，并对入场的儿童做出一定限制。从相反的角度看，目前为止国内还未出现过哪一出剧目附带有拒绝成年人入场的要求，这也是值得玩味的。

三、从艺术欣赏看儿童作为欣赏者的可能性

进入剧场只是儿童和戏剧产生联接可能性的一个契机，进入剧场之后，儿童如何观看戏剧、体验戏剧、理解戏剧，这才是儿童观众真正和剧场产生深度关联的方式。如果我们把剧场作为艺术来看待，则对剧场艺术的观看者提出了较高的要求，因为艺术欣赏一贯被认为是有条件的。艺术欣赏作为一种复杂的精神现象，其艺术欣赏的主体需要具备某种能力才能使欣赏过程得以顺利进行。那么对于已经有可能进入剧场欣赏演出的儿童观众而言，他们是否具有欣赏剧场艺术的能力呢？

这是儿童作为合理合法的剧场观众被承认所需面临的最大挑战之一。让我们来想象一下，当家长带着年幼的孩子去剧场观看演出，然而因为某些不为人知的原因，孩子无心观看，不断地活动身体，在座位上爬上爬下，也会大声说话，甚至会主动要求家长带其退场离开。这样的现象在一般剧场中很可能出现，我们会如何分析与评价上述状况呢？也许有人会认为这显然是因为这个孩子还太小，看不懂这出戏，即不具有欣赏这出戏的能力，因为整场演出中只有这孩子退场了而大多数成人观众却安然就座。诚然这样的理由有一定的可能性，然而也应该看到，在孩子坐立不安，甚至要求离场的现象背后，并不仅仅只有这一种可能性。相似的情况也完全可能发生在成人观众身上，即成人观众进入剧场后对所演出的内容不感兴趣，或者没有耐心继续观看下去，甚至感到厌烦，无法忍耐，想要退场，此时我们并不会怀疑自己对剧目的欣赏能力，而是认为这场演出存在这样或那样的诸多问题，或认为这场演出完全不符合自己的审美。

如果我们能细致分析这两种情况，是否能发现这其中的相似和差异呢？孩子的不认可和转身离去并不能成为判断一出戏是否出色的标准，因为这其中还存在欣赏水平和能力的问题，而这恰恰是我们在关注儿童观众对剧场的反应时首先会考虑的，然而我们常常忽略的却是儿童作为

观众对剧场的自主选择与喜好，以及他们的兴趣所在，整场演出是否为他们所喜欢这些方面。从某种意义上来说，身处一般剧场中的儿童观众的选择和喜恶是由他们自身的各种特质及其与剧目相碰撞时的各种可能性因素造成的，儿童的欣赏水平和审美水平与成人固然相异，但是如何来理解这种差异，区分是水平高低的差异还是互有不同的差异，将会直接影响到我们对儿童观众在剧场中反应的理解及对儿童剧场何以可能的进一步阐释。

在教育学和心理学领域，已对儿童的生理、心理、认知、思维、情感等发展过程进行了多方面且持久的研究，表明儿童与成人在认知水平、智力水平、审美水平等多方面所存在的显著差异，这些差异也在现实中得以充分证明，并成为划分成人与儿童的标志之一。这些已被证明的显著差异一旦被带入剧场领域，不禁令人对儿童能否欣赏一出完整的高水平的演出感到不同程度的怀疑，而这种怀疑在某种程度上也被认为是儿童剧场何以存在并应运而生的理由。因为儿童剧场的存在承认了儿童所需要和所能接受的剧场与一般成人的剧场是不同的，并在此基础上试图专门为儿童创作适合于他们的，能为他们所理解和观赏的剧场。我们在潜意识中普遍认为，这些专门为儿童创作的，符合他们观赏水平和欣赏能力的儿童剧场，确保了儿童欣赏它们的可能性，而当且仅当此时，他们才能真正作为剧场艺术的观众而得到承认，而这种承认建立在儿童剧场不同于一般剧场所提供的特殊性之上。

这种思维逻辑混淆了一个非常重要的问题，即儿童是否具有欣赏剧场艺术的能力和儿童剧场之所以存在之间并没有必然联系。如果认为因为儿童无法欣赏一般的戏剧艺术而专为他们特设一种适合于他们需求的儿童剧场，如果儿童剧场是由于这样的原因而产生，则人为地划分出儿童剧场和一般剧场的界限，并刻意将其界定得泾渭分明，这是对儿童剧场和一般剧场之间关系的曲解。在这样的曲解之上就会出现各种问题，并对儿童剧场的发展产生阻碍和影响，包括人们对儿童观众的认识，对怎样的剧场适合于儿童欣赏，以及儿童究竟喜爱怎样的剧场，怎样的剧场更能引起他们的兴趣和关注，这种种问题都是建立在儿童剧场的基本观念之上，是儿童剧场为何产生及其与一般剧场的关系的后续问题。

如果我们先验地预设儿童观众并不具有欣赏剧场的能力，那么在为他们专门设计的剧场中，我们就会以各种方式降低难度，不仅降低故事的复杂度、意蕴的深刻度，同时包括艺术形式的简化，这些降低和简化看似是为了满足儿童观众特殊的需求和能力水平，然而与一般剧场相比，不得不承认这种所谓"特殊"的剧场的特殊性是通过降低艺术标准，或者违背一般剧场所坚持的艺术要求，或对某些内容加以限制，然后打包盘呈现给儿童观众。这种观念背后的意识普遍认为儿童剧场比一般剧场"浅显"，从而造成了儿童剧场的肤浅状况，热闹平白、没心没肺、歌舞升平，逐步演变为完全违背儿童剧场成立初衷的可悲状况。儿童剧场在现实中有其自身的发展轨迹，在理论上拥有自身的艺术评价标准，其与一般剧场的区别并不是仅仅通过表面的"浅显"二字就可以阐释的，而需要大量细致入微的研究和实践证明。然而追根溯源，造成这种状况的根本原因之一则是某种一概而论的偏见，即儿童观众并不具有欣赏一般剧场的水平和能力。

如果我们去除这种先验的假设，重新回到这一基本问题，即儿童观众是否具有欣赏剧场的水平和能力？我们应该如何去回答这一问题，同时面对提出问题本身的复杂性？首先可以看到，这一问题中包含两个基本前提，第一，欣赏剧场艺术需要作为欣赏主体的某种水平和能力，也就是说，并不是每个人都可以欣赏剧场的，即使进入剧场成为观众，并且完整地观看了演出，也不表示已经具备了欣赏剧场的能力。这一问题中还包括另一个前提，就是儿童观众作为从一般观众群体中被划分出来的某个"特殊"群体已经得到了确认，同时也肯定了儿童有作为观众的权利和机会。

根据第一个前提，我们不禁继续要问，欣赏剧场艺术究竟需要怎样的水平和能力？在回答这个问题之前，先看看一般的艺术欣赏需要怎样的条件和主体能力。万庆华在《艺术欣赏——体系和理论架构》中提出，从欣赏主体角度，艺术欣赏条件的系统构成分为欣赏主体的生理条件、心理条件和智能条件三个方面。"艺术欣赏的生理条件要求欣赏者具有相应健全的生理感官。"[1] 同时这也是艺术欣赏的必要条件，即欣赏艺术必须要具备的最低限度的基本条件。他认为，缺乏相应的生理条件，是不可能欣赏相应的艺术作品的，比如盲人不能欣赏绘画作品，聋子无法欣赏音乐。而欣赏主体的心理条件和智能条件则是完成艺术欣赏的充分条件，"即在一个相当高的程度上提供了艺术欣赏的标准模式"[2]。心理条件包括两个层面，"一是导致艺术欣赏产生指向性意义的心理注意；二是影响到整个欣赏过程的心境情绪"[3]。而智能条件"则包括了众多的因素，但其中最主要的应是知识文化、社会生活经验和艺术修养这三种因素"[4]。在他看来，从艺术欣赏所要求欣赏主体的一般能力上来说，只需要具备一定的生理条件，就具备了欣赏艺术的最起码的能力，而"欣赏艺术的充分条件的匮乏，可能因其他方面条件的相对改善而得到某种程度的补偿"[5]。充分条件对于艺术欣赏来说不是必须的，但却可以提高艺术欣赏的质量。也就是说，儿童欣赏者只要具备了一定的生理条件，即具有健全的视听感官，其视觉和听觉均处于正常状态，则已经具有了欣赏者所应具有的能力下限。

那么按此推断，一些生理机能不健全的盲童或者聋儿是否就不具有欣赏剧场的水平和能力呢？事实证明并非如此，上海某聋哑学校由学生自行建立的戏剧社在校内多次上演剧目，让学生参与创作演出，并由学生作为观众观看演出。他们在上海话剧艺术中心的中学生戏剧汇报演出中屡获大奖，还登上了静安戏剧谷"一戏剧"的舞台进行公开的公益演出。此外从艺术实践上来说，有些实验剧场为了拓展观众的感官体验，甚至会特意安排观众蒙着眼睛进入剧场，做一回"盲人"，通过牺牲视觉的方式来获得对于剧场的另一种体验，这种体验往往是全新的而且激动人心。

剧场原本就是一种感官体验，从视听感知理论上来说，一般人主要通

---

① 万庆华：《艺术欣赏——体系和理论架构》，山东美术出版社，2012，第60页。
② 同上，第93页。
③ 同①，第63页。
④ 同①，第68页。
⑤ 同①，第94页。

过视觉和听觉来接受外界的信息，而我们接受信息的方式某种程度上也决定了我们获得的信息内容、类型和可能性。从聋哑人和盲人的角度而言，他们接受信息的方式相对于一般人有所缺失，比如有些人看不见或者听不到，人们过去普遍认为这种信息缺失是致命的，是不可扭转的，于是称他们为"残疾人"，在这一称谓当中就包含着对于他们缺失的否定。然而现代感官理论认为，聋人和盲人有自己感受世界的方式，与一般人感受世界的方式不同，但并无优劣之分。信息的充足只是相对的，一般人在接受信息的过程中也会有所选择和取舍，也会使用自己优势的方面去获取信息，比如左眼视力超过右眼的一般人都会用"优势眼"去看，听力受到一定损伤的老年人会更倾向于用视觉去弥补自身的不足。这与盲人和聋人通过自身所具有的优势获取信息并无根本性的不同。

现代研究还认为，信息的缺失是人为的价值判断，是通过不平等的比较得来的。作为盲人和聋人本身，他们的感官体验并不是作为缺失的反例，而是有其自身的独特性和巨大价值，这种价值正在逐渐为人们所认识。国内外众多感官艺术家在这一主题上进行创作，研究不同人群通过不同的感官感受和体验世界的不同方式，从这个意义上来说，艺术欣赏的方式和可能性也正在被拓展。也许我们可以期待在不久的将来，盲童和聋儿也能够获得权利走入剧场去欣赏戏剧，破除对艺术欣赏属于特定人群的偏见，从自身出发能够去感受和体验剧场所带来的震撼，作为观众为剧场的发展和拓宽贡献自己的力量；同时也期待相应的研究能够跟上，为他们能更好地感受剧场提供理论上的支持和实践上的引导，无论如何，这一天是值得期待的。

同样，在某些特定的剧场中，要求一般观众牺牲听觉或视觉，从而完成对于特定剧目的欣赏。而视听感官完好或程度不一的观众处于同一剧场中，所获得的欣赏体验也会完全不同。对于一般观众而言，剧场提供了这样一种可能性，抛弃日常获得信息的方式，尝试用并不熟悉，甚至可能会令人觉得不适或恐惧的方式更新感官体验，这也将是一次挑战。总而言之，剧场所具有的丰富性特质，及其对观众的包容度，允许在同一剧场中各色不同的欣赏效果和欣赏方式的存在，彰显出剧场的魅力。

由此可见，从艺术欣赏的一般要求来说，儿童并不一定要具有处于正常状态的视听感官，只要具有相应的为自身可以驾驭的感知方式和感知能力，即可获得欣赏艺术的基本能力。这一论断是针对整个艺术领域做出的，对于作为艺术形式之一的剧场艺术而言，儿童观众同样适用。但需要指出的是，不同的艺术形式遵循不同的感知方式和体验方式，对欣赏者产生作用的方式也各不相同，对欣赏过程也会有些不同的要求。比如绘画和音乐在欣赏时间上都并不限制，可以随时欣赏，也可以随时停下；而剧场则不然，剧场一旦开始，一般情况下就会一直进行直到结尾。绘画主要是动用视觉感官，音乐主要是动用听觉感官，而戏剧则既有视觉也有听觉的信息，主要作用于欣赏者的这两种感官。同样的道理，对于剧场艺术而言，儿童只要具有相应的为自身可以驾驭或替代的视听感知方式和感知能力，即已经获得了欣赏剧场艺术的基本能力。

这一论断也极大地扩展了我们对于儿童观众的一般界定。当我们提及儿童观众时，所指的是大儿童的概念，也就是覆盖 0~18 周岁的未成年人。然而在我国目前的儿童剧场实践中，2 岁以前的小孩是很少有机会进入剧场的，更不要提刚刚出生的小宝宝了。而在国外，为 0~2 岁婴幼儿演出的剧场十分丰富，并普遍为人们所接受。也许有人会感到奇怪，那些还不会说话，甚至无法与人达成有效交流的小宝宝，他们对生活的体验还如此微少，成人甚至他们最亲的人都还无法完全理解他们在想什么，这样年幼的孩子如何能成为剧场里的观众，开始欣赏戏剧呢？这简直是匪夷所思的事情。更有甚者也许会提出，刚出生的小宝宝的视觉和听觉都还处在发展阶段，并没有完全发育成熟，作为连生理条件都还不完全具备的孩子怎么能去欣赏对视听感受诸多要求的剧场艺术呢？也许有人会得出结论，这些婴儿不具有欣赏剧场的能力，故而无法进入剧场。然而与笔者上述的论断一脉相承的是，即使是如此年幼的孩童，也有他们自身的感知方式和感知能力，这种感知方式和能力是他们在现实生活中不断摸索出来的，并以非常快的速度在学习和更新着。也许这些婴幼儿前一次进入剧场和后一次进入剧场之间相隔不过数周，他们的感知方式和感知能力却可能达成突飞猛进的变化，他们对剧场可能会产生完全不同的感受和认识，刷新着他们对剧场的理解。

这并不是理论的臆想，现实中的剧场艺术早已经在这样实践着，艺术家为孩子们捧上了与他们契合的作品，使剧场的大门从他们一出生就向他们敞开。在这样的剧场里，无论灯光、音响都会调整到使孩子感到舒适安全的程度，没有暗场，怕引起他们的不适；演员们轻轻地走动和呼吸，运用大量的肢体、表情而非语言上的交流；而孩子们躺在妈妈或爸爸的怀里，目光不断地被表演区域的声音和人所吸引，有时也会看一眼身边的观众，有时也会在演出中间吃奶进食。婴幼儿观众的进入并没有造成任何违和感，而为剧场增添了新的魅力和迷人的气息，然而这一切的和谐在于剧场和婴幼儿观众的契合，如果在一出贝多芬的交响乐音乐会现场带进一位2岁的幼儿，那效果就很难估计了，无论是这位小观众的欣赏效果还是整个现场观众的欣赏效果都可能会造成不同程度的打断和阻隔。当然即使在那样和谐的婴幼儿剧场中，作为观众的婴幼儿究竟在剧场中获得了怎样的体验，他们所感受和体验到的舞台和剧场究竟是怎样的（即使在他们的脑海中可能还不具备对于"舞台"和"剧场"这些概念的认知），这都是一个值得深入研究但是困难重重的课题。在这一领域的研究还没有真正展开，这当然有多方面的原因，包括研究的可能性、研究工具的限制、研究方式和分析方法都有待进一步的探索，但这样的研究本身是具有丰富及巨大价值的，是一大片有待开垦的荒地，既会促进剧场的发展，也会使观众获益。

现在请试想一下，如果经过研究后的结果证明，0~2岁的婴幼儿在欣赏戏剧层面并没有形成确定的思维和语言模式，也没有诞生明确的想法和判断，我们可能只是在脑电波图上找到了一些弯弯扭扭的曲线，证明了剧场中的某些视听元素对婴幼儿的大脑形成了一定程度的刺激，但可能我们也无法具体说明这些刺激和曲线的实际意义。当然这只是假设，但是如果研究真的遇到这样的状况，无法明确说明剧场对0~2岁婴幼儿观众的意义，相应的剧场实践是否还会继续？或者说如果人们发现，0~2岁的婴幼儿对于剧场所能感受和体验到的事物真的是微乎其微，那么相应的剧场实践是否还有继续的价值？

　　笔者认为，即使若干年后的研究真的只能证明这样的结论，为 0~2 岁的婴幼儿所设计的剧场也仍然有继续存在和不断发展的意义。成人以极为艺术的方式获得和婴幼儿的交流互动，不仅在他们的日常生活中，而且在某个下午，在某个公共空间里，与其他孩子一起观赏某一次无法复制的演出，这将是人生一次重要的经历。也许年幼的孩子尚不能分别生活和剧场的关联与区别，但这种进入剧场并熟悉剧场的机会将会帮助他们慢慢感受和体悟到这一点。正如婴幼儿必须要进食才能生存和成长，在一般剧场中我们是谢绝观众饮水和进食的，然而在他们自己的剧场（婴幼儿剧场）里就可以，而且是完全合情合理的。美国面包与傀儡剧团[①]的创始人及灵魂人物皮特·舒曼每次演出都要亲手为观众们烘烤面包，他认为剧场就像面包一样是人们的食粮和必需品。同样剧场也是艺术家、家人与婴幼儿沟通的场所，是他们可以自如交流的平台，是艺术建构起的桥梁，也许不是通过日常的语言，而是通过其他方式，通过肢体、节奏，通过某些单纯有趣的游戏，大家聚集在一起，分享和对话。从这个意义上来说，不仅是针对 0~2 岁的婴幼儿，剧场对于观众的意义并不仅仅在于艺术欣赏的完成，还包括其他许多重要方面，作为食物也好，作为交流的平台、沟通的桥梁也好，作为聚会欢庆的场所也好，作为认识世界的窗口也好，仅仅因为年龄限制或不具备相应基本的生理条件而对某些人关上剧场的大门，剥夺其欣赏艺术的机会，将其对艺术的独特感受加以忽略或给予过低评价，都是不足取的。

　　之所以这样说，还有一个非常重要的原因在于，我们通常所说的这种

---

① 面包与傀儡剧团（Bread and Puppet Theater）在1963年由彼得·舒曼（Peter Schumann）创立于纽约市下东城。该剧团是美国历史最悠久、并坚持自给自足的非营利剧团之一。该剧团自称是"廉价艺术兼政治剧场"（Cheap Art and Political Theater），并为对抗高级艺术（High Art）而倡导"廉价艺术哲学"（Cheap Art Philosophy）。剧团名字里的"面包与傀儡"便精确点出了剧团的特质与精髓。摘自《剧场大小事：介入公共场域的剧团》，张英豪汇编，下载于2013年11月1日，从http://www.dramabox.org/newsletter/vol1_issue3—CH/theatre_abc.html。

欣赏戏剧的水平和能力并不为特定的某一些人所具有，同样也不是个体欣赏者天生所具有的。对欣赏者来说，他们欣赏戏剧的水平和能力从来不是一成不变的，而是根据个体的发展，包括心理条件和智能条件的日渐成熟，存在一个循序渐进的过程，欣赏水平会得到相应的提高。然而这种提高并不全然是随着年龄的增长自然获得的，而是通过某些艺术现场的在场和旁观，或在某些艺术实践的参与和欣赏过程中不断积累经验，从而成为较为成熟的欣赏者。尤其是欣赏主体的智能条件中"艺术修养"这一点，便不是随着知识文化水平的增长就能同等地获得，而是需要特别的培养。"艺术修养则更多是靠艺术活动(创作或欣赏)实践而逐渐形成。"[1]成熟而有欣赏能力的观众并不是一蹴而就的，而是通过学习、培养，在艺术欣赏实践中养成的，如果只允许有欣赏能力的观众进入剧场欣赏艺术作品，那么对于艺术作品的欣赏可能就仅仅局限在一小部分的人身上，被这部分人所垄断，成为一种特权，而无法真正成为"更多人的艺术"，成为被社会上的更多人所了解，所喜爱，所能够理解并欣赏的艺术。

在欣赏艺术的过程中，欣赏者即使已经具有了欣赏艺术的最低限度和起码条件，他们能在多大程度上达成对艺术活动的欣赏，他们能欣赏到哪种水平和层次，仍然是值得继续追究的问题。在艺术欣赏的必要条件(下限)和艺术欣赏的充分条件(上限)之间存在着很大的区域，正是艺术欣赏"路漫漫其修远兮"的证明。从某种意义上来说，促成剧场艺术从欣赏的必要条件向充分条件转变和前进的，一方面是观众年龄的增长，另一方面则是艺术欣赏的不断实践和参与，以及由这两者共同带来的欣赏个体的生理条件、心理条件和智能条件等各方面的综合成熟。虽然即使在成年之后，观众的欣赏水平也可能会通过各种途径获得不同程度的提高，但是不可否认，儿童观众在这一点上具有更大的可塑性和发展潜力。

儿童阶段跨越 0~18 周岁，完成了从生理、心理到智能各方面的大飞跃，这也正是他们积累剧场经验，了解剧场并感受剧场，培养欣赏剧场艺术的

---

①万庆华：《艺术欣赏——体系和理论架构》，山东美术出版社，2012，第71页。

水平和能力的最佳时机。儿童被判断为是否有欣赏剧场艺术的能力，和他们是否有潜力去欣赏剧场艺术，是两个层面的问题。然而儿童有必要去欣赏，在艺术欣赏实践中去学习欣赏剧场艺术，这不仅是他们与世界和艺术的一次对话，同时也是他们社会化进程中的一个侧面，而不是作为社会化的结果加以呈现的。与此同时，剧场对儿童观众的开放是对拥有无限潜力的未来的成熟观众的开放，是剧场面向未来的一种姿态，也是剧场自身的成长和成熟所必须要经历的过程。邀请儿童观众进入剧场，熟悉剧场，了解剧场的艺术表现形式，发现剧场艺术的魅力，这是剧场对于观众的长期培养，也是剧场完善自身的一种有效手段。而儿童进入剧场之后则不可避免地（常常不是直接而是间接地）要求剧场作出改变和调整，包括在剧场布局、座位安排、剧目内容和时间、情节风格等方面，都对剧场提出了新的要求。

为了达成剧场与儿童观众自身的契合度，儿童剧场应运而生。也就是说，真正意义上的儿童剧场应该基于这样的目的而诞生：它的出现是为了要极大地满足儿童观众的心理、情感以及审美需要，使他们能有机会享受到与剧场融合，达成共鸣与合力的美妙效果；它并不是因为儿童观众不具备欣赏一般戏剧的能力才为他们创造出特殊的剧场，降低艺术的要求来应和他们，而是在高度认可了儿童观众对于剧场的接受能力和欣赏能力的基础上，基于对他们的欣赏习惯、生理特征、感兴趣和易于接受的表述方式和呈现方式的了解，在此基础上创造出能与他们达成高度契合的剧场，从而使他们的欣赏体验能够既在他们可接受的范围之内，又超出他们的预期，给他们以惊喜和震撼。这是笔者认为在理论层面儿童剧场之所以诞生并有理由继续存在下去的纯正目的，也是最基本的初衷。

当然现实中的儿童剧场的诞生可能会基于这样或那样的原因，比如中国现代儿童剧场的诞生是宋庆龄女士以一己之力极力促成的，诞生于战争年代的中国儿童剧场不可避免地刻上了时代的烙印，基于当时的观念和目的而被建立起来的儿童剧团存在于当代，理应要求和呼唤着变革、更新和超越。同时儿童剧场也不得不承载着剧场之外的各种不同目的，比如教育目的、艺术或娱乐目的，那都是之后附加产生的，是由于成人的要求和希望而建构起来的儿童剧场。这些目的本身都不是为了剧场，不是基于剧场自身的要求，而是强加在剧场之上的其他目的，是成年人将他们的要求以及他们对儿童剧场的认识(包括儿童喜欢什么，儿童应该接受什么的认识)投射于儿童剧场之中，反应了他们自身的冀求和期望从而建构出的儿童剧场。

回到我们最初的问题：儿童观众是否具有欣赏剧场的水平和能力？接下来看看这一问题所包含的另一个前提：儿童观众作为从一般观众群体中被划分出来的某个"特殊"群体已经得到了确认，同时也肯定了儿童有作为观众的权利和机会。儿童有作为观众的权利，这在上文已经论述。那么对于儿童作为特殊群体得到确认这一点，先来反思一下人为对观众作这样的划分是否合理。观众作为一个群体称谓，包括各种各样的人，不同的肤色、年龄、国籍，不同的宗教信仰、饮食习惯、人生观和价值观，一旦进入剧场，他们的种种不同就被忽略，从而被赋予了同一个身份，即观众。历来对观众的划分是多种多样的，基于不同的目的或划分标准，我们可以把观众进行群体划分。比如说按照性别来划分，可以把观众分为"女性观众"和"男性观众"；按照对剧场的热爱和熟悉程度，可以把观众大致分为"铁杆观众"（资深观众）和"普通观众"，这些划分背后包含着看待观众的某种视角和观念，不同类型的观众可能会具有某些群体的特性，进而会对某一剧场类型作出相似性的评价，或者会更易接受某一种风格或类型的剧场。对观众进行划分显示出剧场艺术发展过程中相对较为成熟的阶段，既显示出对于观众群体作为剧场中基本元素之一的高度重视，也是对剧场艺术发展过程中逐步形成类型化的一种表征。从这个角度去看儿童剧场，就会得到对于儿童剧场的较为客观的认识。

如果按照观众自身的年龄及是否成年来划分，可以把观众群体分为儿童观众和成人观众。如果要划分得再细致一些，我们可以将儿童观众再细分，根据年龄继续划分为婴儿观众（0~1岁）、幼儿观众（1~6岁）、儿童观众（狭义上的儿童观众，主要指小学阶段，6~12岁）、青少年观众（12~18岁）；将成人观众根据年龄再划分为青年观众（18~40岁）、中年观众（40~60岁）、老年观众（60岁以上）。然而为什么在众多的划分中，只有儿童剧场被特意提取了出来，并被作为一种特殊的艺术形式加以研究和考量，甚至作为一门学科体系去探讨其背后的观念、可行性和发展方向？这其实是由儿童剧场在此划分中所具有的特殊意义和价值所决定的，也是由儿童观众和成人观众相差异的确定性造成的。

在剧场艺术的实践中，我们完全可以在创作之初就设定一出戏只允许女性观众参与，而不允许男性观众入场，虽然目前还没有听说这样的尝试，但在理论上这样的尝试是完全可行的。然而在实践中，这样的尝试就表示要拒绝一部分观众，甚至是潜在观众数量的一半，除非能提供足够充分的理由（往往和剧目内容、创作目的有关），否则很难向观众解释。在市场经济领域，这也暗示了运营方在创作之初就强行撇开一部分观众，只对另一部分观众进行演出，这似乎不太符合利益最大化的市场运行原则。即使有一出戏能够如此操作，也不表示之后每一出戏均能如此，甚至形成一个专门的类型与学科，这是难以想象的。在戏剧发展过程中确实出现过"女性戏剧"，却是出于某种权力对抗上的诉求，或支持女性戏剧创作者或关注女性题材，而不仅仅是针对观众的性别进行划分。

然而儿童和成人相比较其他对观众的划分则具有下列特点：首先，儿童和成人的划分标准是比较明确的，以18周岁法定成年为划分界限，一般不存在无法归类的现象。不像以观众对剧场的热爱和熟悉程度来划分，难以界定相应的热爱或熟悉的标准究竟为何，是根据每月看戏的次数来判定，还是根据观众本人的看法来判定，这就涉及各种特殊状况，包括观众自身的差异性等诸多问题，使划分无法有效进行。

其次，儿童和成人的划分标准具有某些因年龄而产生的不可避免的差异，这些差异足可以建立起不同对象眼中的一般剧场的模式和优秀剧场的标准。比如从人的生理机制来说，每一出剧目长度定在什么时间最合适，儿童和成人对此的要求就会完全不同。由于注意力集中时间，可以高效欣赏艺术而不至引起疲累的时间，甚至需要去洗手间方便或者进食的时间，对儿童和成人来说都是很不相同的。一般的剧场时间长度保持在1.5~2小时，一般的儿童剧场则在40~70分钟，这就是两者的生理差异和心理差异造成的。甚至同在儿童阶段，0~2 岁的婴幼儿剧场持续时间也与大龄儿童很不同，婴幼儿剧场一般为演出 15~20 分钟，附加游戏互动时间 15~20 分钟。

再次，由儿童作为首要观众的剧场形式并不排斥成人的进入，相反由于儿童年龄较小，无法独立来到剧院观看演出，故而需要陪同，所以往往成人观众得以和儿童观众一同入内。这从市场和消费层面再度保证了儿童剧场的顺利运作，同时也极大改变了儿童剧场观众群体的年龄分布情况。

最后，则应看到儿童群体的特殊性及其被赋予的"朝阳"地位。对于儿童群体的关注已经越来越成为当代社会的自觉意识，也为一般家庭、学校、社区所自觉奉行，为儿童提供相应的文化艺术养分，注重对其进行教育培训和艺术滋养，已逐步成为家长们所热衷和关注的话题，这一社会现状也促进着儿童剧场在当代的发展壮大，促成其在实践上的探索和理论上的完善。

综上所述，儿童与成人的划分从众多观众群体的划分中脱颖而出，并为中国乃至世界的各类戏剧团体加以创作和实践，使得儿童剧场的发展虽不算长久，也不算轰轰烈烈，却呈现出稳步上升的大趋势，这与整个时代和世界各地对其可行性、重要性与价值的认可，对其背后观念的认识，对其艺术形式的拓展，对其可能性进一步探索的热情之间有着非常密切的关系。

需要指出的是，即使观众已经具备欣赏戏剧的基本水平和能力，也不表示在每次进入剧场的过程中欣赏主体都可以合理地动用这种能力，最终达到令人满意的欣赏效果。欣赏过程受到各种其他因素的影响与合力，欣赏主体只是其中的某一因素而已，此外欣赏对象的优劣、欣赏时间的长短、欣赏环境的综合作用都极有可能对欣赏效果产生不可磨灭的影响。所以，不能仅仅因为某一次的欣赏效果不佳就对欣赏者个体的欣赏能力和水平全盘否定，而是应该看到，真正的欣赏效果可能是综合了更多因素，更为纷乱复杂、瞬息万变，有时甚至难以仅靠人为进行把控，无形剧场所营造起的剧场整体氛围与合力将演出和观众容纳其中，裹挟而至某处，犹如龙卷风一扫而过，四散着积蓄已久的能量。

第四章　儿童作为行动者的可能性

　　将戏剧作为表演的现代戏剧理论认为，典型的观演关系由行动者和观看者两部分组成，这两者对构成观演行为都至关重要，缺一不可。上一章论述了儿童作为观看者和观众的可能性，本章将从行动者的层面对儿童参与剧场的可能性进行分析论证。

　　要探讨儿童作为行动者的可能性，首先要说明儿童的动作发展和作为动作实施者的可能性，这是儿童作为行动者的生理基础和底线。此外作为行动者不仅包括行动的呈现，也包含行动的动机和主观意愿对行动的促成，故而本章也将从创作者角度揭示儿童作为行动者的内因可能。行动者主要分为两类——表演者和演员，接下来将分别从这两方面探讨儿童作为行动者的可能性，论述儿童和表演者之间的天然关联，儿童在日常生活领域进行角色游戏和表演游戏的状况，以及儿童经过适当的培训成为演员的潜质。同时也要看到，表演者和演员并不仅仅具有行为的呈现功能，同时也可能兼有创作功能，表演者和创作者作为表演和行动构成的必要元素均存在，且在一定范围内可能重合，即由一人同时兼任表演和创作两职，这一情况大量出现在儿童的角色扮演游戏和社会性游戏中，有时也会出现在儿童剧场艺术和教育戏剧活动中。

一、儿童的动作发展

行动由一系列动作构成，行动者作为行动的主体，首先应该在生理机能上具有实施和完成行动的可能性。相对于成人而言，儿童的动作水平还处于发展阶段，不同年龄段儿童的动作发展具有不同的特点和性质，那么儿童是否具有动作实施的可能性呢？这里所指的是每一发展阶段的儿童是否都具有这一可能性，这就需要根据儿童的动作发展水平进行具体的、分阶段的分析和论证。也就是说，儿童只有在各个阶段都具备了实施和完成行动的生理机能，才能说明其满足了作为行动者的必要条件之一。

儿童从婴儿期到幼儿期，再到学龄期（小学阶段），之后进入青少年期（初中和高中阶段）的过程中，儿童个体的行动能力的发展经历了漫长而巨大的转变，每一阶段的儿童动作和行动的发展水平非常悬殊，尤其在生命刚开始的阶段，从刚出生的婴儿，经历整个幼儿期，这是儿童动作发展和行动水平突飞猛进的时期。在这一过程中，儿童几乎完成了绝大部分的身体运动和动作发展，其大肌肉群和小肌肉群的生长发育使得他们能够面对绝大部分的动作要求和指标，比如爬、跪、行走、跑、跳、跨栏、冲刺等全身运动，或是捏、揉、抓、握等精细运动，这些动作水平的发展基本能满足儿童自身的需要。既然儿童的动作水平发展是一个长期且循序渐进的过程，那么是从什么时候开始，儿童能够作为动作的实施者存在？刚刚出生的婴儿是否具有动作实施的能力？

研究表明，0~1 个月的婴儿具有一些天生就会的原始反射（也叫婴儿反射），包括生存反射和原发反射[1]，比如会吮吸塞入口中的奶头，转向接

---

[1] 生存反射包括眨眼反射、听觉眨眼反射、追踪反射、视觉颈部反射、瞳孔反射、呼吸反射、吸吮反射、吞咽反射、呕吐反射、觅食反射、头后缩反射。原发反射包括第十二对脑神经、避缩反射、肛门反射、巴宾斯基反射、掌抓握反射、手指反应反射、莫罗反射、帕氏反射、躯干弯曲反射、行下步反射、倦缩反射、旋转反射、游泳反射、巴面金反射、拥抱反射、强直性颈部反射。

触嘴角的物体，握紧放在手掌上的物件。这些反射对新生儿的成长而言是至关重要的，有些能使他减少痛苦，免受危险和不良刺激的伤害，比如眨眼反射可以使他回避强光，退缩反射使他回避不舒适的触觉刺激，觅食反射可以帮助他寻找妈妈的乳头，游泳反射则可以帮助他应对突如其来落入水中的危险，增加获救的概率，还有一些反射甚至可以作用于情感，帮助婴儿和父母尽快建立亲密关系。如果单纯从生理机制来看，吸吮动作中其实包含着复杂的唇和舌的动作，然而这些动作并不需要婴儿后天学习，而是一种本能，是普通人一生下来就具有的。

由此可见，即使是刚出生的新生儿，也具有与生俱来的特有动作，虽然他们所能做的动作极为有限，但他们仍具有一定的动作能力。需要说明的是，这些反射动作虽不受婴儿自身的意识控制，却不是无目的和无意义的运动与反应，恰恰相反，新生儿的机体反射具有非常重要的生存价值。初来乍到至陌生世界的新生儿未来所具有的种种能力就是从这些反射的经验储存中逐步发展起来的，没有这些看似简单的反射动作，人类或许根本无法生存发展到今天。

随着逐渐长大，儿童可以完成的动作逐渐增多。1~2个月的婴儿俯卧时已可逐渐将头抬起至45度，静躺时可以凭借自身的力量移动身体位置。2~3个月的婴儿俯卧抬头时胸部也可离开床面，能用双上肢支起头胸部和床面约成90度角，并左右张望。婴儿3~4个月时看到感兴趣的玩具就想伸手去抓，不管拿到什么都想放入口中舔尝。同时这一月龄的婴儿开始翻身，先是由仰卧翻到侧卧，约5个月时可从仰卧翻到俯卧，约6个月时可独坐，7~8个月时开始学爬行，10个月时可扶着站立，扶着迈步行走。1岁左右婴儿开始独立行走，从摇摇晃晃的行走到独立稳定的行走。直立行走在人的发展过程中占据重要地位，此时婴幼儿已能控制自己的部分动作，能够四处走动，具有较强的独立性和主动性。婴幼儿从能够独立行走后，大运动的发展更加迅速并趋于成熟。他们将继续学会跑、自己上下楼梯、双足跳起、单足站立，直到3岁左右幼儿因动作发展而能进行的活动基本上就和成人相差无几了。

除了大动作的发展，还有精细动作的发展，儿童动作发育是从整体的、粗大的动作到分化的、特殊的精细动作的发展过程。精细动作是指手和手指的动作以及手眼协调能力，如抓放、手指对捏、模仿画画、剪贴、折叠、书写等。苏联著名教育家苏霍姆林斯基说过"儿童的智力在他的手指尖上"，可见精细动作的发育对儿童的智力发展是不可或缺的。

0~1个月的婴儿双手呈握拳状，如果触碰他的掌心，拳头就会紧握，这就是抓握反射。2个月时婴儿两手握拳的紧张度逐渐降低，有时会主动把手伸进口中，这是婴儿精细动作开始发展的重要标志之一。到3个月，双手可以在胸前互握玩耍，能被动地抓住像拨浪鼓等玩具大约30秒。但此时的抓握没有目的性，整个手都是弯曲的，拇指与其他四个指头的弯曲方向一致。4个月时，婴儿已经尝试主动去抓桌上的玩具。然而由于视觉发展还不太完善，手眼不协调，他们常常抓不准。5~8个月是婴儿建立手眼协调的时期。5个月时婴儿能够每只手各抓住一样东西，6个月时能在双手间交换物体，之后动作更加灵活，兴趣从自身转移到动作对象，开始出现扔东西、撕东西、咬东西、抓东西等行为，还能用拇指和其余四指夹取东西。9个月的婴儿精细动作进一步复杂化，能用拇指和食指对捏拿起小物品，如黄豆、花生米等，这种对捏的动作难度很高，标志着大脑的发展水平。10个月时，婴儿对捏的动作已经相当熟练，能自己松手放弃手中之物，选择其他物件。11~12个月时，婴儿能把小球放入盒子中，并拿笔涂鸦，几页几页地翻书。0~1岁被认为是婴儿精细动作发展的最快时期。

这些动作的发展在人生的开端为婴幼儿提供了生存和学习的基础，从刚开始的躺卧，到用躯干支撑学会坐，到四肢协调去爬行，再到站立、走路，这些成人习以为常的动作本身具有非常重要的意义，不仅是儿童未来的肢体动作发展的基础，还有利于其他智能的全面提升。手部精细动作的健全发展，可以帮助儿童认识事物的各种属性及彼此间的联系，促进其知觉完整性与具体思维的发展，并且为儿童以后吃饭、游戏、握笔写字、使用工具等进一步的行为打下扎实的基础。每掌握一个基本动作，儿童就向更为宽广的世界又迈进一步。

二、从创造潜能看儿童作为创作者的可能性

除了动作上的发展之外，儿童行动的动机、目的、愿望也以十分重要的姿态进入研究领域，儿童并不是无意识地行使这些动作，即使是在婴幼儿时期，他们的动作本身也包含着一定的目的性和意图指向，包含着强烈的好奇心和探索外界的欲望。儿童的创造行为和活动主要来自他们的好奇心。好奇心在婴儿时就已出现，如探究反射，幼儿的好奇心更加强烈，他们喜欢刨根问底地提问题，并且提出的问题稀奇古怪，随着对更多新事物的注意和接触，他们的好奇心进一步被激发，喜欢玩没有玩过的游戏，尝试以前没有做过的事情，在这些活动中表现出他们的创造性。

动作是行动的表面呈现，动作是可以被记录的，然而在动作背后存在着动机和意图，使得动作具有生命力，动作成为有目的和有意图的人的动作。要了解动作背后的动机和意愿，我们需要从心理学角度对儿童心理发展做一番考量。然而动作是无法被割裂开来看待的，一个动作并不和另一个动作相分离，它们是前后相关、密切联系在一起的，这就是行动。一系列行动之间必然有其相互作用和关联的可能性，其背后蕴含着创造性。这里所说的创造性并不仅仅是指在传统戏剧艺术中作为创作者的各种职业，比如编剧、导演、舞美设计、服装设计、灯光设计等需要创造力的职业，这些职业所需要的创造性往往要经过专业技术的长期磨炼与培养才能获得，这里所指的创造性是在日常生活中即可体现的人类普遍具有的创造能力。

本节将从儿童是否具有创造力这一关键问题入手，讨论儿童和成人的创造力之间的区别，详细阐释婴儿是否具有创造力，进而分析创造力的发展过程，以及教育者对儿童创造力的关注。在此基础上将创造力与儿童剧场相结合，揭示出儿童的剧场创造潜能在三大剧场形态中的不同展现，进一步探索儿童参与剧场创作的可能方式。

首先，创造力是否为儿童所具有呢？这是一个必须回答的问题。因儿童处于个体发展的早期，其各方面的水平和能力都处于萌芽阶段，在有关

生理、心理各个层面上都无法回避儿童因年龄产生的特殊性这一问题。

根据《辞海》的解释，创造指的是在破坏、否定和突破旧事物的基础上，建构并产生新事物的活动。儿童的创造性并不是历来受到普遍认可的，过去人们一般认为创造力是少数艺术家、发明家才拥有的特殊能力，并不是每个成人都具有的，更何况是尚未成年、处于发育期的儿童。人们将儿童称为天生的哲学家、诗人和探索者，这是在浪漫主义出现之后才发生的事情，人们开始发现儿童身上具有的潜质，对儿童和童年秉持着莫大的尊敬，甚至认为"儿童是成人之父"（英国诗人华兹华斯语），并从某些方面去模仿他们的好奇、对事物的热情以及观察世界的方式，这种儿童观一直延续到当代。

虽然迄今为止理论界对创造力的本质、发展问题存在不少争议，但随着时代的发展和人们意识观念的转变，大量的相关研究也已经证实，创造力不再被认为是少数人的专属和特权，而是存在于每个人身上。创造力不再被看作是天赋机能，而是蕴含着强大发展潜能的个性品质。[①] 绝大多数科学研究证明，创造力是有层次的。美国心理学家阿瑞提将创造力分为普通创造力和伟大创造力。普通创造力是每个精神健全的人都具有的，并认为一般学生的创造力就是这种创造力。[②] 美国人本主义心理学家马斯洛也做出了类似的划分，把创造力分为自我实现的创造力和特殊才能的创造力，前者人人具有，后者是科学家、发明家、艺术家等特殊人才具有的。美国心理学家泰勒则根据产品新颖性和价值大小的不同，将创造力划分为表达式创造力、生产式创造力、发明式创造力、革新式创造力和高深的创造力五个层次。其中表达式创造力以自由和兴致为基础，因情境而产生，不考虑产生的价值大小，儿童的涂鸦绘画就属于这一类。董奇教授则根据人们解决问题的新颖、独特程度不同，将创造力分为初级创造力、中级创造力和高级创造力。其中初级创造力对个体来说是前所未有的，不涉及社会价值，中小学生一般都具备这种初级创造力，他们的绘画、模型制作都是这

---

① 张文新、谷传华：《创造力发展心理学》，安徽教育出版社，2004。

② S.阿瑞提：《创造的秘密》，钱岗南译，辽宁人民出版社，1987。

一层次创造力的体现。[①] 不仅在心理学界,教育界也认可儿童的创造性。"幼儿自然有创造性,因为他们所做所说对他们来说都是崭新的。他们用成人从未想过的方式去探索、尝试、合并、分离和操作物体,因为他们并不知道自己和成人之间有何不同。"[②]

由此可见,创造力一般被认为是由低到高、由浅到深的不同水平层次的连续体,儿童具有创造力,也已被大量生活事实和科学研究所证明,并受到人们的普遍认可和接受。由于创造性成果一般集中分布在科学和艺术领域,人们对于儿童和科学家、艺术家之间关系的认识也在不断更新。美国哈佛大学心理学教授加德纳认为此前的智能理论过于强调逻辑思维,而人的智能是多元的,基于大量针对儿童和儿童发展的研究,他提出了多元智能理论,认为人具有语言智能、逻辑数理智能、空间智能、音乐智能、运动感觉智能、人际交往智能和自我意识智能。加德纳在其著作《艺术·心理·创造力》中这样感叹:"一个世纪以前,当瑞士教师鲁道夫·托普佛和法国诗人查尔斯·波德莱尔首次试探性地在儿童与艺术家之间建立联系时,他们或许会被人们认为是荒唐无理之辈,但在今天,这样的言论不会再遭到丝毫的反驳。我们的浪漫传统,经过现代主义风气的改造,已经促使我们接受了儿童艺术家以及每一位艺术家身上的儿童特性之类的观念。"[③]

如果儿童是否具有创造力这一问题已经得到回答,那么接下去我们不禁要问,儿童的创造力水平和成人是否有共同点和差异呢?加德纳认为,"所有儿童和成人天才艺术家之间也存在共性,那就是他们都享受不断探索带来的快乐,不畏他人的种种看法。此外,对于二者而言,艺术媒介提供的是应对各种重大意义和情感的方式,是一些难以言表,无法通过普通语言交流得来的方法"。同时他也认为儿童和成人的艺术创造力之间有着

---

① 董奇编《儿童创造力发展》,浙江教育出版社,1993。

② Janice J.Beaty:《幼儿发展的观察与评价:第7版》,郑福明、费广洪译,高等教育出版社,2011,第376页。

③ 霍华德·加德纳:《艺术·心理·创造力》,齐东海等译,中国人民大学出版社,2008,第81—82页。

明显的区别，主要在于儿童并没有意识到自己在突破惯例，他的冒险无伤大雅，而成人艺术家则能意识到自己在做什么以及可能为此付出的代价。[①]对于自己在做什么的有意识、自觉地探索，表现出成人艺术家以和儿童截然不同的形式完成自身的创作，而儿童的创作更像是轻轻触碰到一种更高艺术形式的"初—略"稿（First-Draft）。董奇认为，儿童创造力是比较初级和简单的，多为直观的、具体的、形象的创造，缺乏严密性和逻辑性。与成人相比，儿童创造力的自发性强，针对性差，借以表现的领域比较广泛。此外，他认为与创造性思维相比，儿童尤其是早期儿童的创造力主要表现为创造性想象，而创造性想象和创造性思维，是人类创造活动的两大认识支柱。不仅重大的学科研究发明、文学艺术的构思离不开创造性想象，儿童的学习，包括画图、做游戏、解答数学题，都需要创造性想象的参与。[②]

对于上述观点，笔者认为加德纳从自我意识和主动选择的角度对儿童和成人创造力的差异进行说明，对儿童作为创造者的研究具有重要意义，这是一个重要的心理区分标准，而董奇的论断是在综合了儿童各个年龄段和成人各个阶段的基础上所做出的综合评判，认为儿童的创造力相较于成人更初级和简单，但也应该考虑到儿童从婴儿到青少年时期创造力的巨大发展进程，以及对个体差异性的认识。董奇认为儿童创造力自发性强，表现领域广泛这一点很有价值，成人的创造力更多体现在专门领域，而儿童的创造力则体现在日常生活中，这对我们分析和解释儿童在剧场领域的创造力和成人的差异性或许会有所帮助，也有助于我们更好地理解儿童剧场的支柱之一——日常剧场存在的可能。

那么儿童的创造力是与生俱来的，还是后天习得的？多大的儿童可以开始投入创作，婴儿天生具有创造力吗？解决了这一问题，对于我们了解儿童在何时具有作为创作者的可能参与到剧场之中提供了一定的理论依据。而对于这些问题，心理学家们有不同的看法。王灿明在《儿童创造心

---

① 霍华德·加德纳：《艺术·心理·创造力》，齐东海等译，中国人民大学出版社，2008，第79—80页。

② 董奇编《儿童创造力发展》，浙江教育出版社，1993，第15—17页。

理发展引论》一书中指出创造性是每个人生下来就具有的特质，创造性是非经验的，无法以传授的方式获得。创造的潜能是被唤醒、激发和培养出来的，而不能单纯地依赖训练。[1]董奇则持有不同意见，他认为儿童最初的创造始于模仿，他提到了新生儿的模仿，认为对新生儿来说模仿和创造是密不可分的，因为无论是模仿的方式还是内容对新生儿来说都具有新颖独特性。张文新的观点与之相似，他认为严格来说婴儿期个体并不具备真正的创造力，但婴儿期的发展却构成了个体创造力发展的前史或必经阶段。刚出生的婴儿并不具备思维、语言、动作等方面的基本能力，尚不能感知和认识到这个全然陌生的世界，只能凭借简单而初级的条件反射对内部和外部的各种刺激给予简单而笼统的反应，所以婴儿创造力最原始的表现可追溯到婴儿刚出生时就有的定向反射或探究反射。定向反射体现出个体的创新意识和求新欲望，比如婴儿出生 12 ～ 24 小时后，就会把眼睛转向光源，强的响声还可使其停止吮吸动作，这既是适应环境和积累经验的本能，是心理发展的动力之一，也体现出最初的创造性。[2]

　　随着感知经验的初步积累和动作的逐渐成熟，5 个月的婴儿开始产生有目的性的行为，到 8 个月左右开始表现出解决问题的能力，这是创造性的进一步体现。巴特沃斯和霍普金斯发现，新生儿自发的胳膊运动中就有32% 的行为不但具有明确的目的，而且还运用了具有问题解决性质的启发式搜索策略。[3]从左右脑的理论[4]来看，婴儿出生时表现出轻微的右半球优势。随着语言能力的发展，左半球赶上来；到 4 岁前，两个半球的沟通大

[1]王灿明：《儿童创造心理发展引论》，社会科学文献出版社，2005，第3页。
[2]张文新、谷传华：《创造力发展心理学》，安徽教育出版社，2004，第65页。
[3]此结论由巴特沃斯和霍普金斯（Butterworth & Hopkins）于1988年提出，转引自林崇德主编《发展心理学》，人民教育出版社，1995，第164页。
[4]左右脑的理论认为，大脑两半球分别控制着人类个体的不同功能。右半球或右脑在整体思维、视觉空间技能、直觉、情感、艺术和创造性等方面承担着支配角色。左半球或左脑在理性、线性、分析、序列思维、语言、阅读、书写和数学能力等方面占据优势。左右脑分工理论由美国心理生物学家斯佩里博士（Roger Wolcott Sperry）提出。

大增强。①

随着婴儿期的结束，进入幼儿期，儿童的创造力得到了较明显的体现，认知能力显著提高，语言、动作也进一步发展，好奇心充沛，产生了迫切理解周围事物、理解自身和他人的需要，幼儿开始处于一种真正的问题情境，创造力在这一过程中得到展现和初步发展。当儿童通过模仿，学习掌握了一些知识经验，形成了一定的知识背景后，儿童就具备了创造活动的必要条件，此时儿童的创造力几乎表现在他所从事的所有活动之中，如画图、手工制作、游戏、讲故事等活动中。当儿童进入幼儿园之后，随着他们的社会化增强，个性的发展和自我意识、控制能力的增强，他们的创造越来越多集中表现在他们所感兴趣和看重的活动上。小学时期，儿童能力进一步发展，形象思维让位于抽象逻辑思维，创造性活动的自主性大大增强。中学分为初中和高中，初中的时候由幼稚走向成熟，想象和思维能力都获得迅速发展，有意想象占据主要地位，想象趋于现实化，自我意识得以迅速发展，对自己的情感、愿望、需求都有了更清醒的认识；到了高中，自我意识进一步发展成熟，抽象逻辑思维占据优势地位，自我的独立和解放正是创造力得以释放的必要条件。

儿童创造力是不断发展变化的过程，在不同年龄段，随着心理发展的日趋成熟、社会规范的习得、个性的形成和知识疆域的丰富都会使儿童的创造力发生相应的变化。值得一提的是，创造力的发展并不是呈直线上升的趋势，一些学者将儿童艺术创造力的发展描述为 U 形曲线，U 形曲线显示出学前儿童身上高度的创造力，进入小学之后经历想象力匮乏期，之后在青少年时期达到更高层次的艺术成就。而在成人之后，大部分人停止了艺术创造活动，仅仅满足于充当艺术的看客。由于创造力水平并不是固定不变的，较低水平的创造力可以发展为较高水平的创造力，较高水平的创造力也可能因为某些原因退化和萎缩，正是由于这样的原因，儿童的创造力及其培养方式在教育领域尤为受到关注。如何保护并激发儿童的创造

①Janice J.Beaty：《幼儿发展的观察与评价:第7版》，郑福明、费广洪译，高等教育出版社，2011，第378页。

力，使之在成年之后也能够继续发展，在教育层面对创造力进行考量和培养具有重要意义。Janice J.Beaty 指出，创造性与思维或语言一样，是幼儿发展的一个重要驱动力。忽视创造性也就剥夺了人类基本表达能力的发展，因为每一个儿童都有成为艺术家、音乐家、作家或发明家的潜力。她认为早期右脑优势期给幼儿提供了发展持续一生的创造能力的机会，并这样表述自己的态度和结论："如果我们对幼儿保持开放的心态，并鼓励幼儿的原创性，那么，在创造性方面，幼儿完全可以成为成人的良师。"① 在书中，Janice J.Beaty 除了对美术和音乐技能进行分析，同时也对不同年龄幼儿的表演游戏进行了讨论。

姑且不论儿童之所以会进行创造的原因和动机，先来看具有一定创造能力的儿童与剧场的关联。儿童是否具有剧场创造潜能可以从儿童剧场的三大支柱，即作为艺术的剧场、作为教育的剧场和作为日常的剧场三个层面予以探讨。

基于上文分析的儿童创造性的领域泛化特点，首先来看作为日常的剧场。这是和儿童关系最为密切，也是最自发的，展现儿童自身特质的剧场形态。在日常生活中，儿童所进行的表演游戏（也称角色游戏、扮演游戏或社会性游戏）正是儿童创造潜能的生动体现。戏剧和儿童游戏之间存在着极强的亲缘关系。英文 play 既可译为戏剧，也可译为游戏。儿童在表演游戏中不仅充当表演者（行动者）的角色，同时还是天然的创作者。比如在过家家游戏中，儿童在扮演妈妈或其他角色的同时，也在模仿和想象着角色的动作、语言和心理，思考和构思着下一步的行动，这几乎是完全即兴的表演游戏活动。虽然这种表演游戏有时可能是片段式的，不构成完整的故事和情节，有时连角色也比较类型化或显得模糊，但是儿童在"玩"游戏时的建构性和创造力却是有目共睹的。作为一种扮演他人的切身体验，儿童同时充当着戏剧活动所需要的多重角色，既充当表演者的角色，又是编剧、导演，同时也是演员。所以即使只有一个人，没有其他同伴加入，

---

① Janice J.Beaty：《幼儿发展的观察与评价:第7版》，郑福明、费广洪译，高等教育出版社，2011，第375—378页。

他也能玩得很愉快。这不由得令人想到国外大量的小型儿童剧团中，编剧、导演和演员身份往往集中在一个人身上，由一个人统一构思、完善，最终表演和呈现。这种艺术剧场的组织和创作形式与童年时期一人兼任编剧、导演的微型剧场十分相似，麻雀虽小，五脏俱全。然而值得一提的是，儿童在日常剧场中不仅是表演者和创作者，在某些情况下他们也同时充当观看者，当然这种观看不像正式演出时坐在座位上的观众那样观看，而是具有更强的随意性，可能需要以走动或围观的方式，在扮演角色的同时观看他人的扮演，从这个意义上来说，他们也是观众。

　　在作为教育的剧场，也就是一般所指的创作性戏剧活动、教育剧场中，儿童作为活动的参与者、体验者、创作者的形态和方式有所不同。创作性戏剧活动是指儿童在赋有想象力的教师或引导者的引领下创建出场景或戏剧，进行表演的一种教学形式。这种表演也往往是即兴式的对话与动作，引发的是关于儿童的内在创作，注重过程，而不是结果的呈现。创作性戏剧的目标之一就是"增进思考、想象和创作能力"①。教育剧场则是将某一特定的主题编排成戏剧演出，在儿童观看后组织他们进行讨论，发表对这一主题的看法，以达到教育的目的。此时儿童普遍作为观看者，但是在观看的过程中他们也需要进行思考和判断，时常还需要进行讨论，有时还会被邀请上台即兴地参与表演，他们的创造性更多是从思维活动中体现出来，有时也需要肢体上的塑造和表现，无论何种方式最终都是为了体现行动力。

　　最后来看作为艺术的剧场，在这一剧场形态中，作为艺术的戏剧和剧场为儿童提供了多方面参与的途径和可能性。作为艺术的儿童剧场可以分为成人为儿童演出（即儿童仅仅作为观众）和儿童参与到戏剧创作中两种面貌。国外的艺术剧场大多属于前者，由成人为儿童制作演出，这种面貌中儿童的创造潜能及其作为行动者的可能性并不能得到深入体现，艺术剧场的创作权仍然在很大程度上把控在成人手中。在中国还存在着儿童作为演员演戏给儿童观看的传统，这是从五四时期的学校戏剧演变而来的，直

---

①张晓华：《创作性戏剧教学原理与实作》，上海书店出版社，2011，第11页。

到当代还相当兴盛。这些儿童演员大多经过相对系统的培训，在排演过程中接受过成人的指导，但是他们在角色塑造上仍旧会表现出一定的创造力，这主要体现在他们自身对角色的感受、体悟以及心理活动、情绪情感的把握与塑造上。这种作为演员的角色呈现是具有普遍创造性的，当然这其中创造性的多少和比例则因人因具体情况而异。

此外，由于戏剧作为综合艺术的特性，儿童不仅可以作为行动者参与到剧场的核心关系——观演关系的表演层面，而且可以作为创作者参与到戏剧活动的整个过程和方方面面。戏剧艺术综合了剧本、舞美、道具、服装、化装、音乐、声效、灯光设计等各个方面的艺术形态，涵盖了编剧、导演、舞美设计师、服装设计师、道具制作、编曲、声效师、灯光师等各个岗位，儿童从幼儿期开始就可以以个人或集体合作的方式进入到这种看似复杂无常的创作活动之中。当然，目前在中国这样的尝试很少，这种参与方式需要较为成熟和较高水准的成人辅助才能完成，也需要有一定的理论支撑和操作模式的经验总结才能得以推广和普及，这对成人的要求更高。此时的成人辅助者不仅需要拥有专业技巧，同时还需要了解儿童，拥有与儿童相处的大量经验，才能身兼专业人员与教师身份，最大限度地激发儿童的创造力，并使他们从中获得愉快的体验与切实的收获。只要有经验足够丰富的辅助者和引导者，儿童在幼年时就可以参与到戏剧创作中来。这里所指的戏剧创作并不是指创作性戏剧活动或教育剧场这类戏剧教育形式，而是指作为艺术的儿童剧场的实际运作。

或许有人会对学前儿童介入戏剧艺术创作的可能性存疑，笔者认为，虽然学前儿童的逻辑推理和抽象思维能力尚不发达，较难从事高科技的科学创造活动，但是几乎所有的艺术形式，如绘画、音乐、舞蹈、手工制作等，学前儿童都能做，学前儿童创造力的发展体现于不同的艺术形式和层面。艺术搭建起了桥梁——在儿童和儿童尚不能理解的文字之间，图画帮助儿童理解文字和文字中所表达的情绪与世界，于是图画书诞生了；年幼的孩子无法读懂诗歌，音乐为文学插上了翅膀，于是摇篮曲成为孩子最初听到的文学作品。这种文学和艺术的融合形式已超越了文学的独立价值，深入到艺术研究的领域。相较于文字与文学为儿童设置的门槛，艺术以更直观的方式抵达了他们的内心，这从某种意义上证明了艺术向儿童敞开大门远远在文学之前。只要激发儿童的动机，提供给他们参与的机会，他们的热情就会是巨大而充沛的，从中也能体现他们惊人的创造力。儿童参与剧场创作的方式并不遵从固定的模式，完全可以具有多样性，可供不同状况的儿童选择。他们可以全程参与创作，也可以有选择性地参与到剧场呈现的某一方面，比如编剧，比如配乐，比如服装等等。他们可以与创作保持非常密切的关系，也可以在成人的参与中共同进行创作，作为实习或观摩，或者作为剧场小评论员给出观看意见，或者偶尔客串一个角色。他们可以两个人、多个人合作，也可以一个人独立创作，这些不同的合作与参与方式也会影响到剧目的风格、创作过程和可能性。

综上所述，随着对创造力研究的深入，许多研究者已逐渐认识到，创造力并非高高在上，为那些伟人所独有，而是一般人共同具有的一种心理能力。在当今时代，人们已经发现了儿童自身所具有的创造热情和潜质，并对此进行不同角度的论述。在实际生活领域，儿童也表现出对于摧毁和重建事物的不灭热情，他们不吝惜推倒自己刚刚建成的玩具模型重新开始，他们以极强的学习能力面对各种挑战，只要给予他们机会，放手让他们去做，他们便会以自己的方式绽放和呈现。虽然剧场创作和一般艺术创作存在较大不同，但是儿童自身的特质使其在剧场中仍有可能产生巨大的创造力，令他们同样可以作为戏剧创作者而存在。虽然三种剧场形态需要儿童参与的方式不同，其创造性的体现也各有不同，但是无论在上述哪种剧场形态中，儿童的创造潜能都可能获得激发和体现。

三、从观演关系看儿童作为表演者的可能性

在将戏剧作为艺术的传统理论中，戏剧中的行动者是角色和演员，演员根据戏剧表达的需要塑造角色，完成戏剧所规定的情境演绎，其行动受限于角色塑造的需要和剧情的走向。然而在现代戏剧发展过程中，角色和

情节不再成为戏剧中必要的元素，有时演员不再穿上角色的外套，而就是他自身，来对剧场中发生的某些事件做出回应，演员和戏剧的交流不再仅仅通过角色或者依附于角色，演员作为其自身的存在性得到了彰显。演员是动作的真正行使者，角色无法不通过演员来完成某一动作或言语表达，从这个意义上来说，戏剧的行动者是演员。

在传统戏剧中，演员和创作者可能分离，也可能是一致的，同时兼任。比如在古典主义戏剧时期，剧作家的地位牢不可破，演员的行为并不由他自己决定，而是由剧作中所安排和创作的人物角色所决定。此时，作为表演者的演员和作为创作者的编剧是分离的，由不同的人担任，这从某种程度上形成了专长和职业分工。当然不可否认的是，演员对剧作家完成的剧本人物完全可以而且应该进行再度创作，对于作品中的人物赋予自身的理解和感悟，并从声音、语调、体态、表情等各方面对其进行塑造，然而这种再度创作是在已有人物形象的基础上，在剧作已经勾勒出人物的性格、身份和在作品中地位的基础上，通过对作品和人物的整体把握和解读，由演员进行再润色和再加工的创作，而不是可以随心所欲、任意而为的自由创作。

在当代剧场中，有些演员自身就是创作者，不仅是编剧，甚至也担任导演的角色，对剧目做整体的构想和安排，这常常发生在比较小型的剧团中，演员一人身兼多职，这样的演员往往是多面手，编、导、演样样拿手。在当代剧场中也存在另一些状况，演员并不是纯粹对已创作完成的内容进行演绎，而是以更强的主动性加入到戏剧创作中。尤其在一些集体即兴创作的剧目中，导演只有排练大纲，没有详细的剧本，没有具体的台词和细节，在排演过程中，导演只是给出具体的情境，然后由演员自由代入并进行想象和塑造，在即兴创作的过程中去粗取精，完成最后的剧本。这种方式对导演和演员都提出了较高的要求，导演的现场把控力、判断力，对剧目整体的设想以及开放性都有较高的灵活度，而演员作为创作个体加入到创作过程中，其对于角色的把握、思考和演绎都将影响整出戏的走向。与此同时，后戏剧剧场的存在也为演员介入创作过程提供了一种可靠而灵活的途径。由于反叙事、反文法，故事的线性结构被打破，演员在剧场中所呈现出的身体和能量具有更强烈的视觉符号意味，这使得演员在剧场中直接以肢体创作成为可能，并带有片段性、碎片化的内容特点。上述种种迹象表明，在当代剧场实践中，演员作为行动者的意向和对行动的把控能力都有增强的趋势，演员自身开始更多地介入戏剧创作领域，其主体意识在剧作中得到彰显的可能性日益变大。

如果将戏剧作为表演来理解，正如现代戏剧理论所论证的那样，那就面临着对戏剧的全新视角的审视。所谓表演，并不是仅仅指在舞台上扮演另一个角色（他者）而假装出的一系列行动，而是指因为他人的观看而有意识地调整自己的行为。站在讲台上讲课的教师、开车的司机、办公室的职员、法庭上的律师、护理人员、病人、主持人、明星等各行各业的人都在一定程度上承担着自身的社会角色，被他人有意识或无意识地观看，从而成为表演者。同样，身处幼儿园和学校的儿童也是如此，当他们在社会实践领域逐步明了人们对自身身份的期许，他们就开始成为表演者。

作为表演的戏剧，包括行动者和观看者两个要素。这里的行动者比之将戏剧作为艺术来理解的行动者有了相当大的扩展和差异，作为表演的戏剧中的行动者既可以是演员，也可以是更广泛意义上的表演者。作为艺术的戏剧具有一定的专业性，相对也要求呈现戏剧的演员在表演领域内的专业素养，演员作为一种职业称谓，其专业素养体现在以肢体、表情、声音塑造角色的各个方面，一般要经过一定时期的专业训练才能达成。而表演者虽然也承担了表演的功能，但其所指向的个体并不是指固定的职业或身份（专业表演人员），而可以是各行各业的人，未必是在舞台上作为戏剧艺术进行呈现，而且还包括在其日常生活和职业生活中某些需要的场合所进行的表演。这些表演有时是有意识的，刻意为之，有时是无意识的，也就是说他们自身并未意识到自己成为了他人的观看对象，并未发觉观演关系的切实存在。有时这些表演可能是出于不同的目的，产生于不同的境况之中，为了应对不同的需要，然而无论何种情况，作为表演的戏剧理论都兼容并包着这种种特殊性和偶然性，从中发现观演关系的普遍性，在包罗万象的实际状况中将戏剧的内涵从舞台扩展到了个人生活领域和社会生活领域的方方面面。

　　儿童作为表演者最直观的呈现是在儿童的游戏中，这种成为表演者的动机是自发的，不是来自于外力，而是本能需要。游戏是学前儿童最重要和最主要的活动之一，其中具有创造性的游戏包括角色游戏、表演游戏和结构游戏等。角色游戏是儿童借助模仿和想象，通过扮演一定的角色，创造性地反映现实生活的一种游戏。这是为学前儿童所喜爱的，最普遍、自发的游戏之一，角色是游戏的中心，通过扮演某个假想的角色，儿童将自己想象为他者。表演游戏是儿童按照童话故事中的情节，通过模仿和想象来扮演一定的角色，进行创造性表演的游戏。表演游戏和角色游戏的不同在于前者大体上要按照童话或故事中既定的内容和情节来进行，而后者则是建立在儿童的知识经验基础上，以周围生活为游戏内容。

　　无论是表演游戏还是角色游戏都是以儿童作为表演者或通过儿童装扮为基础的。"非常明显的装扮游戏在 3 岁前很少见，而且在青春期前会慢慢消失。"① 儿童这种装扮和想象的游戏活动引起了众多人文社会学者、艺术家、心理学家、临床医生、家长和教师的广泛兴趣。凯瑟琳·贾维在研究儿童游戏时提到婴儿的游戏主要是建立在动作、动的感觉以及动所带来的变化感觉基础上，而这正是成人最早提供给婴儿的乐趣，也成为婴儿最早能独立运用的游戏资源。② 对于儿童是否在玩耍时能意识到自己只是在进行装扮活动，皮亚杰给出过这样的回答，他说儿童绝不会去想这一问题。然而加德纳的研究认为，尽管儿童能够轻松自如地进出游戏，也可以从一个剧转到另一个，但他们绝不是对自己正在进行的活动毫无意识。③

　　可能存在这样的状况：儿童并未意识到自己是在表演，这种并未意识到自己在表演而表演的状态，可称之为"被表演"，起因于对"他人观看对

---

① 凯瑟琳·贾维：《游戏》，王蓓华译，四川教育出版社，2006，第88页。
② 同上，第27页。
③ 霍华德·加德纳：《艺术·心理·创造力》，齐东海等译，中国人民大学出版社，2008，第161页。

自身造成影响"这一事实缺乏意识。同时还存在这样的状况：儿童并未意识到自己被观看，因此并未刻意改变自己的行为或表演来迎合观看者，而只是如实地展示他自身。然而无论是否有意识，儿童行为的表演性质仍然存在，这就好比街头斗殴的人在斗殴争执的当下，或许并未意识到旁观者的存在，他们比之艺术剧场里的演员对自身表演性质的意识要微弱许多，然而其行为具有一定的公开性，并不拒绝或阻止他人的观看，也足以引发人群驻足围观。有些观看者可能会在旁观一段时间后选择离开，有些则会继续观看，这一情境就自然而然构成了观演关系，从而使街头斗殴具有一定的表演性质。同样的状况也发生在儿童身上，所不同的只是儿童的某些行为发生的地点或许并不是在大街上，而是在房间里，在教室或者公园，无论其行动的场合是否具有公开性，只要儿童的行动已然或正在发生并及时获取到他人的关注，且这一观看过程保持顺畅，以使观看者和行动者同时存在，观演关系便得以自然而然地产生，儿童便自然而然地成为了表演者，潜意识地担当起某种表演的功能。人类表演学理论倡导者谢克纳认为，越来越多的证据显示"日常行为"和"表演"的不同是一种自省性：专业演员意识到自己就是在表演。[1]当儿童在社会中充当表演者时（最通常的角色是学生），他们所承担的社会角色体现了人们对其约定俗成的特定要求，成长中的儿童能捕捉并意识到这种或直接或潜在的要求，并以自身的行为给予反馈（迎合、反叛、中立、漠视等）。

那么这些具有创造潜能的儿童究竟是如何成为表演者的？他们是通过何种方式，在十分年幼时便已然具有成为表演者的可能性？笔者认为主要是通过儿童的模仿学习和创造性想象。幼儿的角色游戏最初开始于模仿，模仿成年人的一些简单动作。调查结果表明，此种早期的装扮活动简单、单调且不加任何渲染。儿童只是观察大人的活动和行为并加以模仿，并没有夸大或修改，也没有发明和创新。模仿活动并未变成创造性想象。[2]然

---

[1] 孙惠住主编《人类表演学系列：谢克纳专辑》，文化艺术出版社，2010，第56页。

[2] 霍华德·加德纳：《艺术·心理·创造力》，齐东海等译，中国人民大学出版社，2008，第159页。

而儿童游戏很快就能和单调的现实区分开来。马里兰大学的格里塔费恩提出儿童在两三岁时的四大符号转折点，即去情境化、物体替代、角色扮演、集体符号象征。这体现出儿童在最初的观察、学习、模仿别人的实践活动的基础上进行创造和想象。而创造性想象正是幼儿创造力的最主要成分，幼儿创造性想象的发展水平基本上反映了幼儿创造力的发展状况。

还需要说明的是，在作为教育的儿童剧场中，儿童作为参与者加入到创作性戏剧活动或教育剧场所要求的具体活动中去，这其中也包括一定的肢体表现和心理揣摩，无论是对他人还是对自身，作为教育的儿童剧场都提供了一种更为清晰的自我意识和换位思考的可能性。而且这种体验是在具有相对明确目的和清晰意识的情况下发生的，也就是说作为参与者的儿童了解自己在做什么和尝试什么，以及对这一行动所产生的后果产生一定的期待和把控，这是儿童成为有意识的表演者的一种可能性途径，同时这也是创作性戏剧活动和教育剧场所设定的活动目标之一——"自我概念之建立"[1] 的达成。

四、从演员培养看儿童作为演员的可能性

儿童作为表演者的可能性在其作为演员之前。演员是一种身份，也是一类职业，而表演者则比演员的概念更广泛，他可能出现在舞台之外的各种场合，比如现实生活中的某些片段和时刻。表演者是对某一类人的行为和状态的界定，它的生成和消逝都具有自发性，不是某种类似演员身份和头衔的外在赋予。于是当我们在这一节使用"演员"这个概念时，特指具有一定专业倾向或经过专业培训的演职人员，主要从作为艺术的儿童剧场角度进行讨论，这是为了便于和上一节中"表演者"的概念加以区分。

当我们提到儿童剧场艺术时，从演员角度可划分为两类：儿童演员和成人演员。在国外目前的儿童剧场艺术中，比较成熟的状态是由职业演员

----

[1] 张晓华：《创作性戏剧教学原理与实作》，上海书店出版社，2011，第9页。

为儿童演出，以便于儿童观众欣赏剧场艺术的需要；而在学校或剧团所开设的面向儿童的工作坊中，所进行的往往是创作性戏剧活动或教育剧场的形式。前者更注重结果，即剧目在剧场中的最终呈现，而后者更注重过程，在戏剧活动过程中促进儿童的人格成长。两者的目标、设置、演出形态、组织方式都有很大差异，国外对这两者的划分可谓泾渭分明。而在国内，形式更多样化，尤其在儿童作为演员方面拥有大量的戏剧实践，这就使儿童和成人在剧目的合作方式上有着其他更多的可能性。比如在中国有校园戏剧传统，这是建立在五四时期儿童演剧的基础上，逐步形成课本剧这种中国独有的剧场样式，以教材中的课文为依托进行剧本改编，以儿童为演员，经过一段时间的排练后表演给其他儿童观看。课本剧的呈现方式比较传统，舞台还是遵循传统的戏剧样式，且对儿童的表演有一定要求，一般会请职业演员或导演来导戏和排练，儿童演员在剧目排演过程中常常会花费较多时间和心血，主要排练时间是在课后。这种演出在中国大多是作为汇报演出，即作为成果的展示，演出目的决定了对于剧目的要求和评价标准也并不仅仅侧重于艺术性，而更多偏向于教育、热闹喜庆和观赏性，与正式的舞台艺术演出的评价标准有所不同。国外的校园内也有这种排演，但并不是作为专业演出，对表演技术的要求不高，具有较大的随意性和游戏性，其目的是通过戏剧的方式培养儿童交往合作、自信表达的能力，使他们体验到戏剧的乐趣，丰富课余生活，儿童可能会在剧场创作中承担更多的角色和作用，比如制作道具或参与剧本创作。

儿童作为职业演员，在西方可以追溯到很早之前，那时不是所有的儿童都有资格成为演员，只有男孩可以。出版于 1870 年的《男孩演员，为面包而战》描述的正是那个时代的故事，[1] 国内已出版的儿童小说《偷莎士比亚的贼》则讲一个女孩如何装扮成男孩混进剧团做演员。[2] 在中国，学戏必须由练童子功开始，过去从幼童就开始学戏的例子数不胜数。程式如在《儿童剧散论》

①*The boy actor: or, Struggles for bread*. Woodbridge, CT: Primary Source Media, [1870]. Nineteenth Century Collections Online. Web. 7 Apr. 2015.URL http://tinyurl.galegroup.com/tinyurl/WQWf 8。
②加里·布莱克伍德：《偷莎士比亚的贼》，胡静宜译，新蕾出版社，2006。

中对此有过描述："我国戏曲是熔歌唱、舞蹈、武打、杂技、表演于一炉，具有高难度的技艺，必须自幼培养训练才得以胜任。所以，从为神祭祀，为帝王权贵享乐，到为百姓平民的欢娱，历代宫廷、庙会、瓦舍、勾栏之中，都留下了少年艺人的足迹。明清以来，各地方戏曲与昆曲、京剧都设有各自的科班传授剧艺，培养新秀。"[1] 现代社会也有些儿童演员在舞台上、电视剧或电影里出现，为人们所熟悉，他们精湛的表演令人印象深刻，被称为童星。比如美国的童星秀兰·邓波儿，以其天赋赢得了无数观众的心，她幼年的形象美好而令人难忘、无法颠覆，久久印刻在人们的心中。当然在当代，大多数情况下这些孩子并不是职业演员，而是被星探发现并经过其监护人的同意后参加演出，虽然其将来可能因此走上演员之路，或者至少目前可能与某些剧团签订合约，成为"签约演员"，参与到专业演出中去，并获取一定的报酬，但是作为未成年人，根据法律他们仍无法以职业演员的身份投入演出，签约也都要经过他们的合法监护人的认可。这和每个国家对此的政策规定及对儿童从事某些职业以赚取利益的政策保护有关。

在大型专业性商业演出中启用儿童演员的状况并不普遍，大多数情况下剧团会采用成人演员来扮演男孩或女孩，一般均由女演员扮演。当然也有例外，比如由武汉人民剧院制作的中国首部中英联合打造的大型原创童话音乐剧《尼尔斯骑鹅历险记》于 2015 年 3 月 28 日在上海演出时，剧中尼尔斯的扮演者就是儿童，采用了两位儿童演员，均为男孩，分饰 A、B 角，各演一场。中福会儿童艺术剧院的多媒体儿童音乐剧《成长的快乐》的男女主角森林王子和草原公主也不是由成人演员扮演，而是从社会上直接招募的孩子。[2]

这种直接启用儿童演员的方式究竟是否合理而有效呢？笔者认为，这是一个见仁见智的问题。在大型商业演出中启用儿童演员有利有弊，最大的益处在于经过一定的表演训练，能够在舞台上演绎儿童的儿童演员比之已经长大的成人女演员去装扮孩子，有着天然的优势。从某种意义上来说，儿童演

---

[1] 程式如：《儿童剧散论》，中国戏剧出版社，1994，第4页。

[2] 计敏：《让戏剧变成孩子们生活的一部分——从多媒体儿童音乐剧〈成长的快乐〉谈起》，《上海戏剧》2012年第33页。

员不需要作假,去"扮演"一个孩子,因为他本身就是孩子,他只要演出他自己,在儿童角色的肢体表现和语言语速,甚至语音条件方面,儿童演员都具有天然的真切感和优势,而这恰恰是成人演员去扮演孩子时面对的最大难题。成人演员在扮演儿童角色时往往要面对成人和孩子之间的个体落差,对演员的身高、形象、嗓音等各方面都存在硬性要求,限制较大,而且对于扮演男孩,往往无法由成人男演员来扮演,在启用女演员的过程中又会面对性别落差。当然成人职业演员有其自身的表演优势和塑造人物的丰富技巧,以及对角色的把控力,据说儿童剧演员顾幅一年近四十岁时还在舞台上饰演十几岁的男孩,神情举止活灵活现。然而这种情况并不十分普遍,表演技巧上的优势有时也难以弥补职业演员在面对年幼的儿童角色时感受到的压力。从这个意义上来说,启用儿童演员或许是一个不错的选择。

然而也要看到,儿童演员具有不稳定性,包括其身体条件的限制,是否能完成繁重的排练和演出任务,是否能长期提供演出的需要,而且儿童也在成长发育,这一成长的速度是否还能够满足演出的实际要求,如果要在外地巡演,儿童演员是否能同时兼顾学校的课业和演出,还有演出的长度对于儿童演员是否适合,比如有些演出一个半小时且又唱又跳,儿童演员的体力和耐力是否足够支撑整轮演出而不至于对其造成伤害,这些都是需要仔细考量的问题。尤其是在演出过程中,档期、身体状况所造成的突发情况也必须考虑在列。从这个意义上来说,《尼尔斯骑鹅历险记》采用儿童演员进行商业演出并作为主角出席,是需要冒一定风险的。这背后需要大量事先的预估和考量,而儿童演员的演出质量如何反倒是其次的问题了。

还有一种普遍情况是全部由儿童演员来表演,由成人担任导演。剧本一般已经确定,可以改编或者原创,也可能是通过儿童演员集体即兴创作的方式来排练。比如张忱婷导演的藏族原创儿童音乐剧《多杰》于2015年3月4日在上海可当代艺术中心首演,全部由非职业儿童演员出演,作为公益性质的公开演出连演五场。所有歌曲的录音都在前期完成,所有的儿童演员都是藏族孩子,虽然经过一定挑选但是并未经过专业的演出培训。他们从青海来到上海,在上海紧锣密鼓地排练了两个月,就在人头攒动的小剧场里成功完成了此次演出。他们在演出中展现出了昂扬的生命力，给了笔者极大的震撼，这是在目前中国其他的儿童剧场中鲜少能够看到的真正属于儿童生命力、儿童能量的一次绽放。剧中的儿童演员并没有经过长期的系统的表演培训，却仍以出人意料的方式完成了这次公演，由此可见，儿童通过一定形式的优质而有效的短期培训或排练，也可以在剧场中呈现出其作为儿童演员的可能性，并如期进行公开演出。当然在这一短期培训和排练过程中，导演所具有的成熟技巧、方法，及其所秉持的对于儿童剧场的观念性认识至关重要，在某种程度上决定着演出的成败。

我国对儿童演员的长期培养有相当悠久的历史，其培养的目的、训练方式各不相同。有的是从培养职业演员的角度，比如中国的传统戏曲，都要物色小演员，要练童子功，从小开始发现好苗苗，才能在曲艺道路上走得长远和辉煌。有的则是从课外培训的角度，最典型的是如今遍布中国的少年宫体系，仅以上海为例，上海有一个市少年宫，每个区县都有少年宫(有些区的少年宫与少科站合并后统称为"青少年活动中心")，每个少年宫都设有教授戏剧和表演的小组，下分多个班级，由专门的老师负责召集和选拔有相关兴趣或特长的幼儿与学龄儿童，在课外进行分班培训和辅导。有趣的是，在过去很长一段时间里，少年宫的老师不称"老师"，而叫"指导"，这大抵是因为沿用苏联的少年宫模式，加之翻译的关系，为了突出艺术学习的特殊性，并与学校里的老师相区别。被选入少年宫的儿童每周一次去少年宫参加培训，在需要演出课本剧时则会有非常密集的排练安排。这些孩子在学习表演之外同样要承担学校所赋予的课业任务，并和一般学生一样参加中考、高考等文化课考试，他们的职业选择不仅仅限于表演和戏剧，这些只是作为兴趣爱好和专长进行培养。少年宫培养出来的小演员和成熟的职业演员相比或许略有差距，但是总体水平较高，具有一定的专业性。上海的小荧星艺术团和市区的少年宫戏剧组一样，致力于提供给儿童这类非职业的专业表演训练，并定期组织现场演出，参加全市乃至全国的中小学生戏剧比赛，提供了一定演出、呈现和交流的机会，也有益于儿童演员本身的实践训练和戏剧体验，锻炼强化其专业素养。还有一些戏剧教育的方式则致力于其他的目的，不在戏剧本身，而是以戏剧为手段提升儿童其他方面的素质和能力，获得和巩固其他科学文化知识，比如创作性戏剧活动和教育剧场就属于此类，此时戏剧和教育天然地联接，戏剧为教育服务，教育是戏剧的目的。

综上所述，儿童作为演员的可能性涉及对于儿童演员的培养和教育问题，通过相对系统的培训方案，可以使儿童掌握一定的表演技能和方法，熟悉舞台构成，并在剧目中担当具有一定复杂程度的角色，以完成演出任务。

第五章　儿童剧场和非儿童剧场

　　为了对儿童剧场进行理论研究并将之确立为研究对象，我们必须首先回答理论的前提问题，即要回答"儿童剧场是怎样的"这个问题，必须首先回答"儿童剧场何以可能"。第三章和第四章从儿童剧场的内部入手，分别阐释了儿童作为观看者和作为行动者的可能性，从观看和行动两个层面证明了儿童和剧场实现联接的可能性。本章将从儿童剧场和与之相对待的非儿童剧场的关系入手，从外部去审视儿童剧场，从而明确其与非儿童剧场的分界何在，获得独立性，进而阐释其在剧场理论和发展实践中所占据的位置，由此明确确立儿童剧场存在的可能性。从这一角度去论证儿童剧场的可能性不仅是理论建构的必然要求，同时也是为了概括儿童剧场不同于非儿童剧场的根本特征，从外部视角指出儿童剧场的界限所在，为回答"儿童剧场是怎样的"这一问题划定范围下限，从而最终确定儿童剧场的研究对象范围。

一、问题的提出

　　在儿童剧场内部论证了儿童和剧场的可能性联接之后，我们不禁要问，儿童剧场的范围和界限如何划定？儿童剧场从剧场的普遍性呈现中人为划分出隶属于"儿童"的部分，这一范围需要明确的界定，这将极大地有利于对儿童剧场的认识和研究，界定出它不同于其他剧场的根本特征及人们是如何理解和看待这些特征的。同样为了回答这一问题，我们必须回答：儿童剧场和非儿童剧场之间用以划定界限的根本区别是什么？首先我们需要对"非儿童剧场"这一概念进行界定和反思。

从字面上看，"非儿童剧场"在范围上是与儿童剧场相对待的那部分，两者之间并无重合。非儿童剧场包括了一般与所有剧场中不属于"儿童剧场"的那部分剧场。这里笔者并没有以"成人剧场"作为和儿童剧场相对待的概念，而是采用了"非儿童剧场"这一概念，主要有以下几方面的原因：

首先，目前在理论研究中并不存在"成人剧场"这样的概念，在现实实践中我们也很少运用这样的称呼去指称相应的剧场。当然这首先是因为没有必要，一般剧场都被默认为是给成年人看的，为成年人准备的，成年人是剧场的主要观众群，从某种意义上这也恰恰是儿童剧场相较于成人剧场属于弱势地位的证明，只有在儿童作为较特殊的观众群体出现时，当剧场是特意为他们准备时，相应的标注和提醒才成为必要。

其次，策略性地回避了对成人剧场的概念界定问题。虽然在现实中没有运用的必要或者鲜少用到的概念，并不说明它在理论上是不存在的，而且"成人剧场"的提法确实与"儿童剧场"的表述存在一定的对照和对应，普遍展示出剧场理论对于观众年龄及其相应需求的高度关注，这是"成人剧场"作为概念在讨论相关问题时的优势，然而它却和"儿童剧场"一样，再次涉及概念界定的复杂问题。对于成人剧场的概念界定将会牵扯过多的精力，并不断地使讨论成人剧场和儿童剧场的关系问题陷入概念的死循环。本章的研究重点是儿童剧场，故而将儿童剧场作为研究对象予以凸显，将一般剧场的其余部分作为整体进行考察，这是笔者根据研究重点所采取的相应的研究策略。

再次，成人剧场和儿童剧场是不是全然相对待的关系是需要阐释或证明的。在表述中，儿童确实是与成人相对待而产生的，但是当"儿童剧场"和"成人剧场"成为独立概念之后，两者是否相对待就难以一概而论了。如果我们把"成人剧场"单单作为与"儿童剧场"相对待的概念提出来，就等于是把成人剧场作为一种有目的的功用用途加以提出，这会对成人剧场本身的概念界定造成很大影响，会极大增加概念的混淆和关系辨析的难度。同时，"成人剧场"的提法本身隐含着这样一种认识和习惯：由于是单以成年人为观众的戏剧，其中所表达的某些内容是并不适合儿童观看的，同时也会明确限制儿童的进入。就好像有些剧场会像电影一样采取分级制度，规定未成年人不得入内，或以比较缓和的方式劝阻或婉拒未成年人进入。这正如《童年的消逝》中所提到的，成人世界对儿童不是完全敞开的，而是有限制地敞开，同时保有了一些秘密，正是这种限定造成了童年的存在和界限。^①然而除此之外还大量存在着另一些剧场，是允许带未成年人入内的，在内容和表现上并没有任何过激的不适合他们观看的情节，然而儿童不会去主动选择这些剧场，或参与其中，或即使他们进入了这些剧场，也不会对其感兴趣，他们可能会离开或仍然继续观看。总之成人剧场也包含着观众和演员在内的各种可能状况，其与非儿童剧场所指称的"儿童剧场以外的那部分"并不完全重合。

最后，"非儿童剧场"虽不是一个独立的概念，却是通过和儿童剧场相对待的方式提出的，和儿童剧场的范围界定是一体两面的问题，对于研究儿童剧场的范围和界限这一问题是很有益处的，表意清晰明确，有利于讨论的展开。

接下来让我们回到核心问题：儿童剧场和非儿童剧场之间的根本区别是什么？先来看回答这一问题的必要性：这一问题是儿童剧场确立自身的根本问题，是必须要追问和回答的。论述儿童剧场区别于非儿童剧场的根本特征，才能使儿童剧场得以在与非儿童剧场的相对待中划分界限，确立存在的依据和范围。这一界限的确立是儿童剧场不同于非儿童剧场的分水岭，由此儿童剧场将获得理论上的相对独立性，从而作为科学的研究对象进入人们的视野。所以不仅要回答这一问题，还要将儿童剧场所包含的三

---

①尼尔·波兹曼：《童年的消逝》，吴燕莛译，广西师范大学出版社，2004。

大支柱和领域都考虑进来，系统地论述在各种不同的目的、表现形式和参与方式的剧场之中，其共有特征是什么，也就是说，所得到的结论要符合形态各不相同的儿童剧场。

那么儿童剧场和非儿童剧场之间到底有没有界限？这也是一个值得思考的问题。一般状况下，人们普遍认为儿童剧场和非儿童剧场之间是存在区别的。儿童剧场是对剧场的观众群进行特定划分之后产生的特定剧场，相应地我们也可以从理论和现实中划分其他观众群剧场，比如说老年剧场。现今的人们普遍认为儿童剧场和非儿童剧场之间存在根本区别，故而他们会带儿童进入儿童剧场，而不是在成人偏爱的剧目中为他们挑选剧目。然而仍有一些人持不同看法，其中某些家长并未意识到还有专门为儿童创作的剧场，所以会带孩子去看一些大多是成人喜好，表现成人的生活和情感，或者有着特定倾向性和观念表达的剧场。他们在观看戏剧之前并没有做特别的功课和准备，而可能仅仅因为某些演出是免费的或者离家很近，就决定携带儿童前往。这些成人并没有意识到儿童和成人的不同使得儿童需要特殊的剧场来满足他们的观看要求。

同时我们看到还存在另一种人，他们对于剧场艺术非常熟悉，有时自身也参与戏剧演出，他们拥有对于戏剧和剧场比之一般观众更深入的了解和体验，也形成了更深的感情以及对剧场魅力的把握，他们中的有些人甚至很理解儿童，从事和儿童有关的工作或研究，甚至与儿童剧场也相关甚密，恰恰是这样一些人，他们同样怀有类似的想法，认为儿童剧场和非儿童剧场之间并无根本性的差异。他们的看法是值得我们反思的，当然并不是说因为他们比之一般观众更了解剧场和儿童，所以他们的观点就具有特殊的价值，而是我们要将他们的观点平等地放置在显微镜下，观察它们为什么会产生，为什么他们会形成这样的看法，这种看法和他们对剧场与儿童的深入了解之间有没有必然联系，还是仅仅基于他们的个性特点或个人体验而形成的个别化观点。如果这种观点和他们对于剧场与儿童的深入了解之间存在必然联系，那么我们就需要将他们的观点与上述对儿童是否需要特定的剧场毫无意识的成人的判断区分开来，进而分析这种观点的合理性和有限性。这些剧场资深观众（姑且这么称呼他们）认为儿童剧场和非儿童剧场没有根本区别的主要理由大抵是两点：从剧场的表述内容上说，没有什么是儿童剧场不可讲述的；从剧场的表现形式上说，没有什么是儿童剧场不可表现的。他们认为儿童同样可以面对深刻的话题，同样可以欣赏最先锋的艺术表现和舞台形式，和成人观众并无不同。从这点上来说，他们的看法具有很大的合理性，而且是基于对儿童的认识和了解，对儿童观看者、参与者的足够尊重得出的，然而因此就认为儿童剧场和非儿童剧场没有根本区别，则是值得反思的。

也有人会简单地把儿童剧场和非儿童剧场的根本性不同认为是观众的不同，儿童剧场的观众是儿童，非儿童剧场的观众是成人，这是对两者进行区分的最想当然的方式。从戏剧观念流变来看，当今的戏剧越来越强调"观看"，而不是"表演"，更强调观众而不是演员，从这个意义上说，儿童剧场和非儿童剧场之间的区别之一是从观众的年龄层上进行考量，以及由此而衍生出的对于创作者和表演者的年龄划分，并由此确立其独特性，这符合戏剧历史发展的趋势和潮流。然而我们会看到现实里的儿童剧场中也有大量的成人观众，非儿童剧场中有时也会偶然混入儿童观众；甚至我们也可以想象这样的状况，即使某个剧场因为各种原因都是成人观众坐在其中观看，但它仍然有可能是儿童剧场，这些观众可能是迫不得已或者由于某些特殊原因坐在了剧场里。总之我们会发现，判断一个剧场是不是儿童剧场，也许从观众的年龄段上可以得到一点暗示，但是无法仅仅通过观众的年龄段来确定，仅以这样的标准进行判定是对儿童剧场和非儿童剧场之间所存在界限的浅显认识。

此外，从实践原则上说，一出戏限定或不限定观众群的年龄都是剧团本身的自由，这种限定就类似于剧团要求某一剧场只能承载一定数量的观众一样，只是某一特例，并不触及划分不同剧场的根本区别。然而，儿童与非儿童（成人）的划分却在不同的剧场之间划分出相对明显的界限，由于这一预设普遍存在并获得加强，使得两者间的界限变得明确，且这一界限是受到普遍认可的，无论在理论层面还是日常实践层面均受到认可。观众数量的限制大多是由场地大小和戏剧演出形式决定的，人数过多也许会影响演出的正常进行或无法达到预期效果，是某种滞后性的演出策略，然而儿童剧场和非儿童剧场之间却因年龄问题而导致两种不同剧场的确立。笔者认为，年龄问题是导火索，是漫长的量变过程的起点，看似微小的差异最后促成了两者根本性的不同，由此而衍生出相应的剧场，并以各自的方式不断发展，而本章真正要研究的，正是这漫长的量变过程的终点——质变的达成，以及是什么根本性的因素促成了质变的发生，从而完成了儿童剧场的最终确立。

在讨论儿童剧场的范围和界限问题之前，我们也需要明确，不同国家、不同时代可能会产生不同的儿童剧场和非儿童剧场之间的界限和划分，这一划分是随着整个社会文化对儿童和成长的认识及对其秉持的态度决定的，处在动态变化之中。试图找到其中固定关系和划分的种种努力，或者认为儿童剧场和非儿童剧场之间存在本质性差别的认识，也就是说存在不可改变、确定无疑的不同之处将其区分开来，这本身也是需要存疑的。此外研究这一问题还要了解儿童群体的相当重要的特殊性，也就是说这一群体本身是在不断变化流动的，当儿童不断成长，直至长大成人，此时他们便不再作为儿童观众而存在，儿童观众群是流动的，一代代新的儿童产生，停留在童年时代一段时间，然后离去，与此同时，又不断有新的儿童拥入。铁打的营盘流水的兵，作为观看者和行动者的潜在儿童群体具有很大的流动性，在回答儿童剧场的范围和界限问题时也必须要考虑到这一情况。

二、能量场

第一章论述了"剧场"对"戏剧"的替换，彰显出剧场空间对儿童剧场的实现所起到的至关重要的作用。剧场空间对文本的空间建构、对剧目呈现的可能性、对观演关系的建构都承担着不可估量的重要作用。尤其是一些有特殊设置和特点的剧场，对于剧目的表现形式和风格都会形成很强的塑形功能，即使是同一个剧本，同一群演员，同一台戏的演出，如果被搬到不同的剧场，由于迫不得已的目的或者为了更好地运用空间效果，都会对戏本身进行重新排演和走台。如果剧场的空间变化实在太大，甚至有时剧团不得不为此重新编排剧目，修改某些无法呈现的段落，删减剧情或对话，改变人物的上下场位置或者出场顺序等等。当然这里说的是有形剧场空间，无形剧场空间对于剧目本身的影响就更为曲折，也更复杂。

那么儿童剧场的剧场空间又是怎样的呢？和非儿童剧场有什么不同？就儿童剧场的有形空间而言，其实和非儿童剧场并没有根本性的不同，儿童戏剧完全可以在成人剧场里演出，而适合于成人观看的戏剧也可以搬到儿童剧场里演出。有些剧院并没有特定指称一定是儿童剧院或成人剧院，很多剧院的空间本身就包含着容纳多样化演出的可能性。

中国有专门演出儿童戏剧的剧场，座椅的大小高低和一般剧场并没有区别，基本上都是由国家资助或扶持的，也即属于国营剧院。这类剧院往往主要承担足够场次的儿童戏剧演出，专业性比较强，比如各地的儿童艺术剧院，只在偶尔情况下会承接非儿童戏剧或者比较模糊的、介于儿童戏剧边缘地带的作品，有时由于参与到本地的艺术节活动中也会承接相应其他剧目演出，但是总体上说，演出针对性是非常强的，由此也能树立专业的儿童剧场的品牌。而在国外，很少有专门的剧场只提供给儿童戏剧演出，演出资源利用的最大化被放置在首要位置，如果某一剧场只接受儿童剧演出，那么它可能无法保证演出剧目的足够充足，也会对其生存和运营造成一定挑战；同时不少国外剧团是比较小团体的，由2~3个人组成，组织上比较灵活机动，也未必拥有自己专门的演出场所。

当然上文所说的儿童戏剧和非儿童戏剧的演出场所可以互换，并不包括某些极端特殊情况，比如上海大剧院大剧场，共有1800座，分三层看台，这样规模的剧场如果承接儿童剧的演出可能不得不面对一些限制，比如后排的儿童观众可能因为距离太远，看不清楚舞台上的演绎，或者因为坐在遥远的二楼，离舞台距离过远而容易导致注意力分散。当然这样的判断可能也有一定的片面性，由上海世博会通用汽车馆改建的上海儿童艺术剧场①，同样也是专门为儿童准备的剧场，但是其中心剧场可承载的观众数量非常可观，可同时容纳1088名观众观赏演出，被称为全国最大的儿童剧场。因为是圆形剧场，所以在某些演出时也会适当考虑拦起一部分座位，使得观众可以保持最佳的观看角度，获得较好的观赏体验。

除了这些已经建成的剧院，儿童剧场的演出场所还具有更多样化、日常化的特点。国外的很多小型剧团会戴上简易道具，专程跑到幼儿园去为孩子演出，这时演出场地就在教室，铺上几张毯子，放上桌子，小孩三三两两坐在前面的地板上，在非常靠近表演者的地方，老师或旁观的成年人坐在后排的椅子上。简简单单的准备，可能只要花上10分钟，教室就变成了剧场。演出结束后的收拾也会非常简便迅速，很快就能恢复幼儿园教室的原样。当然这样的演出往往有其自身的特点，道具和舞美相对比较简易，对灯光的要求比较低，往往用于营造某些基础效果，甚至在日光灯下或者借助自然光即可完成，而且剧目时间也比较短。这样的演出可以在幼儿园和学校的草地上、操场上、室内的任何空间，甚至在走廊里进行，可以针对一个班级的孩子，也可以面向一个年级或者多个年级。在中国，有些民营剧团和非盈利剧团也会创作剧目然后到幼儿园去演出，这种演出方式不仅瞬间改变了幼儿园原本的空间想象，创造出新的剧场空间，也让幼儿足不出户就可以欣赏到剧目，免除了带幼儿集体外出的繁琐事项，或可以成为一种有效而灵活的儿童剧场形式。

除了学校，儿童剧场也可以在其他各种场合上演，这在上文已经有所论述。笔者于2013年7月赴日本冲绳参加青少年艺术节（KIJIMUNA FESTA 2013）时，发现其演出的空间大都是搭建的，在整一幢楼里搭建出多个不同样式，可以满足不同演出需要的舞台，每一楼层大约有两三个剧场，虽然不能同

---

① 上海儿童艺术剧场是全国最大的儿童剧场，原为上海世博会上汽集团—通用汽车馆，改建后于2013年6月1日正式启用。剧场位于苗江路800号，占地10528平方米，建筑面积15668平方米。中心剧场设有360度中心旋转升降舞台、经典镜框式舞台和才艺表演秀台，拥有大型LED背景和270度高清全幅投影屏幕，同时剧场内还有多功能厅（小剧场）、儿童戏剧长廊、互动体验室、电影放映厅等。注释内容摘自鱼儿忧忧(2014—12—27)儿童艺术剧场.百度百科.下载于2015—2—16,从http://baike.baidu.com/view/10476270.htm。

时演出，因为在声音的传播上可能会形成一定干扰，但是在不同楼层演出则完全不会受影响。灯光、舞美都根据演出的实际需要进行搭建，演出结束之后会由专人进行拆卸，这是非常节省成本的运营方式，省下了数额巨大的租赁剧场的费用，保证了艺术节在相对可承受的开支下持续运作。由于是自行搭建，这些剧场主要会划分出演出区和观众区（除非一些特别不需要对此进行划分的演出），很重要的特点之一是演出区和观众区距离非常近，儿童往往坐在前排较矮的椅子上，有时也会坐在地毯或坐垫上，成人则会坐在后排较高的椅子上，形成空间错落感，避免视线的遮挡。这些椅子大多是木质或塑料的，根据可提供的情况而论，没有硬性规定，但都可以自行拆卸，也方便移动和搬运。椅子的高低不同，满足家庭观看的不同需要。只在很偶然的情况下，孩子会选择坐在家人身边一起看戏，或者孩子特别小，还依偎在父母的怀抱中，离不开家人。在大多数情况下，儿童观众和成人观众是被隔开的，这和国内儿童剧场（尤其是亲子剧场）中出现的状况很不同。以上所述均指作为艺术的儿童剧场的有形空间。

作为教育的儿童剧场，其对场地的要求更低，只需要有足够的空间保证教学活动的顺利进行即可，引导者往往会自带简易道具和教具，供儿童选用。作为日常的儿童剧场，则更是发生在日常生活场所，比如说卧室、客厅或厨房这些家庭环境，又比如说街道、公园草地、公交车内等等公共场合，大多只要足够安全，引起儿童游戏、表演和行动的欲望，他们便能够随时随地创造出富有生命力、情趣盎然的剧场。综上所述，儿童剧场的有形空间虽然与非儿童剧场有些差别，但并没有根本性的不同。

接下来再看儿童剧场的无形空间，剧场中所环绕的所有能量的汇聚、融合、激发，形成了"场"。剧场的"场"字非常有意思，中国有"气场"之说，比如说这个演员很有气场，意思是这个演员具有控制全局和现场的某种力量，这里的"气场"所描述的正是看不见但又确实存在的能量，它不是有形而是无形的，环绕在空间之中，对处于"场"之中的任何事物都会产生极大的作用力。简而言之就是在演出过程中，在剧场的无形空间内所形成的某种力量的环绕、融合、碰撞与冲击效果。能量场是一般剧场都具有的，只是有些剧场显示出更强有力的能量汇集，充满着冲击力，令剧场中的人们为之打动、沉醉、投入其中，而有的剧场所提供的能量就比较微弱，甚至让人感觉不到其存在，此时剧场中的人们就可能会昏昏欲睡，没有形成真正的思想上或身体上的交流与对话。

那么一般作为艺术的剧场都具有的能量场是如何形成的呢？有些演出非常精彩，演员具有演绎角色的完美功力，将角色刻画得栩栩如生，故事本身能真正触动人的心灵，或者在艺术表现上具有很强的感染力，随着演出一步步往前推进和演绎的过程中自然散发出巨大的能量，扩散到剧场之中，对观众造成强有力的刺激。需要特别指出的是，能量场并不是单方面由演出带来的，观众的存在也会对能量场的生成和扩散起到非常有力的影响，这一影响过去常常是被忽略的。因为观众静坐在剧场中观看已经成型的完整演出，当下并不能对此发表意见或者指手画脚，并没有改变已确定的剧情，观众对剧目的参与度是比较小的。然而观众随着观看会形成自己的想法和情感（这是第一层面的回应，主要是内在回应），这种回应在整个剧目演出的过程中不断积累，或者转变，或者增强，使观众拥有了属于自己的清晰立场、观感和判断，即使是在非常严格的剧场礼仪和规范要求之下，观众也会对演出做出不同程度的回应（这是第二层面的回应，是内在回应的某种自觉或不自觉的外化表现），而这种回应又会反过来对其他观众产生影响。"所有优秀的戏剧观众都是一个群体，其中每个人的反应不仅取决于台上的表演，同时也被该群体中其他成员的反应所影响。""台下观众的群体感对于释放舞台的全部能量至关重要。"① 观众是一个群体，每个观看者的个人反应可能是相对微弱的，在诺大的剧场中就像海洋中的一叶扁舟，很快就会消失在其他人的视线中，然而其反应产生的影响却可以造成比其自身更大而且强烈得多的回应。"观众的规模和座位的安排非常重要，一位观众的观剧体验会因其他观众的存在和反应而得到增强。"② 当观众作为一个整体对演出进行某种程度的回应和反馈的时候，他们自身的能量也

---

① 吉姆·帕特森等：《戏剧的快乐》，张征、王喆译，人民邮电出版社，2013，第16页。
② 同上，第17页。

会包含其中，与演出所产生的能量形成合力，在剧场的有形空间和无形空间的共同作用下，剧场能量场就会生成。

剧场不仅仅会呈现正面的、有益的能量，有时也会产生负面的、对观剧效果有很大损害的能量。所谓剧场中正面的能量和负面的能量是如何划分的呢？是不是说一出戏是苦情戏，从头哭到底，或者揭示最黑暗惨淡的社会现实，或者表达出人生无望的悲观思想，就是负面的能量呢？并非如此，我们说过，剧场能量场是演出和观众所产生的能量的合力，即使演出中表达了这样的倾向，不同观众的解读也可能是不同的，也许有的人会表现得黯然神伤，有的人却因此激起了直面的勇气和行动力，在各种不同的观感和情绪的感染下，观众群体会呈现出非常复杂，甚至多变的回应。即使由于剧场的限制，他们可表达的方式非常有限，然而这种情绪和观感必然会随着观看者的身体反应以非常微妙的方式传达出来，形成内在反应的外化。比如看得聚精会神、全情投入的人也许会一动不动，眼睛一眨不眨地盯着舞台，而得不到共鸣的人则可能东张西望，或者窃窃私语，有的人甚至会抖腿来表示内心的烦躁或激动。

剧场里的每场演出都会有一批新的观众进入，新的个体和新的个体在某一时刻的聚集，会产生完全不同的崭新的能量场，而这一能量场和演出的能量场互相交融、互相影响，这其中经历了复杂而难以详解的动态变化过程，所以其中的正面的能量或负面的能量也并不是由单一因素决定的。一出非常优秀的剧目在演出中得不到观众的认可，令观众嘘声四起，甚至愤而离场，这样的行为产生的能量也未必就算是负面的能量，因为观众在这一过程中强烈地表达了自己的情绪和喜恶，而在剧场中他们是应该被赋予这样的权利的，当然这种情况比较少见，一般演出方会倾向于以某种比较缓和的态度来和观众达成共识，以获得他们的认可。当然也不可否认有这样比较激进和前卫的艺术实践，比如奥地利剧作家彼得·汉德克写于1966年的《骂观众》。这是一部较为典型的"反戏剧"作品，以愈演愈烈的方式来辱骂看戏的观众，有时甚至在演出现场激起观众与其对骂，此类剧场的目的本身就是为了让观众不再安静地坐着，而是夺回剧场中的主动权。

这出戏 2011 年在美国洛杉矶 Panorama 全景剧院演出，演员为 7 个 6~12 岁的儿童，孩子的纯真与先锋戏剧的批判立场相结合错位，令人耳目一新，但这究竟能不能被称为儿童剧场也仍是值得深入探讨的问题。

在一般演出中，如果演出的目的本身不是为了让观众离场，而有观众行使了自己的权利，以离场表达出对剧目的态度，那么他的整个离场过程都可能会对剧场能量场产生一定的影响。当然不同观众的离场方式也是不同的，这关系到观众的性格、心情和离场的原因等等多方面的因素，由此对剧场能量场造成的影响也会有所不同，包括这一影响所关系到的观众范围大小，以及所持续的时间长短。这就好像在原本看似平静的湖面上投下一枚石子，所激起的涟漪和所持续的时间都不相同，然而重要的是，湖面最终会恢复平静，这是湖水的物理特性决定的。然而剧场则未必如此，剧场会继续在演出和观众的合力之下沿着不可知的路途前行，要预测之后会产生怎样的能量场——是若有若无的微妙改变还是翻天覆地的变化——都是不可能的。能量场具有偶然性，因此具有不可预测的特点。

继续探讨剧场能量场的正面和负面的判定。笔者认为，在一般作为艺术的剧场中，判断能量场的正负的主要依据是看这一能量场能不能有效地促进演出的进行和目的的达成，并且能不能有效地协助观众取得观赏效果。有的剧场能量场可能很涣散，如果这不是演出的目的之一，则很可能会影响到观看效果，这样的能量场就是负面的；反之，有的剧场能量场非常饱满，充满力量，观众以高度的集中力投入到观看之中，这样的能量场就可以被认为是正面的能量场。这是指剧场的能量场，与我们平时所说的正能量和负能量的划分标准略有不同。

那么能量场自身具有怎样的特点呢？最重要有三大特点：第一，能量场是流动的，是活生生的，是瞬息万变的。就像河流，随着河床的变化起伏而动，它和剧场一样，既是"现场"也是"当下"，不可重复，也难以再现。剧场中的能量场不是从头至尾保持一致的，其不仅在演出的开始、中间和结尾有变化，甚至在每一个不可预估的瞬间都可能会产生变化，同时还要面对各种偶然状况、突发状况，这种种状况都有可能改变剧场的能量场。剧场是一个瞬息万变的活体，不像文学作品一旦被印刷出来就相对固定，或者电影一旦被拍摄剪辑后就制成了不再变动的拷贝，剧场是鲜活的，每一次的呈现都不相同。剧场最终的呈现是以演出的方式，有太多的因素会对剧场所形成的能量场造成影响，演出环境的改变，演员的状态，观众的层次、数量、情绪和水平，还有声效、舞美、任何一个小道具，甚至当天的上座率，甚至天气状况都可能会对剧场造成影响。古典戏剧为了保证演出质量，要求演员一旦进入角色，每次都要达到某一标准。专业演员能将自我调整到某一状态，即无论外界环境和内心情绪如何变化，他们都依然按照角色所要求的一丝不苟地演出，这正是他们专业性的体现。然而这种戏剧传统在现代被反思和挑战，作为演员，只要他们能敏感地感受到时间、空间和外在的一切对他们似有若无的影响，并且他们的表演方式并不拒绝这种影响，那么每一次的演出都会呈现出完全不同的面貌。后现代戏剧在演出时，有的剧本还只是梗概，现场有大量互动和游戏的部分，演员会根据观众的回应和反馈即兴生成演出，充满着偶然性和现场感。剧场的呈现有赖于人的参与，而人的参与为每一次的呈现注入了新的能量和变化。这正是剧场的力量所在，能量场彰显出剧场自身的无穷魅力。

第二，能量场是可感的。电影的呈现有赖于机械设备的录制和播放，而戏剧则是由人的身体搭建起来的艺术形式，同样也可以在人的感官中被感受和体验到。虽然能量看不见也摸不着，从理论上讲似乎也玄乎其玄，用语言来捕捉和描述也颇为不易，然而在剧场中，能量场并不是那么神乎其神的事物，它可以被演员真切地感受到，被观众真切地感受到，也可以被身处剧场中的工作人员敏感地捕捉到。虽然有时候人们会对此表示出忽略或无意识，比如传统戏剧要求演员每一场都要保持一致，不为偶然因素所影响，比如有的观众可能无法通过一次性的、短暂的即时感受意识到所谓的能量而对此浑然不觉，然而即使是在这样的状况下，人们都会不自觉地受到身处其中的能量场的影响。

第三，能量场是概括的。剧场空间各式各样，不同的演员、不同的风格、不同的目的，对于剧场所寄托的不同的诉求，再加上在不同的场域里与不同的观众相遇，在演出进行过程中面对各种不同的状况，实在是高度复杂、瞬息万变，这就为理论上的概括设置了难度。而能量场的概念具有高度的概括性，它将所有的演出和观众的共同作用的复杂状况变成了一种能被不同的国家、地域的人读懂并体验到的物理形式，这就是"能量"，进而从不同的剧场追求与具体呈现中脱离出来，从能量的角度去观察和体验剧场，关注能量的流变和转换，及其如何形成"场"，这为理论上的进一步探索提供了切入点和视角。

我们提到了能量场，也提到无形剧场，那么这两个概念之间的关系是怎样的呢？能量场和无形剧场所指向的是同一个概念。剧场空间分为有形空间和无形空间，无形剧场空间（也称无形剧场）正是以能量场的方式来作用和影响剧场中发生的一切。之所以会出现两个名词表述，是因为两者的分析角度不同，无形剧场是从剧场空间角度予以划分的，将剧场划分为可以看见的演出场所和无法看见的无形空间两部分，增强对剧场空间概念的深入理解；而能量场是从能量角度进行分析，揭示出环绕其中的力量的表现形式和性质是能量，剧场也是能量的汇集流动过程。两者所指称的是同一个概念，只是从不同的角度对这一概念进行阐释。

综上所述，在一般作为艺术的剧场中，能量场既是观众和演出的合力，也是剧场有形空间和无形空间的共同作用。

三、根本区别与分界

接下来我们将作为艺术的儿童剧场纳入我们的分析范围。作为艺术的儿童剧场与一般剧场之间具有某些共通性，也存在特殊性。无形剧场和能量场是一般剧场形态所共同具有的，作为艺术的儿童剧场也同样具有这样的特征。如上文所说，儿童剧场的能量场也是围绕在一定时间和一定空间下的动态能量，同样也是由多种因素综合而成的，它直接影响到儿童剧场的整体氛围和实际效果，可以不夸张地说，怎样的能量场就会产生怎样的演出效果。同样，儿童剧场的能量场也不是单方面由演员决定的，而是由囊括了演员和观众的联结整体决定的，是儿童戏剧演出和儿童观众所产生的能量的合力，是剧场有形空间和无形空间的共同作用，有时也会受到某些偶然因素的影响。

在作为艺术的儿童剧场中，提出能量场和无形剧场这两个概念具有非常重要而特殊的价值。这主要是因为儿童剧场中的观看者大多是没有太多剧场经验的儿童，而剧场所生成的能量场将会帮助他们更好地体验和理解剧场。当这些儿童初入剧场时，并不知道剧场是怎样的，对于剧场究竟是什么，能提供给他们怎样的体验并没有太多先入的观念。让我们想象一名儿童第一次作为观众进入剧场时的情景，他可能并没有意识到这是剧场，而只是感觉走进了一个空间，这一空间常常是封闭的，但有时也是开放式或半开放式的，可供选择的剧场实体空间如此多样化，即使是观戏经验丰富的成人也很难立刻辨识出这就是剧场，然而从无形剧场空间的独特性上儿童反而容易辨认和感受。儿童剧场中，存在着和其他场所不同的氛围与能量，包括演出开始前的等待，小声地交谈，大家坐在一起或者陆陆续续进场落座，都会令人产生一种观赏期待，这种期待从心理上而言就是对"将要发生什么"的微妙判断，直到能量聚集到一定程度，观众安静下来，灯暗再亮起，演出正式开始。

灯暗再亮起，这在非儿童剧场中被大量使用，这不仅是一种无声的告诫——演出即将开始，请大家做好准备；同时将正式演出和日常生活相隔开，形成某种仪式感。而对于剧场中不断积累的能量而言，这是一种人为的阻断，这种阻断会使得剧场的能量以某种形式爆发出来，使开场的冲击感变得更加强烈。然而在儿童剧场中，我们会发现观众对于暗场的特殊反应，有些年幼的孩子不了解在剧场中将会获得什么，没有足够的安全感，当开场前灯突然暗下时，因为感受到这种能量突如其来的冲击，加上没有足够的心理准备，也不知道灯很快就会亮起，戏马上就会开始，他们会伴随着灯暗突然大哭起来。这就是儿童剧场中可能发生的不同于非儿童剧场的观众反应之一，这种反应进而也会影响到儿童剧场的能量场的变化。

正面的能量场会帮助对剧场尚不熟悉的儿童更好地理解剧场，他们在观戏过程中也更容易不自觉地受能量场的影响，同时他们自己的存在感和能量又潜移默化地融为能量场的一部分。所以儿童剧场尤其要注意对无形剧场和能量场的运用。有些剧团会在演出开始前准备一些简易的活动让儿童参与，这是个不错的想法，但在活动的选择上要慎重仔细。最好能够选择比较安静的活动，这样能让儿童静下心来，为之后进入剧场看戏提供便利；如果活动可以兼顾所演出的剧目各自的特点就更好了，这样会让儿童在进入剧场之前就对演出有大致的了解，更容易进入剧目预设的情境之中；同时最好能提供不损耗体力和注意力的活动，这样也便于之后投入观看演出。需要注意的是，往往在进入剧场之前，儿童观众所带来的自身能量已经形成，儿童观众在特定场所彼此之间的相遇、碰撞、聚集也会产生新的能量，这都会影响到剧场中的能量形成。有时候喧闹的环境、热闹的各色活动、门口小摊贩的各色贩卖与即将到来的演出氛围相符合，那么这是可以保留和加强的；然而如果和演出将要营造的氛围不相符合甚至背道而驰的，则应该加以重视和改变，否则势必会影响儿童剧场能量场的生成。

有时候演出时观众保持安静更易达到观赏的目的，那就需要在演出开始前对儿童观众加以提醒，也是对陪同的成人观众的告诫，使他们预先知道自己需要做怎样的配合，才能确保演出的质量，同时免除一些不必要的麻烦。看似是简单的提醒，却非常必要，因为如果不预先告知，儿童是不会自然懂得在某些儿童剧场内不宜大声说话、奔跑或哭闹的，虽然即使提前被告知了，儿童观众要做到或记住这些也不是件容易的事情，有时候事态会超出他们的控制。然而也存在这样的状况，如果在开场前就进行提醒，更有甚者提供了类似的氛围和正面的能量场，能让儿童观众强烈地感受到这是内在的约束力而不仅仅是外在的要求，也就是说如果大部分成人观众和一部分儿童观众都能够如此做，那么整个剧场的能量场就会潜移默化地引导和督促其余人保持安静，使其迅速进入看戏的状态。比如对婴幼儿剧场来说，婴儿们被带到了这个陌生的地方，也许没人向他们做介绍，语言上的介绍也过于深奥，但是能量场却能直接作用于他们，使他们感受到这个地方和外面的其他地方是不同的，在这里会发生一些特别的事，等待他们的事情或许是值得期待的，这就是无形剧场和能量场的力量，也是帮助婴幼儿认识剧场的一个契机。

此外，在儿童剧场中提出能量场和无形剧场的概念也会帮助人们更清楚地认识到儿童在这一剧场中所具有的力量和状态的呈现。无论儿童是作为观众还是演员，又或是作为工作人员参与到剧场的组织运作中，他们都会以自身的能量对剧场所展示的做出回应，他们不是被动地接受，即使是非常年幼的孩子，即使是第一次进入剧场的孩子，也有权利对剧场做出回应，而这一回应及其自身的体验和表达也会自然融入到儿童剧场能量场的运动之中。

也许有人认为，儿童剧场大多由成人建构出来，是成人依照自己认为合适的模样描绘儿童剧场的样貌，并在舞台上或剧场中呈现给儿童观看，如果说儿童剧场和非儿童剧场之间存在根本区别，那么这一区别也是由成人建构的，是人为的，是成人有意识地为儿童做出的选择。这选择可能出于不同的目的，同时秉持不同的观念和依据，从而产生不同形式、种类、风格的剧场。这一观点有其合理性。从儿童剧场的发展历史来看，史前阶段的儿童剧场是自发产生的，儿童在生活中自然而然地进行表演和剧场建构，那时的儿童剧场之所以称为"史前阶段"，是因为这种剧场还没有被人意识到，被人的观念所捕捉和把握，进入人的认识领域。随着儿童观的改变，同时伴随着对儿童的再发现过程，儿童剧场的观念开始进入人们的意识，被人发现和把握，在这一基础上，大量基于成人有意识地为儿童创作的剧场开始诞生，作为教育的儿童剧场更是如此，成人在这一过程中行使着建构儿童剧场的某种使命和责任。

于是我们会看到，各个国家的成人所建构出来的儿童剧场在各方面都有很大不同，成人在建构儿童剧场时，对于何种剧目适合于给儿童观看的尺度与标准也各不相同。笔者曾在丹麦看过的某一儿童剧场就出现过大尺度的性特征，令当时同行的中国成人观众都感觉猝不及防，普遍认为这种尺度在中国国内是完全不可能被认可的。由此可见，由成人建构出的儿童剧场是否属于儿童剧场的范围之内的认定，也受到时代、国别、文化环境和传统观念等各方面的影响与限制，在不同的时代、地域、文化中可能得到不同的结果。成人是依据怎样的标准对儿童剧场进行建构的？他们对儿童剧场的建构是为了行使对儿童的保护，还是为了维护成人自身的形象和权力，抑或有着其他目的？这就是另一层面的问题了，不在笔者目前要讨论的问题之列，暂且略去。

我们继续分析上述关于成人建构儿童剧场的观点。这一观点揭示出了成人在儿童剧场中的地位和作用，同时展示出建构标准的相对性特征，具有一定的合理性。然而此观点本身也存在片面性，我们应该看到，作为观众的儿童并不是完全被动地接受，只是观看而不做任何回应，恰恰相反，剧场中儿童观众的存在感，他们强大的在场感对于整个剧场都会产生不可估量的重大影响。即使在作为艺术的儿童剧场中，也仍然可以看到儿童作为创作者、表演者、行动者的存在，并不完全排斥儿童参与创作和表演的自由和可能。此外，儿童自发的表演和角色游戏在当今的日常生活中仍然普遍存在，他们往往"编、导、演"合一，创作出直接以自身行动为原型予以呈现的日常剧场。从这个意义上来说，儿童剧场并不是由成人单方面建构的，儿童作为观看者、表演者和行动者极大地参与到无形剧场和能量场的建构之中，儿童剧场中存在着儿童对于成人建构的回应，也存在儿童自身参与建构的可能。能量场和无形剧场概念的提出，让人们更清晰地意识到剧场不仅仅是成人的建构，儿童也具有相当的主动权，回馈出他们自身的能量，对剧场进行参与、回应和评价。成人和儿童、观众和演出，两者间的对话在剧场内产生不可限定，难以靠人力把控的巨大合力，可见剧场的氛围营造和整体走向并不是单方面由成人或单方面由儿童可以决定的。

最后，为了尽可能真实地记录和描述儿童剧场的面貌，说明其与非儿童剧场的根本区别，论述儿童剧场能量场和无形剧场就显得尤为必要。笔者认为，儿童剧场和非儿童剧场的根本区别在于儿童剧场的无形剧场即能量场与非儿童剧场是不同的。儿童剧场和非儿童剧场在演出剧目的内容和选择上可能会有所区别，在艺术观念和表现方式上可能会有所区别，在演出的有形空间和演出场所上可能会有所区别，但都没有根本区别。而由演出和观众的合力所产生的能量场——环绕于剧场之中的能量场即无形剧场——则深刻地揭示出儿童剧场和非儿童剧场的根本不同。

与非儿童剧场相比，儿童剧场的能量场呈现出怎样的特点呢？在回答这个问题之前首先要了解，儿童剧场所面向的儿童为0~18周岁，年龄跨度非常大，儿童的发展十分迅速，差异性也很大，很难一概而论。为了达成理论的高度概括性，会更强调共性而相应忽略个性（而不是不承认个性与特殊性的存在），所以这里所说的能量场的特点是从整体出发进行阐释，试图概括的是与非儿童剧场相对待的、涵盖0~18周岁各个年龄段的儿童剧场能量场的基本特征和总体趋势，是各类儿童剧场的能量场之间典型性和普遍性的统一。笔者认为儿童剧场的能量场主要有四大基本特点：高互动意愿、观赏节奏感、贯穿始终的温情、多干扰因素。下文将对这四大特点逐一进行描述。

1. 高互动意愿

儿童的在场具有强大的存在感，他们自身的能量聚集并不输于成年人。当儿童作为观看者来看戏，或者作为行动者和表演者来参与，他们的投入感和高度的热情使得他们能全身心地投身于剧场之中，和剧中人物同呼吸共命运。即使作为观众，他们也不愿意仅仅作为旁观者，而是希望通过自己的力量改变情节的走向，希望人物能获得其所追求和希望的，甚至愿意为此提供帮助，他们非常乐于和舞台上那些活生生的人物直接对话，甚至会努力让演员注意到自己的存在。儿童从来不是冷漠的旁观者，你要让他们安安静静地看完一出戏而不发表任何意见，不参与其中，仿佛这件事的发生和自己完全无关一样，这几乎是不可能的。当然在不同年龄段的儿童当中可能会出现不同的状况。总而言之，儿童参与剧场的热情，他们想要改变和创造的热情，他们持久的好奇心，以及对事物所表现出来的强大关注，从来都以最真实而不加掩饰的方式表现出来。作为观众，他们并不习惯于旁观，而是围观式的，某些已经会独立行走的孩子，如果在剧场中成人不对他们加以制止，他们会自发地走到台前，围绕着舞台，甚至要爬上台来，他们内心期望与观看对象保持非常紧密的联系，能够靠近、靠近再靠近。

笔者曾在上海的儿童剧场里见过围观在舞台边的孩子们由于过度激动，伸手抓破了演出者的道具——一只很大的黑色塑料袋，从而使演出不得不陷于停顿的局面。在笔者任编剧的儿童音乐剧《蝴蝶之舞》的演出现场，也亲眼所见一名坐在二楼的儿童观众（幼儿园中班）趴在栏杆上，不遗余力地拼命向舞台上的演员打招呼，想让剧中人物（即角色）抬头看看自己；还有同样是幼儿园中班的儿童观众在演出过程中自发地用尽全力大声喊叫，鼓励角色鼓起勇气去做自己想做的事情，而不是一味退缩，这些都是在非儿童剧场中绝不可能看到的状况。笔者在丹麦观看一出有关于石头的儿童剧场，演出结束后儿童观众们纷纷上前去捡舞台上留下来的石头，都被家长制止了。也许有些家长制止了却并没有说这些石头不能被取走的原因，而儿童观众之所以会去拿石头，是因为当大幕合上，舞台上只留下了石头。石头是儿童观众和这出戏的唯一关联，而他们是如此自发地如饥似渴地想要和那高高的舞台上发生的一切产生联系。他们总是试图和正在发生的事情产生联系，并且热切地参与到这个发生之中，这就是儿童剧场中一贯体现出的高互动性。

这种高互动性是出自于儿童观众自发的热情和意愿，是值得尊重和被肯定的，虽然有时候他们表达的方式会和剧场礼仪背道而驰，甚至产生相反的效果，对演出造成一定程度的破坏。如何既保证演出的顺利进行，又能温和地保有儿童观众这种自发的参与意愿、持久的好奇心和充沛的同情心，这是一个需要儿童剧场的艺术家、工作者和研究者共同关注的重大问题，需要细细分析探讨和慢慢实践总结。

与此同时也要注意，儿童剧场中的高互动性这一特点的提出是针对环绕其间的无形剧场和能量场而言的，展示出相应的特点，区别于非儿童剧场，并不是要求所有的儿童戏剧剧目和演出都要加强与儿童观众的互动，或者所有优秀的儿童剧场都应该设有互动环节。事实并非如此，满足儿童的高互动意愿也许是一种比较讨巧的创作策略，但是优秀的儿童剧场远远不是如此简单，也不可能仅限于如此整齐划一的单调尝试。儿童剧场是非常多样化的，应该充满着各种风格、各种艺术形式的新尝试和新碰撞，应该不仅仅满足于对于儿童观众的取悦和高度适合，有时也需要挑战他们的感观、思想和体验，有时也需要各种充满想象力的新奇尝试。笔者在台湾省高雄市看过一出非常棒的韩国儿童剧，名为《黛莉的故事》，印象非常深刻。这是一部非常诗意而温情的人偶同台的戏剧，讲的是战争里发生的故事，全场没有任何与观众的互动，而是以非常艺术化、充满美感的方式呈现了战争带来的悲伤与破碎，令人感到心灵的震撼。从另一个层面上来说，《黛莉的故事》的互动是内在的，并不是在演出的现场直接询问儿童观众的意见或者寻求他们的帮助与回应，而是以触碰心灵的方式，激发他们对人物的代入感，拨动他们的情绪，点燃他们的热情，唤起他们对故事的期待和关注。这出戏的儿童剧场的能量场非常饱满，儿童观众看得十分专注，整个现场如弦一样紧绷，一触即发，又如风一样散淡，回旋往复。

2. 观赏节奏感

儿童剧场能量场不同于非儿童剧场的十分重要的特征是：儿童剧场的观赏有其特别的节奏感，这种节奏感会很大程度上影响到无形剧场的能量流动。在作为艺术的儿童剧场中，儿童的观赏不是自始至终注意力非常集中的，而是有张有弛，有松有紧。儿童观众在观看的过程中，会形成个体的节奏感，比如什么时候会感觉疲劳，什么时候需要活动一下肢体，什么时候需要去洗手间，什么时候需要在妈妈身边爬一圈，或者注视确认一下妈妈是否还在原处等等。不同年龄甚至不同个体的儿童观众的观看节奏感也会有差别，比如这个三岁的孩子平时要午睡，现在却坐在剧场里看戏，那么他从专注到感觉疲惫困倦的时间就可能比同龄的孩子要短而且更强烈。成人观众可能也会存在同样的倾向，然而他们表现得却远远不及儿童观众明显。儿童观众注意力高度集中时所形成的能量非常美妙，他们会睁大眼睛，一动不动地注视着舞台，被舞台上正在发生的事情吸引，那专注的表情令人仿佛能触摸到他们全身心的投入。然而他们集中注意的时间比较短，难以保持长时间的安静，尤其是更为年幼的观众，他们常常需要活动肢体、调整姿势、窃窃私语、左顾右盼。当儿童观众在剧场中超出一定数量时，这种倾向就会表现得尤为明显，因为他们最大可能性地影响着无形剧场的能量生成。

儿童观众的个体观赏有着一张一弛较为明显的节奏感。当儿童观众由于各种原因无法保持对一出戏高度集中的注意力时，他们对不同情节点的选择性注意就会凸显。专注、放松、专注、放松，儿童观众会根据自身的情况以及外界所感受到的能量的影响，自发地协调自己的身体和感官，以便能接受和适应对他们而言可能时间较长的欣赏过程。儿童剧场能量场的美妙和强大有时会在某个演出瞬间爆发出来，然而在下一个时刻可能就会被松弛所取代，一张一弛，一松一紧，就像人的呼吸一样，节奏感非常明显。而当不同个体的观赏节奏汇聚到一起时，他们就会彼此影响、相互碰撞、交汇融合，在现场合奏出一首半即兴的奇妙乐曲，这将是一部波澜壮阔的交响乐作品，弦乐器、铜管乐器、木管乐器、打击乐器、特色乐器……各种乐器纷纷加入，音调、音色、音域、音量都各不相同，每个音符都如烟花一般绽放，又在剧场中环绕起伏，形成更为复杂的节奏感。

儿童观众的观赏节奏感一方面是受演出剧目的影响，另一方面也受到儿童观众自身注意时间的影响。大多数剧目是分幕分场的，这种段落式样本身就会形成一定的演出节奏，此外，在剧目的情节或反情节的安排上，在高潮点的设置上，在情绪和感情的渲染方面，都会形成一定的戏剧节奏。儿童戏剧也往往会通过某些特定的技巧和方式来形成剧目的节奏感，最常用的是反复。反复作为修辞手法被大量运用在儿童文学作品中，在儿童剧场中也同样适用。比如情节的反复、动作的反复、情绪的反复，反复可以加强画面表现，形成意象，同时也会形成节奏感，积累和强调某些艺术效果。这种创作技巧不仅会强化剧目自身的节奏感，一般而言，通过对剧目节奏的把控也会对观众的观赏节奏产生一定的塑造和影响。对儿童观众观赏节奏的把控是很重要的，由于儿童观众还没有学会和熟练运用通过对剧情的预判调整自己的注意力，合理分配自己的注意时间，这时候剧目内容情节、语言细节或动作情绪上的反复会帮助他们强化对故事的印象，同时会影响他们的观赏效果，协助他们形成观赏节奏。

然而也不得不注意到，儿童观众与成人观众在心理注意水平上的差距很大，不同年龄段的儿童的注意时间千差万别，有时同一年龄段的儿童在对同一出戏剧的注意程度上也会存在难以想象的差异性。儿童自身及其与成人之间在欣赏注意上呈现出的这些不同倾向与特征会大大影响儿童剧场能量场的流动和生成。成人在调整自身注意时间、注意广度和注意水平方面可能会具备比儿童更多的经验，同时成人的欣赏注意的稳定性比之儿童观众具有更大的优势。这使得儿童观众在剧场中欣赏剧目时，不仅受到剧目所呈现出的戏剧节奏的影响，同时还受到自身注意时间的限制，并需要不断调节这两方面的节奏和矛盾，达成对剧目的欣赏。这就造成了儿童剧场中独特的观赏节奏，这是无法长时间保持高度注意力的儿童观众在欣赏剧目的过程中必须面对的挑战，同时也会以相应的方式和程度表现出来，进而影响到剧场能量场的整体分布和流动。

此外要提及的是，欣赏注意的时间上的不同，"一方面固然是欣赏主体能力所限定，但主要的还在于欣赏者的兴趣和需要。一般地说，欣赏者对某一作品越是感兴趣，心理需求越是强烈，他的注意力就越是集中，持续时间也越长。"[1] 也就是说，如果想增加儿童的欣赏注意时间，可以采取相应的办法，即在剧目的创作上更适合于儿童观众的兴趣和需要。但是即便如此，儿童观众仍得根据自身生理和心理的固有需要进行放松，而这一放松过程往往是在剧场里完成的，在演出的行进过程中进行某种程度的放松，以便于继续保持高度注意力来欣赏之后的演出。

3. 贯穿始终的温情

儿童剧场能量场并不是从演出开始时才开始的，而是早在演出开始之前就已经酝酿，逐渐生成。如果一定要为这个能量场的开端划分一个临界点会有一定难度，因为剧场本身所蕴含的气场，在同一剧目彩排时已经积蓄的能量会遗留在演出场所中。但是这些都属于剧场所固有的或者前期遗

---

[1] 万庆华：《艺术欣赏——体系和理论架构》，山东美术出版社，2012，第63页。

留下来的能量体，真正的儿童剧场能量场开始流动和变化，开始大量涌动、发生质变、不断更新和生成的确切时间是在观众入场后。一般演出都会提前让观众入场，观众往来穿梭，寻找座位，互相交流，会给原本安安静静的剧场带来巨大的能量冲击，这时能量会积蓄、爆发，产生质变，新的能量会介入，也正是从这时候开始，与特定剧目演出相关的，也就是当下即将要演出的这一剧场的能量场才正式开始生成演变。

在儿童剧场中会自发地产生某些不同于非儿童剧场的环节和活动，具有比较强烈的仪式感，或者体现着演员和观众在演出之外的另一种交流与沟通。比如有些儿童剧场会根据剧目的特定需要或者演出传统，在开场前由演员或者工作人员在入口处迎接儿童观众，提前进行交流，讲述观赏时的注意事项或者根据特定情况介绍剧目，以便儿童观众能够对剧场中发生的状况有所准备。在演出结束之后，演员们也大多保留着与儿童观众合影留念的传统，一些国外团体会在剧场门口欢送儿童观众，或走到台前，身穿戏服或带着演出的戏偶，身处儿童观众之中，与他们合影告别。同样的状况也发生在中国的儿童剧场中，学校和幼儿园包场时一般会要求让儿童集体与演员合影留念，有时因为人数众多，合影时间往往会超过半小时。上述种种状况均很少出现在非儿童剧场中，在那里演出者和观看者往往满足于通过剧目直接进行交流，而在演出开始之前或之后进行大范围的密切接触的概率较小。有些非儿童剧场会在演出结束后进行演后谈，这大多发生在剧团特意设置或演出承办方有此种意愿的情况下，这种演后谈固然也是成人观众和演员交流的一种形式，但与儿童剧场结束后的欢送或拍照留念不同，是提供机会让演员和观众就观看中出现的问题进行深度交流。

无论是开场前的简单沟通，还是演员在演出结束后与儿童观众挥手道别，或是守在剧场门口和儿童观众交流合影，这是大多数儿童剧场开始之前和散场之后会出现的一幕。这是由儿童剧场观众的特殊性以及剧团成员给予儿童观众的特殊关照造成的，所有这些额外的关照都使得儿童剧场在感觉和氛围上不仅仅是观众看戏的所在，不仅仅是作为商业演出的物质交换，而更像是一种提供给儿童游戏和娱乐的聚会场所，是一次相遇和告别的美妙过程，是充满温情的。无论儿童戏剧演出是怎样的风格，是平静安然还是热闹非常，是充满惊险恐惧还是一路欢声笑语，但是在这一切开始之前，在这一切结束之后，等待儿童观众的始终都是一如既往的温柔。这些看似微小的环节和活动，在迎来送往的过程中，以极其动人的方式改变着儿童剧场的无形空间，使能量场在最初的生成过程，以及观众最后的离场过程都变得悠长缓慢、含情脉脉、依依不舍，充满着彼此之间的无限温柔和善意。

可以想象的是，即使这些开场前和散场后的环节因时代、地域、具体环境和状况的改变而产生变化，不再成为惯例，也会有其他的活动和环节来取代它，以保持儿童剧场中所特有的这一以贯之的柔情。这也将在极大程度上影响到儿童剧场的能量场的变化，同时将演出和剧场有意识地区分开来，为儿童观众留下对于剧场的一贯印象，感受到剧场的惊心动魄、神奇想象，同时也体验到剧场的温柔安全，期待着再一次前往和观赏。

4.多干扰因素

如果说上述三点特质展示的是儿童剧场中相对正面的能量，善加运用就会成为儿童剧场的优势所在，那么接下来要说的干扰因素则是儿童剧场中偏向负面的、阻碍观众欣赏演出的能量，也是儿童剧场比之非儿童剧场所要面对的更大挑战。

虽然儿童观众们往往体现出比一般成人观众更大的热心热情，互动意愿强烈，在某些演出时段中表现出更强的专注力和参与度，但是不可否认的是，儿童剧场中也会出现各种偶然和突发状况，存在各种可能的干扰因素对无形剧场即能量场的生成与流动造成阻碍。能量场的形成从本质上说体现的是人与人之间的吸引、背离与联接关系，如果一个儿童剧场的能量场是涣散的，观众就会离演出比较远，演员所试图传达的感受和行为以及由此所激发出的力量就比较难以抵达观众的内心，而观众所表现出的涣散也会在某种程度上对演出和其他观众造成干扰。在笔者看来，能量场的优劣、强弱，能量的转换、叠加、积累、消散，不同速度、不同状况下的具体形态，以及能量呈现的不同风格和特点是评价一个儿童剧场是否优秀的内在标准，然而儿童剧场的能量场则因面对各种干扰因素，其专注力和集中力都和非儿童剧场存在很大不同，而这种专注力和集中力正是形成能量场的十分重要的元素，对于能量的聚焦、汇合、流动都起到不可小觑的作用。

从这方面而言，非儿童剧场具有较多的优势，一般情况下那些剧场往往是安静的、集中的，甚至到了寂静的程度，这种寂静暗示出大多数成人观众都在集中精神观看演出，没有任何细碎的肢体动作或者低声言语，精神高度集中，这种安静和屏息会在剧场中形成能量，使舞台上瞬息发生的一切微小的事物都能扩大进入人感官的效果，使人变得更敏感，更能把握细碎轻微的颤动，从而能够更强烈地感受到整出戏的脉动。这是非儿童剧场在高专注力和高集中力的状况下呈现的能量场的特点，而一般状况下的儿童剧场远非如此，尤其是中国的儿童剧场（这里特指以中国儿童为观众的剧场），从来不是那般安静、集中、高度聚焦的，而更多是轰鸣的、喧闹的、涣散的。因儿童观众原本注意时间就比较短，观戏的经验也不甚丰富，这样的能量场其实对他们的注意力提出了更高的要求，要求他们在这样吵闹的多干扰的环境里仍旧要将注意力集中在演出上，同时也要求演员尽可能不受干扰地在这样的能量场中继续演出，这对双方或许都是巨大挑战，颇有难度。

儿童剧场的这一多干扰的特性对儿童剧场的顺利完成提出了更高的要求，设置了需要克服的种种障碍，这或许是要成就优秀的儿童剧场必须完成的课题。那么为什么儿童剧场的集中力和专注力更容易受到干扰呢？这些干扰与下列因素有关。

干扰因素之一是剧场空间形式。相对于有一定高度、广度和距离感的剧场构造，小剧场更容易产生亲近感和温馨感，同时压迫感和能量的传递也会更加强烈、直接。此外，演员与观众实际距离的切近，能让人看到更细微的变化，包括演员的表情和肢体，角色的动作和行为也容易产生更强烈的情感效果，距离的切近达成了情绪的放大和夸张，扑面而来的直接触动和代入感都很强。而大剧场因为观众席位较多，相应承载的观众人数也增多，最后几排的观众离舞台距离很远，可能无法看清演员的表情和细微刻画，只能看见大概轮廓，这使演出所能传达到的能量在后排就会减弱。

此外，过大的剧场也会造成前排和后排的儿童观众的观赏体验差异非常大，也就是说，演员可能需要控制力度和表演的夸张程度，既不要对前排的儿童观众造成惊吓或恐惧，又要把能量传达到后排的儿童观众那里，使他们能够同等地感受到剧目所要传达的内容，这几乎是难以完成的。这就为演出带来了实际困难，也就是说，演出很难同时兼顾到前排和后排的儿童观众的体验和感受，如果前排和后排的距离过远的话。当然这并不是说小剧场就一定适合儿童戏剧演出，有时候小剧场也会有各种局限，无法完成剧目的特定要求，而大剧场也会提供一定的设备和可能性使演出变得更精彩，所以选取什么样的剧场需要根据剧目的实际需要而定，不能一概而论。小剧场和大剧场之间是没有优劣之分的，然而对于特定剧目却会有合适或不合适之分，这是在演出之前需要斟酌考量的。

上文的论述仅仅是从剧场空间的大小而言，除此之外，剧场空间还包括各种建筑构造和形式，这些特殊的形式都会为戏剧的呈现带来新的可能性。剧场选择得好，契合剧目的演绎，观众的人数和座位的设置能保证观众的观赏效果，那么剧场空间就不会对演出、观众体验及剧场能量场的形成造成干扰；反之，因剧场空间所造成的干扰可能会很严重，因为其从一开始就会对演出、观众和能量场造成影响，且一直持续到整场演出结束，在这漫长的时间里都没有改善的可能。在儿童剧场，尤其是婴幼儿剧场中，这些因素尤其需要被特别关注，这或许也是造成婴幼儿剧场更具有装置感的原因之一，有些婴幼儿剧场甚至会设计包括顶面在内的、全方位的、四周环绕包裹式的舞美装置来营造特殊的演出效果。

此外还应该注意到，有些剧场的空间问题可能不是一直存在的，而只是在偶然的情况下成为了问题。比如中福会儿童艺术剧院的马兰花剧场，作为一座专为儿童观众特设的儿童剧场，其舞台的专业性、剧场的舒适度和整洁度、内在陈设与布局的合理性，即使在儿童剧场发展相对繁荣的上海也是首屈一指的。然而它在建筑结构上有个小问题，一楼进入剧场的门户直通大堂，且比较靠近剧院玻璃大门，没有拐角可避让，所以只要掀起门帘，外面白日的光就会照射进来，原本被隔绝的声响也会传进来。儿童剧场因其特殊性，常常设在白天演出，早上场和下午场都是父母们偏爱的场次，这与更倾向于在安静且漆黑的夜晚演出的非儿童剧场很不同。于是无关光线和无关声响的双重影响，就在剧场的特定空间之上成为了干扰因素，每当演出中有迟到观众入场时，或者有儿童观众中途去洗手间，都可能会影响剧场入口附近的观众，并延伸到剧场内部。

干扰因素之二是儿童观众和成人观众自身引发的干扰。儿童剧场的观众主要分为儿童观众和成人观众，所以会同时接受来自这两方面的干扰，这两类观众干扰的方式、强度、影响及扩展度都是完全不同的。儿童观众造成的干扰主要包括注意力涣散、吵闹、不够安静，有时因演出的限制看不懂字幕或者理解不了剧情时会开口询问，加之成人观众给出回应的音量、解释的清晰度和后续的沟通都可能会影响身边小范围的观众观看。同时儿童观众常常无法自始至终像成人一样安静地坐在座位上（这种要求也未必合理），他们有时会有身体动作，爬上爬下、走来走去，有的儿童观众甚至会在剧场里疯跑，冲到台前（家长也不阻止），这样不仅会影响其他观众观看，也可能会影响到演出的顺利进行。还有一些儿童观众是被动地来看戏，根本不知道自己将要看的戏是什么内容，并没有对戏产生预期，只在开演之后才了解，进入剧场之前也没有调整心情到准备看戏的状态，这些都会对观看产生一定影响。

从成人观众角度而言，他们虽然知道演出的大致内容，但往往对儿童剧场存在偏见，认为这只是给儿童看的，自己只是作陪，于是在儿童剧场里也不似在非儿童剧场里那样专心观看演出。有些成人观众带儿童进入剧场后自己会取出手机发微信、看图片，手机的白色光亮划破了剧场的黑暗，显得尤为突兀和醒目；有些成人观众相约几家人一起看戏，因为很久未见还会同时聊家常，大大影响他人的观看。这些观众在进入剧场之前都没有做好足够的看戏的准备，这是造成儿童剧场干扰的主要因素之一。也许有人觉得奇怪，看个儿童剧还需要做准备吗？毫无疑问，为了获得更好的观戏体验,没有太多剧场经验的观众尤其需要做一定的准备,不仅是心理上的,也有认知上的,更有剧场礼仪方面的准备。

干扰因素之三来自演出。有些演出是国外剧团的作品,通过各种途径引进到国内剧场,这是非常好的交流,让中国的儿童观众不出国门,就可以欣赏到国外的儿童剧场。这些儿童剧场也各有特点、风格迥异,具有较高的艺术价值和观赏价值。然而这些优秀剧目在国内可能会受到冷遇,有时是因为剧目的表现形式比较前卫,尚不符合国内成人观众目前的欣赏习惯和欣赏水平,对某些儿童观众的理解和体验也会间接造成一定的隔膜。有时是因为外语的限制,无法完全使用无语言的肢体动作来表演,而语言上的差异对剧情的理解和人物的呈现都会造成影响,配上的字幕又因为某些儿童观众并不识字而无法达成理想的沟通效果,或者引发儿童观众的持续询问,或者必须要成人观众在一旁解释,这一解释过程又涉及成人观众自身的理解和表达问题,从而变得更加复杂难解。有时文化和地域差异、审美习惯等诸多问题也会对观众理解剧目造成一定的影响。

从这个角度而言,开发原创的触及中国儿童切实生活与心灵的儿童剧场就显得尤为重要,那些接地气的、能直接和中国儿童观众进行对话的、能真正触动他们心灵的、了解他们的观赏习惯和审美倾向的儿童剧场应该以更高的呼声和更大的诚意被送到儿童观众面前,创作者们应该不断进行新的尝试,开拓中国本土的儿童剧场创作。同时,也应该继续引进国外优秀的儿童剧目,不能因为一时的不适和不理解,或因此造成市场和票房的惨淡就止步不前。体验和接受外国儿童剧场的魅力也许不是一时三刻可以做到,需要比较漫长的过程,然而文化之间的差异、剧场状态和风格的迥然其趣必然会形成碰撞和交流,从而产生崭新的可能性。要让更多的观众从儿童开始就接触新兴的、不同的艺术表现方式,激活他们的剧场体验,这样他们就不会太早形成对剧场是怎样的固有认识而难以接受新的口味和新的事物。对于儿童观众作为潜在的成人观众的期望和前景是,希望儿童观众能在每次的观戏过程中逐步成长为具有剧场鉴赏力和判断力、不怀偏见、可以接受剧场的任何可能性并对剧场怀有热情的终身观众。

　　干扰因素之四是各种偶然因素。比如演出过程中迟到观众的入场，观众走动的声音、拉扯孩子的声音、寻找座位的声音等等，又比如有些观众随身携带塑料袋，也会发出窸窸窣窣的声响，甚至打开皮包拉链的声音，在寂静中都可能令人难以忍受，这些是听觉上的干扰；有的观众从别人身前走过，或者经过走道时身影遮住了其他观众的视线，这是视觉上的干扰；又或者剧场的空调温度太低或太高，靠近出风口的观众可能会感到不舒适，这是触觉上的干扰。感官上的干扰往往不是泾渭分明的，某些行为会同时干扰好几种感官，比如坐在剧场入口处的观众可能会受到剧场大门开合时的光线影响，剧场外面的声响也会在大门开合时传入；有些观众喜欢在演出过程中拍照留念，此时手机的屏幕光线、拍照时"咔嚓"的响声、手机举起时的阻挡、身体的移动、座椅的震动都可能会打断某些敏感观众的欣赏。

　　儿童观众会因为与演出无关的各种偶然情况情绪不稳定，甚至因为受到惊吓或者不适而大声哭闹；有些儿童观众演出前没有去洗手间，故而在演出中途可能需要离场，这不仅会影响他们自己的观看，他们的进出也可能会影响其他观众。有的剧团在入场口设置了专门柜台，送牙刷牙膏或兜售荧光棒，也有些小商贩会在儿童剧场外面摆摊，卖有光亮和声响的玩具，这会对儿童剧场造成致命的影响，把剧场变成演唱会，有时甚至会严重影响儿童观众对演出的关注度，进而影响整个儿童剧场的能量场。

　　上文所列举的各种偶然因素有的与演出相关，有的与演出无关，有的是通过一定的措施可以制止或缓解的，有的则很难加以控制，有时这些因素还会前后影响、互相作用，对儿童剧场形成重重干扰。这些偶然因素可能出现在演出过程的任何时刻，有时会对儿童剧场能量场的流动转变产生关键性的干扰，这些因素看似都是细节，但并非无关紧要，剧场有时会使这些细节的力量被放大，从而造成更广泛的影响。这些干扰因素有时起因于观众的个人修养问题，或观剧前准备不充分，或对于剧场规范没有明确的意识，看似属于剧场礼仪的范畴，却能对儿童剧场能量场的形成造成巨大影响，其力量不可低估。因为戏剧就是如此真实地发生在"当下"和"现场"，看似细枝末节的剧场礼仪对无形剧场空间造成影响，进而影响缠绕并充满在无形剧场空间中的能量场，从而对整个剧场的演出和观看效果产生作用。剧场礼仪和无形剧场即能量场之间是紧密联系的，礼仪不是外在的规范，而是达到最好欣赏效果的保证。从这个意义上说，要尽量避免可以控制的干扰因素，比如保持儿童观众在看戏前的好心情，尽量不要因为小事起冲突或者责骂他们；让他们了解所要观看的剧情并产生兴趣；让他们进入剧场前先去洗手间，看戏前也不要给他们喝过多的水；预留足够的时间提前到达剧场，绝对不要迟到；不要把任何有光亮和声响的玩具带进剧场；主办方可以提供相应的场外环境供家长和孩子歇息放松心情，如准备纸笔或图画书供大家取用阅览等等。通过诸如此类的方式，我们可以在最大程度上杜绝干扰演出的某些因素，然而对一些突发性的偶然因素则需要包容、理解，并及时而从容地处理，使其所产生的负面影响降至最低。非剧场礼仪所能涵盖的无形剧场即能量场应该要引起人们足够的尊重和重视。

要特别说明的是，在撰写本小节时，笔者一直试图找到较为中性的词汇来描述儿童剧场中实际发生的状况（事实），而不是立刻对其做出价值判断。比如在用"干扰因素"一词描述这一现象（事实）之前，其实就已经包含着对事实的判断；比如上文中写到儿童剧场往往是"轰鸣的、喧闹的、涣散的"，这些词汇均带有比较明显的褒贬色彩和个人情绪，词汇本身已然包含着对于这一状况的判断。这不是笔者的初衷，但要找到更客观的词汇来描述儿童剧场里发生的事实，似乎并不是一件容易的事情，故暂且为了需要这样表述，并对这种表述中存在的问题有所觉察和意识，包括在用正面和负面形容能量场时，都需格外谨慎。

所以在本小节的撰写中，始终意识到自身作为个体观众所形成的潜在的理想剧场状态，以及这种状态和观念对探讨儿童剧场的相关问题时可能造成的局限性保持反思，是笔者认为比较必要和重要的研究态度。所谓对干扰因素的总结也是通过和非儿童剧场的比较，从和非儿童剧场相对待的角度去定义的，是笔者作为成人观众的某种意愿和理想的投射，很可能并没有关注到儿童观众对此的真正态度。比如说儿童观众很可能并不认为那是干扰，因为他们的脑海中并没有对于剧场应该是怎样的认识，也没有对于剧场不能做什么或不该做什么的禁令，他们可能并不认为他们的注意力需要无时无刻不集中在剧目上，而阻碍他们这么做的原因就是干扰。或许正因为如此，他们反而不被束缚，怀着更包容的心态去接受当下发生在剧场里的一切。当他们转头关注那些成人或许认为是干扰的事件时，他们也是怀着和观看演出一样好奇的心、天真的眼，没有先入为主的假设和对预期的自以为是，只是自然而然地接受，注视着这一切的发生，让它们像河流一样穿过自己的身体。或许这才是真正的最好的观众，这才是真正的最好的演出，我们曾历经艰险想要突破的第四堵墙，我们一直在思考日常生活和表演的界限，或许在儿童观众的眼眸里从未被筑起。那时的我们也曾这样无知无畏、无视禁令，目光在台上的演出和台下的演出之间自在游走，对假定发生在当下的演出和真正发生在当下的事件一视同仁，一切都是新奇，没有界限。这也许是我们可以从儿童观众身上获得的启发，也是对于戏剧和剧场的另一种解读，以此作为对本小节的反思。

5. 小结

儿童剧场能量场的生成流变是一个非常复杂的过程，优秀的剧场依赖于众多因素的共同促成和众多人的共同努力。儿童剧场具有难以想象的巨大魅力，正是因为儿童剧场拥有世界上最好的观众。儿童观众们对剧目的关注度以及他们全身心投入的热情，将会极大地改变现场的能量流动，使在场的每位观众，不仅是儿童观众也包括成人观众，都真正感受到投入的幸福。儿童观众的高互动意愿使他们自觉参与到剧场能量场的建构之中；儿童剧场虽然有时也会表现出高度的专注力，但专注时间较短，且专注和放松状态交替进行，形成一定的观赏节奏；儿童剧场贯穿始终的温情也是在成人和儿童之间，在演员和观众之间，在剧团和剧场的相互交融、彼此影响的过程中形成的；大量相关和无关因素都会对剧场造成干扰，这是儿童剧场需要面对和克服的难题。上文对儿童剧场不同于非儿童剧场能量场的四大特质进行分析，并提出了相关的解决方案和建议，期望这一探讨对儿童剧场的创作实践提供一定的角度和策略，在创作中更能照应到儿童剧场的能量场特点并进行回应，同时也为儿童剧场深入的理论研究提供方向和思路。在当今中国的儿童剧场理论研究中，目前还没有对儿童剧场的无形空间和能量场较为系统深刻的认识，我们也许能在儿童剧场中感受到能量的涣散和聚集，感受到儿童观众翻天的热情，但是并没有把这作为儿童剧场不同于非儿童剧场的根本特征来认识，本书首次提出的这一观点具有理论上的开创性。

根据剧场能量场对是不是儿童剧场所做的分界和判断，不仅从理论上对研究对象进行了划分，同时在现实实践中也提供了严格的依据。我们也许会进入某个被冠以儿童剧场之名的剧场，所有的行动者或演员都是儿童，但是观看了整场演出后却发现这些儿童并没有在剧场中体现他们自身的能量，而是严格按照成人的要求说着被规定好的台词，甚至被完全剥夺了自身的意愿、天真和力量，使他们无法在这个舞台上真正展现自身，甚至没有在这个舞台上真正存在过，那么这样的剧场就不能被称为儿童剧场，它是"伪儿童的"。同样的道理，即使某一剧场中的所有观众都是儿童，但是他们却因为某些理由和限制被剥夺了回应剧目的权利，如果他们的存在感和能量无法通过其作为观众体现出来，那么这样的剧场也不能被称为儿童剧场。虽然这些剧场也具有较高的研究价值和必要，应探讨这样的剧场如何形成以及形成的原因，但是在对象范围的划分上，它们并不能被归为儿童剧场。这是本书对于儿童剧场的界定，也是笔者认为儿童剧场作为一门新兴的学科体系在概念界定上应该遵循的下限和标准。

值得注意的是，根据上述分界的划定，对某一剧场是不是儿童剧场的判断要在观众进入剧场之后才能完成，而不是在儿童剧场创作完毕之后或者创作之初，也不是在售票停止之后或者演出开始之前。只有当观众进入剧场，演出开始，由此产生的能量场十流动变化之中，对儿童剧场的判断才能存在并得到确认，之前种种关于儿童剧场的假设才能得以真正实现。也就是说，某一剧场是不是儿童剧场只有在剧场"现场"才可能得到确认。

此外，儿童剧场的概念本身就包含着创作者对于观众年龄层的自觉关注。本节所指的能量场是通常意义上儿童剧场的能量场，儿童剧场面向不同的年龄段，这些年龄段各自的儿童剧场的能量形成和爆发力都有相当大的不同。比如作为观众，婴幼儿更多倾向于仔细观看或完全不看，他们有时眼睛眨也不眨，有时也会哭闹，他们表达感受的方式相对是比较简单的；年纪稍大些的幼儿和小学生，则具备了更多与演出互动的可能，也开始学会准确表达自己的观点和喜恶；而年龄越长的儿童，比如青少年，则更多形成了类似成人观众的观赏习惯，能在观看中保持长时间的安静和注意力集中。这是不同年龄段儿童作为观众参与剧场的不同倾向，由此也会与不同的演出状况和特性相作用而形成具有不同能量的儿童剧场。

上文更多是从作为艺术的儿童剧场角度去探讨其与非儿童剧场的根本区别，那么作为教育的儿童剧场和作为日常的儿童剧场是否具有上述四大特征，并以能量场的根本不同作为和非儿童剧场相区分的依据呢？答案是肯定的。

在作为教育的儿童剧场中，剧场作为一种教育的方式和手段与其他教育形式存在根本不同，剧场是体验式的，不同于仅仅将知识灌输给儿童，而是邀请儿童来参与和感受，在戏剧活动过程中进行思考和感悟，寻找到属于自己的答案。从这个意义上来说，作为教育的儿童剧场同样体现出儿童的存在感和能量，甚至以激发他们的内在力量为目标，在这一过程中帮助他们认识自我，认识世界，思考人生。作为引导者的成人和作为行动者与参与者的儿童会以各自的方式投入到戏剧活动中，其能量场的形成与作为艺术的儿童剧场十分相似。在作为日常的儿童剧场中，也同样存在着儿童的能量在某一时刻的聚集、交融和流变，这种能量场以更自发、更无组织和无限制的方式体现出来，这样的儿童剧场彰显出游戏的真正魅力，一个无限自由的空间，一切皆有可能，儿童作为创作者和参与者能深切感受到其中的欢乐和自在。在日常剧场中，戏剧的自由感和游戏的自由感如出一辙、殊途同归。

综上所述，无论是作为艺术的儿童剧场，还是作为教育和作为日常的儿童剧场，其能量场都是由观看者与行动者的合力造成的，是有形剧场和无形剧场的共同作用，是儿童剧场和非儿童剧场存在的根本区别所在，是两者的分界，也是判断某一剧场是不是儿童剧场的依据和标准。

儿童剧场和非儿童剧场之间存在根本区别，这一根本区别与分界并不是固定不变的，而是随着时代的变化，在不同的国家和地域、不同的社会状况和价值观念影响下，对哪些不适合儿童观看或表演，哪些在儿童和成人之间造成分隔和差异，都会产生不同的认识，以及在这些认识之上通过演出的"当下"和"现场"加以呈现所生成的无形剧场即能量场，以此划分出不同的界限。不能因为这一分界有时是模糊的、可变的，就认为这一分界不存在。或许只有当人类进化到我们不再用儿童和成人来划分人类的成长阶段时，儿童剧场与非儿童剧场之间的分界才有可能消失。

四、其他区别

除了儿童剧场与非儿童剧场的根本区别之外，两者之间还存在着其他区别。这些区别也会对演出和剧场产生一定影响，它们虽不是确定儿童剧场概念的根本区别和分界，但并不等于说它们在剧场中不重要或者可以被忽略，恰恰相反，如果忽略这些次要区别也可能会影响到剧场效果。这些区别和影响对于构成儿童剧场的核心观念和立身之本而言是次要的，这些区别主要包括场所布置上的区别、时间长短上的区别、剧目内容和表现形式上的区别等。

先来看场所布置上的区别。剧场的布局不仅关系到设计本身，也显示出对于儿童剧场的深刻理解。第一类是已建成的剧场，且舞台和座位的位置是已经固定好的，第二类剧场则是附加的可以进行局部的改动，第三类剧场则是完全人为搭建，为了特定演出服务的。这三类剧场都会有不同的结构和布局，这三类剧场在非儿童剧场中也都存在并被使用。

先来看第一类剧场。在这类儿童剧场里，有着和非儿童剧场同样的座位，同样的排列方式，或许座位大小略有分别，但并不涉及根本区别。这种由舞台区和观众区的基本设置所形成的剧场形式是比较典型而传统的，对儿童观众而言，从某种意义上限制了他们的肢体活动，要求他们像成人一样安静地坐在座椅上，不能跑动，不能交谈，不能自由活动身体（否则会挡住后面的观众），他们须坐在成人中间，如同成人观众那样去观赏一出戏剧。

这对培养未来成熟的戏剧观众有其优势的一面,但其限制也是值得反思的。

第二类剧场,可能会根据演出的需要或者观众的人数及其他要求对剧场有形空间做适当调整,比如在演出区附近增加一些座位,让儿童观众可以形成围观的态势,并因靠近舞台而同时成为其他观众的观看对象,继而成为演出的一部分;或者也可以将观众划分为不同的区域,使得演员可以在观众中间或者过道进行演出;再或者有效地利用侧台、二楼观众席的空间,形成舞台的高低错落。这些都是在已有的剧场布局上进行细部的调整,这些调整往往是为了照顾到特定演出的需要,或者表达深层次的观演关系,进行新的尝试和探索。

第三类剧场,完全根据演出需要搭建的剧场。这又分为两个层面上的搭建,其一是已有室内空间如黑匣子,演出就在其中进行,其二是连房间分隔都是幕布围起,灯光和音响设备都是自行运至,无论哪种方式,演出区域和观众区域都是人为自由划定的。此时儿童剧场就显示出和非儿童剧场在设置上的明显不同,观众席前区大多会铺上地毯或地垫,温暖舒适,可以让儿童观众坐在地上观看,且非常靠近演员。观众席中区和后区一般会选用较低矮的一个个板凳或者长排木头椅子,板凳比较灵活机动,可以随意排列,长排木头椅子则不专设一个个座位,不仅方便搬运,从理念上来说也打破了观众个体之间的壁垒(一般座椅两侧的扶手或座椅间的分隔都会加强个人空间的存在感),使观众形成了一个整体。有时观戏人数较多,大家就会紧挨着,互相挤在一起,以便让更多观众入座。无论是板凳还是长排椅子,都适合儿童观众选择,成人观众如果愿意也可以坐,且成人端坐时的视线角度与儿童身高相近,既可以尝试从儿童的视角看演出,又不会过于遮挡后排观众的视线,一举两得。有的剧场在观众席后区还会摆上一般成人坐的高椅子,有时是折叠椅,这样能产生观看的视线落差,从理论上保证所有观众都能看到演出,同时也为观众们提供了各种不同的选择。儿童剧场的布局和设置背后是有对儿童剧场的理解和观念作为支撑的。

笔者曾在韩国首尔观看儿童剧场,在首尔大学城附近有两百多个小剧场,各种不同的空间,有的在地底下,要经过长长的通道走入地下室,有的在酒吧，有的采用半开放式的大厅，有的则是比较标准的小剧场，有的是更大更为正式的舞台，甚至连教堂也被改建成了剧场；有的剧场演出区和观众区分界明确，有的则比较模糊，甚至突破了传统的分界，这和演出的特性是吻合的；有的剧目根据自身需要直接制作帐篷，然后在帐篷里演出，这些剧场往往会限定每次可入场的观众人数，内部的座位布局各不相同，营造出的空间感和形状也都不同，光影效果和音效回响也不同，故而会形成完全不同的呈现效果。儿童剧场应该要具备多样性，这样可以承担不同风格和样式的演出，有利于形成不同风格和特色的儿童剧场。提供多样化的剧场形式，是繁荣儿童剧场的一个潜在条件。当然这里所说的剧场并不是指传统意义上的剧院，而是指可供演出呈现的各种可能的空间，也许是在某一剧院内部，也许是在山坡上，也许是在游乐园的城堡里，也许在街道上、小河边、广场上、阁楼里，还可能在废弃的厂房或者咖啡馆，总之只要是可以提供戏剧演出之用的各种场地和空间，都可被当作儿童剧场。儿童剧场的创作者和研究者也要具有这样的眼光和视野，拓展传统意义上的剧场观念，加强对演出场所的关注。

总之，在作为艺术的儿童剧场中，创作、排练和演出都离不开剧场，就目前的发展来看，儿童剧场和非儿童剧场在有形空间上并没有根本不同。同样在作为教育的儿童剧场中，适当的活动空间也很重要，有时会选择教室，或者比较开阔的空房间，这对于为肢体活动提供安全而必要的保障，缓解参与者的情绪，有效地完成教育剧场所要达到的目标而言，都是必不可少的硬件条件之一。考虑到成人参与和成人教育的可能性，其在有形空间的要求上也不存在特殊需求和显著区别。在作为日常的儿童剧场中，对于有形空间的要求就更宽泛，限制更少，在任何场所都可能完成，与一般的生活空间几乎重合。

关于时间长短上的区别，主要是由于儿童观众和成人观众的注意时间与注意范围是不同的，这从各种可衡量的指标参数上可以体现出来，比如剧目中的人物数量、人物关系的复杂度、整出剧目的时间长度等等。不同年龄的儿童观众在不同剧场（即作为艺术的剧场、作为教育的剧场和作为日常的剧场）中的注意时间和注意范围是可供深入研究的，也很有研究的价值与必要。一般而言，我们认为儿童观众对剧目时间的要求与成人观众有所不同，考虑到儿童观众的注意力集中水平，为了使其能更有效地获得戏剧审美体验，对剧目的长度和篇幅都做出了限制。非儿童剧场的时间长度一般在 1.5~2.5 小时，有些特殊情况则会更长，通常都会安排 15~20 分钟的中场休息。现今儿童剧场的长度很少超过 1.5 小时，比较普遍在 40~70 分钟，凡超出 70 分钟的大多也会考虑安排中场休息。由于儿童剧场观众年龄跨度非常大，对时间的需求完全不同，所以上述时间只是参考时间。在专为低龄幼儿设计的剧场中，演出时间大约为 20 分钟，之后一般会安排 15 分钟左右的互动和游戏。在专为青少年设计的剧场中，剧目时间就可以适当延长，扩展到 1.5 小时甚至以上。这是对儿童剧场在时间上给出的不成文的规定，并没有经过理论严密的论证或实验，但是从实践领域来看，这是经过证实的，相对具有合理性。此外要指出的是，这种时间限制并不是单纯由戏剧内容和篇幅决定的，而是与戏剧所呈现的空间场域息息相关。

戏剧是在一定时间内，在一定空间里的呈现。戏剧的实现需要时间和空间两方面的融合交互，所以有时剧场的有形空间会对儿童观众的欣赏时间提出限制或要求，有时又会协助延长他们的欣赏时间。试想一下，如果我们不在传统意义上的舞台演出，而是在街道上或者在公园里，作为观众的儿童被带领着走向不同的戏剧场景，在场景之间来回穿梭。也许他们会坐在草坪上看完这一幕的演出，然后随着场景的转换，需要穿过长长的石子路到河边，坐上小船去看下一幕，如果整个演出过程对他们而言是可以行走、奔跑和说话的，那么即使安排一出长达 2 小时的戏剧，估计他们也不会因为诸多限制而感觉疲劳、枯燥或急不可耐。儿童剧场具有太多的可能性，正因为如此，剧场空间和剧目时间并不存在唯一的固定标准，而是互相影响，对剧场空间的选择不仅会影响到戏剧内容和情节，也会直接影响戏剧的篇幅和长度，使剧场呈现出完全不同的面貌。再比如说同一出剧，也就是说，同样的剧本、同一位导演、同一批演员，他们在传统镜框式舞台上演出与在观众四面环绕的圆形舞台上演出，其展现方式、出场方式、表演时的走位、舞美的设计、道具的放置、角色声音的面向和音效的把握，都会呈现出惊人的差异，难怪中福会儿童艺术剧院排演的儿童多媒体音乐剧《成长的快乐》从马兰花剧场进入新建成的上海儿童艺术剧场演出时，大家普遍感觉简直就像在演一出新戏。

最后从剧目内容和表现形式上看，儿童剧场和非儿童剧场自然会存在一些差别，不同国家、地域、时代的标准都会有所不同，但是这差别是次要的，并不成为两者的根本区别。儿童文学与成人文学在内容上的差异性已经有过比较深入的探讨，这将会为儿童剧场的研究提供借鉴和思路，两者具有一定的共通性。

研究认为，在表达内容上儿童文学和成人文学并不存在根本区别，成人文学可以表述的，儿童文学同样可以表述，甚至过去我们认为比较敏感的话题，比如死亡、性、战争，也同样能看到优秀的儿童文学作品以独特的方式给予描述和呈现。所以从原则上来说，并不存在儿童文学无法表述的话题，或者儿童读者原则上丝毫不关心的话题，只是看如何以文学的方式去表达这一主题。笔者认为同样的状况也适用于儿童剧场，儿童剧场同样可以表达非儿童剧场中所表达的各种话题，只要找到合适的方式和切入点，找到可以为儿童观众理解和感兴趣的形式，这些看似深奥难解的主题就会变得简单有趣、举重若轻。从这个意义上来说，儿童剧场在内容和题材选择上并不具有与非儿童剧场的根本区别，不应该先入为主地认定儿童不关心某些重大主题或内容，也不应该把儿童剧场局限在幼稚搞笑的内容上。

然而也要看到，文学与剧场的表现方式和特点是完全不同的。文学是以语言文字对对象进行描述，形成可供阅读的文本；而剧场则是各种艺术形式的融合，是行动者和观看者共处的现场，语言文字只是剧场中可供选择的呈现方式之一，并不是不可或缺、关系全局的，也不是根本性的表现方式。这就决定了剧场不仅要考虑内容，同时也要考虑对内容的各种艺术表现。笔者认为在对某一特定内容进行艺术表现时，不应该预设某些儿童可能看不懂或无法理解的艺术形式，因此就认为不适合儿童，不应该人为划定界限认为某些抽象的艺术呈现不符合儿童的审美观念，因此不必或不能放入儿童剧场之中。不同年龄段的儿童观众对于抽象艺术形式的理解和好奇心是不同的，固然不能一概而论，然而儿童观众并不似成人观众已经养成从剧情中总结主题和寻找意义的习惯，他们对于某些反情节的作品、碎片化的呈现，甚至一些表现出先锋和实验性质的剧场可能会体现出更大的包容度和理解力，这也是戏剧欣赏中有趣的对比，第六章将对此进行详细论述。当然某些暴力和血腥的内容，也要考虑到儿童的接受程度，包括剧场对于内容的直观表现或其他可能，由此限定表达的方式、层次和强度。总之对剧目在内容、主题上的设定以及具体的艺术呈现方面并不存在和非儿童剧场的根本区别，但仍有一定的差异性和特殊性需要探讨。

综上所述，儿童剧场和非儿童剧场之间是存在分界的，其根本区别在于无形剧场即能量场的不同。儿童剧场能量场的不同表现在四个方面：高互动意愿、观赏节奏感、贯穿始终的温情、多干扰因素。这四大特点若善加运用或避免，就能焕发出儿童剧场能量场的独特魅力。儿童剧场是在和非儿童剧场的相对待中确认自我，这种相对待并不是你死我活的截然对立，而是既统一又对立，既遥遥相望又相互呼应，既有对比也有对话。儿童剧场和非儿童剧场还存在其他区别，主要包括场所布置上的区别、时间长短上的区别、剧目内容和表现形式上的区别等。这些区别也从某种程度上表现出儿童剧场的特殊性，但不是两者根本性的区别。此外，儿童剧场在其实践发展过程中，大量借鉴了非儿童剧场的观念、方式、手法和技巧，其与非儿童剧场的共通性也需要进一步探讨。儿童剧场和非儿童剧场的对立统一是作为一个发展的过程被考察，不是固定不变的，所以本章所得出的结论只是在某一历史时期，某一种互动影响之下的观点，对它的研究要不断深入发展下去。

第六章 儿童剧场是怎样的

在第三章和第四章阐释了儿童剧场何以可能的前提问题之后，就需要对学科对象进行划定和描述。第五章对儿童剧场和非儿童剧场的分界进行了划分，指出两者之间的根本区别是无形剧场即能量场的不同。这一分界的确立不仅为儿童剧场划定了范围下限，也为本章将要论述的问题奠定了基础。

要描述儿童剧场是怎样的，这一问题本身很有难度，主要是因为这一问题真切涉及对于儿童剧场的整体认识，且这一整体认识要以什么样的方式组织和呈现，以什么样的思路进行探讨和描述，都不是简单可以决定的问题。儿童剧场包罗万象，上文提出儿童剧场的三大支柱：作为艺术的儿童剧场、作为教育的儿童剧场、作为日常的儿童剧场。每一分类下面包含着无限可能的形式、风格、目的、手法。比如作为艺术的儿童剧场，涉及各个不同的艺术门类的综合；作为教育的儿童剧场，则通过不同的组织方式呈现出将戏剧作为教育方式的不同形态和可能性；作为日常的儿童剧场则最大限度地呈现出儿童与表演的天然联接，他们在自发的表演中获得认识自身和组织团队的力量，在生活的各个场所，在每一个可能的瞬间都会创造出儿童剧场的生命力和活力。上述三大儿童剧场都体现出剧场本身的瞬息万变，每一场戏每一个时刻都不相同，从来不是标准化的演出。即使是需要确保每场演出效果大致相当从而达到演出的标准化和专业化的传统剧场艺术，也由于演出的每个环节都是人来操控的，故而未必每次都能顺利达成。

此外剧场还会受到场地，硬件设备如课桌、灯光、音效的影响，以及观众情绪、素质、有无各种干扰因素的影响，由此形成的能量场和无形剧场作为由各种不确定、偶然性因素所组成的十分复杂的活动体，在不断地变动中寻求平衡，在平衡中又不断被打破。这种瞬息万变、纷繁复杂的特性大大增加了描述儿童剧场时的难度，即使要描述作为儿童剧场分界的无形剧场和能量场，都需要大量来自戏剧现场的第一手资料、感受、体验和认识，需要对其进行反复深入的思考、梳理和概括，需要通过鲜活的语言捕捉到这不可见、不可捉摸，但又无时无刻不环绕于周围的能量分布，并将其准确描述出来。每一个研究分析的环节都需要积累大量的感性经验和理性认识，需要语言工具的积极参与去描述非语言特性的能量呈现，而且是在如此充满偶然性和可能性的众多现象之中，形成对儿童剧场的整体性把握，这是非常具有研究难度的。

然而这是理论必须回答的问题，是基础理论的核心问题，是要建构儿童剧场这门学科避不开也绕不过的问题。通过对这一问题某种程度上的回答会帮助我们认识儿童剧场中已经存在的各种状况，分析已经取得的成果，厘清已经形成的观念，并反思这些成果和观念，为儿童剧场未来的发展、无限的可能性和多样化提供理论支撑。

本章的研究目标是通过新的提问方式"儿童剧场是怎样的"对儿童剧场的研究对象进行具体描述，从而界定科学研究的对象本身。完成本章遇到的最大难题在于，"儿童剧场是怎样的"这一问题包罗万象，到底应该怎样对其加以描述呢？描述的角度和思路是多种多样的，比如从历时性的角度来写，描述儿童剧场过去是怎样的，现在是怎样的（乃至当下是怎样的），将来又会怎样；从地域性的角度来写，描述中国国内的儿童剧场是怎样的，国外的儿童剧场又是怎样的；再比如从本书界定的儿童剧场的三大支柱来写，对作为艺术的儿童剧场，作为教育的儿童剧场，作为日常的儿童剧场各自做出描述；又比如从儿童剧场的年龄分层上来写，对婴幼儿剧场、狭义的儿童剧场、青少年剧场各自做出描述。以上的角度都是可行的，通过不同的视角对儿童剧场进行观察和审视，所描述出的都是儿童剧场的一种面貌，"儿童剧场是怎样的"这一问题涉及对包罗万象的儿童剧场的整体性认识，难以在一章中全部论述完毕。由于研究时限和篇幅有限，笔者经过对儿童剧场整体认识的细密思考，兼顾分析方式的可能性，集合对目前已有研究资料的整体把握与自身的研究兴趣，确定了本章的研究思路。

本章将从儿童剧场的三大支柱之一——作为艺术的儿童剧场入手，描述狭义的儿童剧场（即作为艺术的儿童剧场，也可称为艺术剧场）可以是怎样的，其呈现的基本形态是什么。之所以选择艺术剧场先行分析，并不是认为三大支柱之间有主次之分，主要是因为下述两点：一方面，艺术剧场作为专业演出形态体现出人们观念中对于剧场的典型认识，其理论探讨较之教育剧场相对较少，不似教育剧场借鉴国外的研究成果已形成比较完善的理论体系和实践操作指导，故而艺术剧场对基础理论建构的迫切性相较教育剧场要高。同时相较于日常剧场，艺术剧场的理论探讨又相对较多，某些问题已经引起了研究者的关注并进行了初步的讨论，加之实践领域出现的问题也比较迫切，相较于日常剧场拥有进一步归纳总结和知识建构的基础，故而选择这一领域进行探讨。另一方面，这也与笔者本人的学识结构、目前的研究兴趣和关注点有关。

本章分为四节，首先从国内外儿童艺术剧场的比较与历时性出发，指出目前国内原创儿童艺术剧场存在的教育性强、表现形式单一的问题，从历时性角度给予分析，进而描述西方戏剧发展的两大趋势：建立在文本基础上、与文本背离，介绍后现代剧场对剧场艺术的新尝试和新贡献，描述这两类儿童剧场的演出现场和能量场，同时关注儿童观众和成人观众对这两类艺术剧场的典型反应，从中提炼出儿童艺术剧场存在的先锋性，试图对儿童艺术剧场的已有观念做出反思，致力于更新和促进儿童剧场的艺术实践。

本章的特点是主线比较清晰，在同一思路下梳理了中国儿童剧场的前后演变，对国内外儿童剧场进行比较，提出了作为艺术的儿童剧场应该具有的两种表现可能，所描述的对象范围比较宽泛，具有一定的普遍性，研究既具有理论价值也具有实践意义，为当今儿童剧场的理论建设和中国儿童剧场中的实际问题指明了思路和更新变革的方向。但同时也要看到，这一思路对回答"儿童剧场是怎样的"有其局限性，所提供的内容比较单一，视角比较狭窄，无法呈现出儿童剧场的整体面貌。"儿童剧场是怎样的"这一核心问题应该从多角度、多侧面、多观念入手，对其进行详细的、综合的描述，但由于时间和篇幅有限，且命题本身过于宽泛，目前笔者只能采取一种思路。从其他视角去观察和审视作为艺术的儿童剧场，以及对作为教育的剧场和作为日常的剧场的分析透视和归纳总结，从而做出对这一问题的完整而详细的整体性回答，则需要依赖大量的后续研究去完成，本章只是作为初步的尝试。

儿童剧场在各个门类和层面的魅力需要被发现，被感受，被体验，被增进和强化。本章将以理论分析为主，同时辅以案例来说明儿童剧场在现实中所面对的问题和真实面貌。正如前文所指出的，儿童剧场中占据首要位置的不再是剧目或演出，而是观演关系，观众的介入对能量场的生成，对于儿童剧场所呈现出的具体面貌会有举足轻重的影响。所以本章所采取的案例不再是一般戏剧分析中以剧目或剧本为主体的案例，而是需要大量关于儿童剧场的现场资料和案例，不仅要对演出现场进行描述，不仅要同时关注演出和观众两部分，同时也要加强对能量场的直观感受和记录。这就决定了本章所选择的案例并不是通过剧本的文字描述，也不是通过观察视频转录的儿童剧场，而均为笔者亲身经历，是亲眼所见、亲耳所听、亲身所感的儿童剧场的"当下"和"现场"，所描述的状况均为笔者有意识地将自己作为研究工具，采用质性研究中研究者的身份亲历、观察、体验并记录的儿童剧场的"当下"和"现场"。

一、国内外儿童剧场的典型面貌个案比较

下文将呈现笔者同一时期在中国和日本所观看的儿童剧场记录，其可比性在于两者都是偏向于多媒体创作元素的演出呈现，但是所呈现出的面

貌和能量场迥然不同。虽然这两个儿童剧场在整个中国和外国的儿童剧场中并不一定具有显著的代表性，但是退一步说，儿童剧场的艺术实践如此多样化，要从中选择公认的、具有典型性和代表性的剧场本身就是比较困难的，尤其是在去中心化、众声喧哗、强调个体表达的当代。下述两个案例[①]只能说显示了国内和国外在儿童剧场面貌上的某些普遍的特征和区别，故在此进行讨论。

案例一：儿童音乐剧《森林运动会》
演出剧团：中福会儿童艺术剧院
演出时间：2014 年 11 月 1 日下午 13:30
演出地点：中国上海马兰花剧场
观众：中国儿童观众、成人观众、笔者
剧目内容：着迷于网络的两个小学生，在网络中来到动物王国，变成草原王子和森林公主，带领狮子和鹿群进行比较竞争，狐狸在中间挑拨离间，最后两败俱伤。
即时记录：传统镜框式舞台，运用了多媒体方式，呈现网络话题，比较时新，在国内儿童剧制作中属于上等的。剧中儿童由成年女演员扮演，故事主线清晰，人物类型化，不加塑造，多用歌曲和舞蹈串场，十分热闹。舞美和服装耀眼夺目，视觉效果出众，演员人数众多，群戏气势恢弘。演出时声效过响，台下观众反应较少被感受到和传达出来。儿童观众以学龄前为主，人数与成人观众参半，能比较专心看完演出。看完后感觉很大片，抖落一身光华，并没有留下什么。

---

①两个案例的剧目内容和记录均为笔者观戏后即时所写，仅说明此一场演出的实况和观感，所写内容均出于研究目的和需要，仅代表个人意见。

案例二：多媒体儿童剧《魔毯》[①]

演出剧团：意大利多媒体制作剧团、澳大利亚现场艺术公司

演出时间：2013 年 7 月日本冲绳青少年戏剧节期间

演出地点：日本冲绳临时搭建的剧场内

观众：日本儿童观众、成人观众、笔者

剧目内容：投影仪在顶部，投影至地面，化为魔毯，变幻形状。三位演员，没有连续完整的故事和角色，只是根据魔毯的变幻表现不同的肢体动作，让观众想象不同的空间。观众坐在魔毯四周任意位置，铺有地毯，直接可坐。除演出部分外，设有互动环节，比如魔毯上出现马路和来往车辆的画面，演员请观众"过马路"，儿童观众左右两边看着车跑过去。当魔毯上出现乌龟让观众踩，观众要根据乌龟移动的快慢进行判断，还会出现蛇，则需要观众绕着走。

即时记录：演出设在搭建的剧场中，主要以肢体为主，偶尔有语言。一男一女两位黑人演员舞蹈，气氛神秘。另一女演员有简单旁白，由日本翻译当场翻译，不设字幕。翻译一点也不突兀，声音和剧目感觉很贴合，翻译需要一定的表演技巧。互动环节游戏感很强，不停地变换移动位置，让观众去参与，去追踪。邀请观众进入时，现场的成人观众很少有上台的，参与意愿不强，主要是儿童观众参与。日本小观众非常有礼貌，处惊不乱、岿然不动，当然也有死活不愿意上场的。笔者主动参与了互动，很有趣也很惊险，因投影的魔毯画面比较抽象，能体验到异域风情和奇幻感。最美的是演出最后，星空就在脚下，透过笼罩着的白纱映照下来。演员请观众入内，手捧星光，送给别人，或躺或坐，都是奇妙的体验。整个演出就像一场梦，在戏剧中融合了游戏，以光影的方式呈现出视觉的幻想。

目前国内的儿童剧场所呈现出的剧目有其典型特点，主要在剧目的内

---

① 该剧为澳大利亚青少年艺术节2009年委约作品，于2014年12月被引进国内，在上海话剧艺术中心上演，媒体称之为"多媒体舞蹈旅行剧"。笔者在2013年暑假前往日本冲绳参加当地的国际青少年戏剧节时首次观看了这出戏，文中所记录的即是当时那一场的实况和观感。

容上偏向于改编经典的童话故事，如《灰姑娘》《三只小猪》等，原创的作品很少，优秀的原创作品就更少，能用于排练的优秀的儿童剧剧本很紧缺，很多剧本都要做大量的修改才能进入剧场。从这点上来说，案例一的《森林运动会》属原创剧本，编剧是外聘的，颇有经验。此外，中国儿童剧场在剧目的呈现上多为载歌载舞的音乐剧（制作成本较高）或者是传统的话剧，形式上比较单一。而国外的儿童剧场大量借鉴了其他艺术形式对剧场的促进，比如说纯肢体剧、舞蹈剧场、现场音乐演奏，以及将各种偶作为道具和角色的剧场，表现形式相对多样化。还有很重要的一点是，目前中国儿童剧场更偏重于讲故事，把故事讲好，儿童观众可以听得懂，这是剧场的基本目标之一。而国外的儿童剧场既有讲故事的，也有以细碎的情节加以串联叠加、彼此之间并没有太多因果联系的，甚至有完全反情节的剧场，故事的碎片化，传统故事的颠覆版，破除对于意义和价值的追求，破除语言的权威笼罩，致力于带着儿童观众领略剧场作为光影艺术、视听艺术的魅力。

除上述三点外，目前中国儿童剧场中依旧存在比较明显的教育倾向，讲故事是为了讲道理，通过剧场传达一定的教育指向或隐含着某些教育目的。这是成人建构儿童剧场时对于剧场艺术的忽略，而将其作为教育的方式和手段，这类剧目往往更能得到家长的首肯和赞同，获得较高的上座率，但是其艺术感的缺失已经成为中国儿童剧场不得不面对的问题。相较而言，国外的儿童剧场这方面的问题就很小，他们几乎从不在剧场中加入教育的元素，他们的家长带孩子去剧场也不是为了接受教育，他们的艺术家在创作剧目的时候更多展示出艺术上的感受性和敏锐性，而对艺术以外的目的关注甚少。甚至有些国外儿童剧场近年来开始尝试反主题的创作，也就是并不预设唯一主题，而是更关注观众在剧场中的体验。

这些显著差别在上述两个剧场案例中都可以发现。笔者认为，中国儿童剧场之所以会走到今天这一步，呈现出这样的面貌，是由各种历史原因、社会原因和人们已有的观念形成决定的，也很难在一时三刻予以改变和更新。应该看到，中国儿童剧场发展到今天这样的阶段，取得如今这样的成果，经历了百年的积累和几代儿童艺术家、理论家、实干家们以及许许多多长期工作在第一线、热心于儿童事业发展的人们在这一领域内的贡献和共同努力，这是很值得肯定的。然而中国儿童剧场前行的道路还很漫长，中国的儿童观众人数众多，让他们了解剧场、体验剧场魅力的责任还十分长远而重大，需要更多的眼光、视野和共同的努力。从目前的状况看，中国儿童剧场还存在许多业已出现的问题及其背后的观念需要去反思和重新认识，首先要从理论上进行梳理和整顿，才可能为进一步的艺术实践铺平道路。

这里重点讨论与本章的描述思路相关的两点问题。首先是儿童剧场过于强调教育性，审美功能弱化的问题。儿童戏剧应该反映儿童的立场和心理，中国的儿童剧工作者们曾经为此开展过大规模的讨论，反对"教育工具论"对儿童剧的影响，认为儿童剧应该具有儿童情趣。然而纵使多位研究者早已提出这一问题，也难以消除剧目中潜藏的教育意识和明显痕迹，纵使剧作家和编剧们努力至今，教育性好似也只是从台前走到了幕后，一改过去的直接掌控，成为了在远处和高处默默注视着舞台的一只眼睛。教育思维在中国一支独大、根深蒂固，至今儿童剧场中仍可见在剧目的最后犹如寓言式的主题概括，告诫儿童观众应该如何，这些训诫往往不是隐藏在剧本之中，而是一定要说出来，点了题才甘心，从而使儿童剧艺术的、审美的功能有所降低。

现实的情况是，作为儿童剧观众的成人往往也有类似的诉求，希望同为观众的儿童能在剧场中获得教育，更好管教。为了与消费的真正支付者——家长达成共识，满足家长的意愿，有时剧场也不得不以此为倾向来进行创作。不过随之而来的一个有趣问题是，如果儿童剧就是为了教育儿童，那么成人观众在剧场里就真的只需要看看手机、发发短信、打个小盹儿，完全不需要观看戏剧，此时他的身份并不是真正意义上的观众，而只相当于"陪看"，因为用来教育儿童的戏和成人并没有什么切身的关系，当然也无法吸引他的注意或者触动他的心灵。然而这样的戏又怎么可能触动孩子的心灵呢？儿童剧中根深蒂固的教育特质还可能与剧场创作者本身的观念有关。当创作者们认为通过剧场对儿童进行某种程度的教育是正当的，也是应该的，这类创作便比较容易应运而生。时常我们也会看到，对儿童剧的赏析和评价也往往不是由戏剧专业人士从艺术角度做出的，而是怀有较为强烈的教育诉求和功能评判，这从某种程度上使原本脆弱的儿童剧创作雪上加霜，被套上沉重的枷锁，无法自由幻想和舞蹈，其审美功能被进一步弱化。

笔者认为，儿童剧场的教育功能可以从两个层面理解。一是儿童剧场的创作内含着剧作家和导演的人生观、世界观、价值观，这种用戏剧的方式所进行的观念阐述从某种意义上无可避免地会产生教育的效果，但儿童剧场却并不以教育为目的。对中国孩子的教育几乎弥漫在社会生活的方方面面，让剧场成为一个喘息之所也没什么不好。二是对作为教育的儿童剧场的认识，已出现了完全以戏剧为教学手段的剧场，将儿童剧场的形式移植到教室中，以戏剧的方式让儿童去学习。这不仅拓宽了儿童剧场的领域和目的，同时也为作为艺术的儿童剧场松了绑，还其自由飞翔的空间。

此外，在目前的儿童剧场走向中还有另一种倾向就是完全采取商业模式。私营的剧团逐渐增多，国营的剧团也开始适当放宽，逐渐需要依靠票房来完成全年的收益核算，于是要进行儿童剧场的公开售票和展演。而一旦进入市场，就会受到另一根指挥棒——市场的控制，为了把更多孩子吸引到剧场里来，更致力于展现戏剧的娱乐功能。当然需要指出的是，儿童剧场的教育、娱乐和艺术审美功能并不是完全割裂的，而应该水乳交融，有时也会各有偏重，形成多样化的、适合不同人群需求和市场要求的儿童剧场。

关于中国儿童剧场目前存在的另一个重要问题是，目前的儿童剧场几乎全部都是故事剧场。一般的倾向认为，儿童剧场不讲故事，儿童观众就看不懂，因为故事是儿童喜欢的。把一个故事讲述得让儿童观众喜欢固然十分重要，而且并没有看上去那么简单，故事剧场也确实在儿童剧场中占据重要位置，但是因此就认为儿童只能接受故事剧场，只能在剧场中欣赏故事，则是对儿童观众个人喜好和审美水平的主观判断，这一判断是片面的，值得我们反思。这会大大限制儿童剧场的可能性，抹杀儿童剧场应该具有的多样化特点，使儿童观众所获得的欣赏类型单一化、固定化，不利于儿童观众的养成，对培养他们良好的欣赏口味与欣赏习惯也有弊无利。同时，认为故事剧场更易于受到儿童观众的欢迎，这一判断也需要分析其前提。一般而言，对于3岁以上的幼儿，喜欢听故事、看故事的特性比较明显，然而2岁以前的婴幼儿，故事和情节能在多大程度上吸引他们的注意则是需要进一步证实的。认为不讲故事儿童就看不懂，这更是成人对剧场的固有认识造成的偏见，有时甚至会因为自己无法理解，无法享受这样的剧场就一概认为儿童观众也无法理解和享受这样的剧场。这种观点和偏见在后现代戏剧中表现得尤为明显，因为对习惯于接受故事讲述和传统剧场形态的一些成人观众而言，后现代剧场从根本上挑战了他们的戏剧观念和思维习惯。

为了进一步对上述中国儿童剧场中存在的两大问题做出回应，接下来将从创作演出层面、观众层面分别讨论形成这两个问题的因素，以此来分析西方戏剧是如何破除故事和主题的唯一性，对传统剧场进行某种程度上的背离、化解和超越，从而达成对于儿童剧场的艺术探索。

二、创作演出：戏剧与文本的结合与背离

西方戏剧根基扎实、传统深厚，从古希腊悲剧开始，立足于剧本，视剧本为一剧之本，由此经历了几百年的传统演变。到了20世纪80年代，剧场实践中出现了不同于以往的戏剧追求和创作倾向，德国尤根·霍夫曼教授将其统称为"后现代戏剧"，德国汉斯·蒂斯·雷曼教授则称其为"后戏剧剧场"。下文为了表述的方便，统一沿用后现代戏剧的称谓。目前后现代戏剧已经普遍出现在西方当代的儿童剧场中，成为它们与儿童观众交流和沟通的方式，但对于中国的成人观众和儿童观众来说还属于比较新奇的事物，有待被接受和认可。

传统儿童剧场和后现代儿童剧场的最大不同是后者动摇了文学剧本的

权威地位。戏剧作为综合艺术和文学的关系是比较特殊的，文学曾经占据了戏剧的中心位置,剧本曾被认为是"一剧之本"。戏剧的完成形式是演出,演出的呈现是在剧场。在剧本被作为一剧之本、导演为核心的年代，只有在有了成熟的剧本之后，导演才会带领他的团队在舞美、道具、灯光、音效、服装、作曲、编舞等各个领域对剧本进行介入、修改补充和再创作，从而形成最终的演绎。文学剧本被送到导演手里之前，其创作修改就基本结束了，文学在这里止步，其他艺术的表现形式（包括视觉和听觉的）从这里开始介入，并通过排练形成演出的最终版本。文学和其他艺术形式之间存在先后关系，这种关系的形态相对泾渭分明，其中文学承担着比其他艺术形式更为重要、更为基础的作用。从事文学剧本写作的人被称为编剧，编剧负责文字剧本，导演负责视觉呈现，在时间关系上编剧为先，导演为后，分工明确，演出节目单的排名顺序也是如此。

然而随着戏剧观念的不断更新发展，当代剧场只是将文学作为综合艺术中的一种艺术形式来加以看待，不再赋予其先于或重要于其他元素的基础地位，这使得戏剧演出某种程度上不再依靠文字文本来保存，而剧本创作所要求的完整结构和矛盾冲突也从根本上被打破。剧本不再如此详细，每个人物都有明确的对话，有时只写一些纲要和概述，十分简略，且在排练过程中还会进行大幅度的改动和调整；甚至有的剧目从一开始就没有剧本，也没有先入为主要表达的主题，而是直接在剧场里创作，或运用肢体，或集体即兴，跟随着偶然性生成剧目。同样的状况也发生在儿童剧场创作中。这就是儿童艺术剧场的两种典型形态：与儿童文学结合的儿童剧场，以及与儿童文学背离的儿童剧场。

不可否认，以剧本为主导的戏剧艺术创作具有一定的优势，其分工更明确，确保了剧本的故事性和文学性，也在一定程度上保证了可看性，降低了粗制滥造的概率，同时能在更短的时间内更有成效地达成演出的呈现。我国目前儿童剧场更多是沿用这种传统形式，因而更多以故事为载体，以剧本为根本，在此基础上完成对儿童剧场的呈现。然而，后现代戏剧的形成和兴起有其自身的理论背景和哲学观念，其创作的方式虽然以即兴为主，但是这种即兴与早期文明戏只有幕次和梗概的即兴完全不同，它们更看重的是在即兴这一刻的自然生成性，创作和演出呈现更像是演员修行的过程，类似于再创作和再书写的过程，而不是传统的已完成的固定作品。所以它们追求的是瞬间性和由此而生成的无限可能性及其所激发出的内心体验，在这体验过程中的身体感受和表达，将内心的细微体验外化，以达成与观众的沟通。它们使儿童剧场的演出呈现更多成为了动态的艺术体验过程，不仅是演员的体验，也邀请观众一起来体验，而不只是观看已成型的艺术品。也就是说，此时的儿童艺术剧场不再局限于演出所呈现出的那个对象本身，而是同时发生在演员的身体和内心里，发生在观者的身体、内心和意识之中，两者力量的纠缠改变了剧场空间的力量对比，形成了不同以往传统剧场的能量场。

由于后现代戏剧的演出呈现更随意，有时剧目本身并没有脉络清晰的故事和情节，也不设定主题，甚至是反故事、反主题的，观众从同样的演出中会形成截然不同的观感，所以后现代剧场比以往任何时候都更专注于观众的力量，意义的生成不是由导演和演员决定的，而是由观众的解读来完成的。这就进一步破除了以导演和演员为代表的戏剧话语权，将原本沉默的、处于被动状态的观看者纳入到了剧场建构之中，成为积极的建构者和意义的发现者，甚至是意义的创造者。这种形态也使剧场变得更丰满，层次感更强，解读与观点更多元化、个人化。至此，剧作家和导演的权威终于被观众打破，站在剧作家和导演背后的整个团队，甚至作为剧场的拥有者和提供者、演出组织者的庞大运营机构固然控制着演出开始之前和结束之后的所有阶段和环节，却在剧场中不得不释放对于戏剧的控制权，这一切都有赖于观看者在后现代剧场中获得的解放。

文学与戏剧关系的变化，导致了原先的戏剧结构转变为对结构的解构，从原先遵循的强烈矛盾冲突到如今的淡化矛盾，使故事碎片化，情节不再具有明确的因果联系。后现代戏剧中充满了意象和象征，结构分明的故事情节被瓦解，主题变得模糊而不再确切，表意明确的对话减少，视觉语言增强，身体语汇成为行动主体等特质，使得其呈现出某种开放性，使观众的多义性解读成为可能。

此外，传统戏剧和后现代戏剧所持有的两种不同的剧场理念所带来的儿童剧场的创作过程也不相同。由于戏剧是集体创作，在创作过程中会经历不同的阶段，比如说剧本完成阶段、舞美设计阶段、排演阶段和最终演出阶段。在传统戏剧中，始终遵循着这一基本流程，严格按照这一流程来完成并完善戏剧创作，因此创造出很多不朽的优秀之作。然而在后现代戏剧中，并不是所有的剧目都需要依次经历上述阶段，有时因特殊情况其顺序可能会前后颠倒，省略其中的某一个或两个阶段，又或者某些阶段互相会有重合，总之上述阶段并不是必须一一经历的，而所谓的最终演出阶段仍是戏剧得以实现的标准。

这里所谓的"最终"只是相对于一出戏从"无"到"有"的过程而言，这个"有"的实现就是指位于相对终点的演出。这不可能也不应该成为真正的终点，因为当一般的后现代戏剧在首演结束之后，只意味着"孩子的降生"，意味着十月怀胎的痛苦过程结束了，迎来了这一激动人心的时刻——"孩子降临人间"；但这同时又是起点，之后这个"孩子"将继续面对漫长的人生，不断学习历练，进而成长壮大，这将是一个遥遥无期的旅程。在后现代戏剧中，戏剧的创作成为长期过程，且不间断进行，剧场和创作者一起成长。这类剧目往往在创作过程中同时演出，演出呈现可能只具有相对的完整性，然后根据演出效果、演员体会和观众反馈再进行修改，于是每次演出都不完全相同，在版本上也不十分确定。这固然是为追求精益求精而不懈努力的过程，但也为演出现场的保存和戏剧评论的追踪带来难度。有的剧团会在一段时期的演出过程中完成创作过程，形成一个相对确定的演出版本，但是仍会保留在演出结束后交流讨论、总结经验，继续对剧目进行修改和微调的习惯。

需要注意的是，在戏剧的两种典型形态中，无论戏剧是依赖文学剧本还是试图摆脱文学剧本，戏剧真正的实现都是在剧场中，也只能在剧场中。文学剧本的创作或许也会被认为是文学的一部分，事实上确实有很多优秀剧本可以作为文学来阅读，但是文学剧本并不是为文学阅读而创作的，其目的并不是指向文本的呈现，而是为了在剧场中的呈现。从剧场角度而言，剧本创作只是准备阶段，正是在这个意义上，如果有了其他的准备方式，或者相应改变了创作方式（如立足于舞台的即兴创作），那么剧本作为一剧之本的价值就可能被取代或颠覆。

在当代中国，这种取代和颠覆似乎尚未得到观众和学者的全然认可。比如在非儿童剧场领域，《戏剧文学与剧院剧场》的作者陈军认为有优秀的剧本就能造就更精彩的剧目，并在依赖剧本和不依赖剧本的戏剧演出之间做出了价值判断；他还以林兆华为反例批判了戏剧对文学的淡化这一戏剧观和戏剧形式，并以郭沫若、老舍、曹禺三位剧作家在北京人艺的成功互动试图论证文学与戏剧密不可分的关系。[1] 上述观点均可存疑。对于前者，这是在不同的创作目的的驱动下，在不同的表现形式的可能性范围内，在不同的戏剧观和对戏剧评价标准改变的状况下所产生的戏剧在其自身领域内的反思和突破，这其中没有优劣之分，没有谁比谁更好的问题，用这两种不同的戏剧形态都可以创作出优秀的作品，也都可以创作出糟糕的作品。对于后者，剧作家和剧院之间的成功互动并不能证明文学对戏剧而言的不可或缺性，而只是文学与戏剧联姻过程中的一个可供借鉴的实例而已，同样林兆华和北京人艺后期的失败尝试也无法证明戏剧对文学的疏离与决裂是一种错误的戏剧观或这种戏剧观并无价值可言，这在逻辑上并不成立。但是我们应该进一步去探讨，为什么在中国目前的社会现状下，文学与戏剧相互借力的剧场形态更容易获得成功和认可？为什么深刻的现实主义题材和高度凝练的语言艺术更能在中国戏剧界和观众之中获得普遍认同？

笔者认为，这是和我国的文化传统，文以载道的强大传统观念密切相关的。在中国，读者意识很难被重视，读孔孟老庄不需要去思考，接受它就可以，我们是以理解性的相对温和的方式进入文本的，当对方在表达时我们倾向于倾听并理解对方的想法，从中获益。相较于独立的思考和判断，我们可能更愿意去倾听圣人的话，一旦理解了经典或从中发现可贵之处就

---

[1] 陈军：《戏剧文学与剧院剧场：以"郭、老、曹"与北京人艺为例》，社会科学文献出版社，2011。

满心欢喜。而西方的思维传统则崇尚批判性思维，他们的自我意识和对艺术品的评价更多建立在质疑和反思之上，在他者创作的艺术中反观自我和世界，获得的是自我意识和观点的建构。所以西方人看戏剧，往往不满足于清晰、明确、深刻的主题表达，不满足于坐着倾听他人的讲述，而是急切地想要参与到作品主题的建构之中（如果作品真的有主题的话），作品是他们所借助的途径和通道，这条路最终通向他们远方的自我。西方观众(这一概念群体是否存在也值得反思，姑且为了表达的需要这么称呼）对作品解读强烈的参与意识是自发的，也可能是普遍的，而不是仅仅只有专业评论家才具有。经历了漫长的戏剧传统的熏陶和养育,他们与作品(戏剧演出)联接得更紧密，正是这样的意识和倾向才把作者从作品中分离出来，而由读者(观众)参与到作品的建构之中。在文学界,作者中心向文本中心转移，文本中心向读者中心转移，这种情况在戏剧界同样存在。

后现代戏剧的表现形态在国内非儿童剧场的接受度尚且如此，在儿童剧场中的实践就更举步维艰了。如果成人观众都看不懂，难以接受，那么何况儿童观众呢？但是这种固定思维是一种误区，恰恰是没有太多剧场经验，对戏剧没有形成固有认识，并不认为戏剧一定要是什么样的儿童观众比较容易接受后现代剧场。这一问题先表过不提，将在下一小节讲述观众反应时着重论述。还有需要特别说明的是，从能量场角度而言，戏剧与文学的结合与背离两种典型形态的剧场能量场的呈现方式也会有所不同，这主要涉及演出的能量，以及不同观众对演出的反馈和回应所产生的能量之和。不同的演出形态所聚集的能量不同，一般而言，传统剧场形态的能量场相对比较集中、强烈，具有线性结构、中心化、单一化的特质，而后现代剧场形态的能量场也可能会产生强烈的震撼效果，但总体而言相对分散，具有非线性、多个中心、多样化、碎片化、陌生化等特质。同时观众的接受度及回应也会大大影响剧场的能量分布，即使是非常出色的剧目，如果在无法理解和接受它的观众中演出，其效果也堪忧，其能量场的生成流变很可能会出现一定阻碍甚至堵塞。

综上所述，通过文学和戏剧的关系不同，文学在戏剧中所承担的作用不同，可以把儿童剧场分为两种典型形态：其一是文学与戏剧结合的传统儿童剧场，其二是文学与戏剧背离的后现代儿童剧场。这里对"传统"和"后现代"的界定与划分均沿用了西方戏剧理论的概念，并不是从我国儿童剧场实践的现状而言的。从我国儿童剧场的实践来说，目前占据主导地位的是第一种典型形态。这种形态具有相应的优势和特质，比如相对薄弱的剧场与较为发达、创作相对丰富的儿童文学联姻，将会为本土的原创剧作输入新鲜的血液，且能依赖儿童文学作品已有的读者群促进儿童剧场的市场销售，颇多益处。当然这种形态可能同时也会带来一些问题，比如主题过于分明，一味强调故事讲述，忽略其他艺术表现，形式过于单一等，这是值得反思的。那么站在文学和戏剧的交叉点上，儿童剧场应该在什么层面和程度上借助于文学的力量，又该在什么层面和程度上摆脱文学的束缚，获得剧场艺术的独立性，这将是作为艺术的中国儿童剧场未来发展的两个可能性方向。

三、观众欣赏：懂或不懂之间——体验式欣赏

上文提到中国儿童艺术剧场目前面临的两大问题为教育意味过强、艺术审美弱，以及剧场类型单一、过分关注故事剧场，并从传统戏剧和后现代戏剧的比较入手，展示出戏剧艺术在其漫长的发展过程中所形成的两种典型的剧场形态，即通过与文学的密切结合形成剧本，以及与文学的背离、只把文字语言当作是戏剧艺术中一种通常的艺术形式予以介入。我们会看到两者之间的联系，故事型的剧场往往情节明确、主题单一、目的性和功能性都比较强，教育因素更容易渗透其中，而且从观看而言，也是比较易于理解和把握的；而后现代戏剧恰恰相反，它们反故事、反情节、反结构，甚至反主题，充满了难以一概而论、表意模糊的意象，充满了各种视觉元素和象征意味，从观看而言，也会对观众的个人理解和评价提出相对较高的要求。这两种典型的剧场形态不仅关系到戏剧观念的革新、艺术实践的超越与递进，同时也密切关系到观众的接受度和剧场体验，尤其是当今的

中国观众，对于这两种典型的剧场形态各自的接受度有较大差异，这涉及不同的接受状况和审美习惯。

这一问题在非儿童剧场中也相当突出，是当今中国戏剧界不得不关注和面对的重要问题。而在儿童剧场中，问题就变得更为复杂，需要破除的观念和需要加以分析论证的观点很多。本节将从儿童剧场的观众欣赏入手，详细阐释中国儿童剧场的儿童观众和成人观众在面对不同的剧场形态时的观念，揭示这种观念背后的根源、观念自身的漏洞及其对现实的阻碍，并在此基础上提出"体验式欣赏"这一概念，指出儿童剧场的观众欣赏并非全然的理解式或思考式欣赏，而是以体验的方式所进行的欣赏活动，从而试图为两大剧场形态在中国儿童剧场中的艺术实践的可能性提供支撑，尤其对目前还不被广泛理解与接受的后现代剧场，为其相应在儿童剧场领域的艺术实践铺平道路。

中国儿童剧场发展过程中所形成的某些普遍问题往往是和人们的观念密切相关的。其实早在儿童戏剧这个概念被提出时，概念中就已经包含着前期预设：儿童需要和成人不同的戏剧。之所以如此是因为儿童和成人是不同的，儿童有他们自身特殊的心理特征和审美需求。这样的观念继续发展，就逐步变为：儿童的认识和思维水平有限，很容易看不懂，要写他们看得懂的。基于这样的思路，剧场工作者们致力于创作适合于儿童观看，符合他们生理和心理需求，能被他们所认识和理解的戏剧，这成了剧目创作甚至对剧目进行评价的准绳。再进一步说，如果儿童观众在剧场中提问，向父母或者老师提出问题，需要成人给予解释，这就往往不是个好现象，说明儿童观众并没有看懂。如果我们仔细对上述观点进行审视，会发现上述每一次推论以及得到的结果都不够严密，是一种想当然的假设，是值得反思的。比如说，儿童观众对剧场的要求和成人不同，是不是就一定由于认识和思维水平的有限性造成的？除了某些欣赏中可能存在的劣势之外，儿童观众是否具有不同于成人观众的优势呢？儿童观众容易看不懂，就一定要写他们看得懂的戏吗？为什么"懂"与"不懂"是儿童观众与剧目演出产生关联的唯一可能呢？什么是"懂"，什么才算"不懂"？懂了什么才能算懂？为什么我们喜欢看我们看得懂的东西？如果儿童观众在剧场里提问，或者离开剧场后还在继续提问，只能说明他们没看懂吗？这样的状况是好还是不好，是值得肯定，是正常状况还是说明剧目需要修改得让儿童观众没有什么问题可提？这些问题都是需要细致研究的。

我们发现，有些剧目何止是儿童观众被认为看不懂，尤其是后现代戏剧，连很多成人观众也会觉得看不懂，看完之后一头雾水，不知道该如何把握和评价这个戏。在中国引进的外国后现代剧场里，有时会安排演后谈这类活动，提供演出之外的机会让主创和观众直接交流，早年间观众提问次数最多的问题往往是询问导演和演员"你们想要表达什么"，而通常这样的问题会被反问："你觉得我们想要表达什么？"然后提问的观众就会不太肯定地表达自己的感受和想法，主创就会说"很好，这是你从中感受到的"，以此作为对问题的回答。笔者参与过大量这样的演后谈，虽然主要集中在非儿童剧场，但也能给我们一点启示。这类演后谈常常无法专注于剧目本身畅所欲言，而更多是表达了观众看戏时的疑惑和对于这类作品的不确定。从观众提的问题和提问的方式可以看出他们进入剧场的方式和目的：他们为什么而来到剧场，他们期望从中得到什么，他们对于剧场有没有预设，剧场是满足了他们还是打破了他们的预设。笔者发现，中国的成人观众，尤其是那些不仅仅满足于商业戏剧之娱乐性的成人观众，大多试图在剧场中寻找和领会某种深意，期望从中看到完全能被自己把握的故事，看到一目了然或者至少隐藏在背后可以被概括出的目的和答案。他们可能还不太习惯在剧场中面对挑战，面对各种可能性和无法预计、难以估量的未来，相对而言，他们更愿意从观赏中"读到""读懂"，他们也相信凭借自己的能力应该可以做到，而不是去发现问题，不是去激发思考，也不是去为了一个并非如此简单的追寻费尽心力，即使在走出剧场之后还能够或不得不继续回味与思考。

从演后谈的交流可以看出，当某些成人观众觉得某个剧目自己看不懂，不知道对方想要表达的究竟是什么时，他们在心理上会产生比较大的落差，甚至难以理解这种状况，相应产生的焦急和不解的情绪也会影响他们的观戏体验。演后谈只是给了他们一个出口，让他们用语言自由表达疑惑，也让主创和其他观众（包括作为研究者和观众的笔者）直接了解了他们内心里的所思所想所感，然而他们对剧目的不解、疑惑和判断也一定会以某种显在或潜在的方式在剧目演出的当下回应与反馈出来。比如 2014 年在北京举办的奥林匹克戏剧博览会，邀请了世界上公认的最好的剧目到中国来演出，中国的观众们满怀期待走进剧场，却在那里遭遇了很大不解，甚至认为是骗局，也有人大闹剧场，严重影响了演出的继续。这是观众和演出之间产生激烈冲突的一次极为尖锐的爆发，从剧场的能量场角度来说，我们并不能简单地说这样的剧场是失败的、不成功的，没有得到观众的认可，即使从表面上看来如此，对话和沟通没有顺畅达成，然而这种冲突和矛盾从某种意义上激活了剧场的能量场，为剧场带来了新的能量、新的意愿和可能性，同时暴露了观众欣赏过程中的很多问题，尤其是在国外被认为是优秀的剧目在国内可能受到不解和冷遇的状况，这些都是值得研究者深入分析的有价值的案例。

　　由于剧场艺术发展的不平衡性，各国各地的观众群体对于剧场的认识也会产生很大不同，某些国家或地区已经形成了相对成熟的剧场观众群，可以对后戏剧剧场做出理解和回应，这一点非常重要。而且也要看到，西方的戏剧发展有其一脉相承的体系，后戏剧剧场是以对古典主义戏剧和象征主义戏剧为代表的戏剧流派和戏剧观念的一次超越，是古典主义戏剧和象征主义戏剧发展到一定的高峰状态之后剧场艺术家所进行的反思、背离和超越，是在剧场中形成的，然后在理论上得到认可，并慢慢被观众所接受。反观中国的戏剧发展，我们并没有这样的土壤，没有经历这样的历史发展流程，也没有达到过那样的巅峰状态，我们传统的戏剧形式与西方的戏剧相比还是有很大不同，所以在目前阶段的中国，尤其是在地域广阔、戏剧发展水平不平衡的大背景下，对于后戏剧剧场的了解度和接受度都处在比较低的水平，对其艺术表现特殊性的认可度和包容度也相对比较低，这是可以理解的。后现代戏剧这样的剧场形态对于西方观众来说可能已经成为剧场中的常态，或至少可能是面熟的、易于接受的，然而对于当代中国的整个社会环境和目前中国观众的审美习惯而言，是有些超前和不合时宜的。我们还没有形成那样的观众群体可以对类似于后现代剧场的艺术实践做出回应，我们的观众没有经历过那样的戏剧发展进程，也没有有意识地反思和超越过去对于剧场的期待，所以总体上而言，当今中国的观众较难产生对于后戏剧剧场的认同感，并从中享受剧场带来的魅力，这是由受各种因素所影响的戏剧发展现状决定的。

同时我们也要看到，国外观众群对于后现代戏剧的接受也是有一个过程的，并不是从一开始就完全接受。因为后现代剧场本身确实是出于颠覆已有的剧场观念，挑战观众的观赏习惯而首当其冲出现在人们的视野中，他们对传统剧场予以突破和超越的各种形式和艺术实践，确实让当时的西方观众诸多不适，在其后较长的发展过程中才逐步被观众认可和接受，然后才走到了今天这样的状况。同理可见，在中国也是如此，对于这样具有较大颠覆性和先锋性的剧场形态，观众和演出之间会存在比较长期的磨合与接受的过程，观众和演出互相塑造、互相要求、互相理解和认可，这是剧场的现实所提出的必然要求。从这个意义上来说，对于中国观众一时的不理解也不必过于担心，这都是合理的现象，转变观念和接受新事物从来不是一蹴而就的，需要给予一定的时间和可能去培养能欣赏和体验到这种新的剧场魅力的观众群体。

把视线转入儿童剧场领域，我们发现在儿童剧场中，上述情况不仅同样存在，而且更为复杂。观众对儿童剧场的认可主要来自两个方面，即儿童观众和成人观众的共同认可。对于后现代儿童剧场而言，仅仅获得儿童观众单方面的认可，或者仅仅获得成人观众单方面的认可，原则上都是不够的，现实中也是如此。已经达成的共识是，儿童观众和成人观众的接受方式、对于剧场和儿童剧场的固有理解都不相同，所以要同时获得来自两方面的认可和接受比之非儿童剧场更具挑战和难度。而且这两方面的观众不是互不相关的，很有可能会相互影响，由此形成更为复杂的接受关系。

先来看儿童观众，如果说中国的成人观众和外国的成人观众之间在戏剧观念、接受范围和审美习惯上都存在比较大的差异，那么中国儿童观众和外国的儿童观众之间是否存在显著差异呢？我们发现，成人观众可以划分为专业观众和非专业观众，这种专业性大多在文化修养、学识水平、对剧场的敏感度和感受力等层面上产生划分，在成人观众阶段才得以彰显。而在儿童观众阶段，并不存在所谓的专业和非专业之分，简而言之，我们无法要求儿童观众，无论是中国的还是外国的，达到我们所期待的戏剧专业水平。国外和国内儿童观众在自身能力和欣赏水平上并不存在多大差异，那么他们对剧场的经验和感受是否存在差异呢？这需要根据不同的年龄段而论。

　　总体而言，在婴儿阶段和幼儿阶段，中国和外国的儿童观众之间并不存在显著差异，由于他们对剧场的经验并不十分丰富，也没有过多先入为主的剧场观念，对儿童剧场应该是怎样的这一问题也不存在过多预设和偏见。然而随着年龄的增长，进入剧场的机会和频率不同，这种在剧场经验积累方面的差异性就会逐渐显露出来。比如小学阶段的儿童就会比婴儿和幼儿产生更多对于剧场的认识，到了初中和高中阶段，很可能这种认识会随着不断的经验累加逐步固定下来，形成观念。如果国内和国外同年龄的儿童进入剧场的机会和频率不同，观看的戏剧样式风格形态不同，那么随着年龄的增长，他们对于剧场的固有认识就会产生越来越明显的差异。不过一般而言，儿童观众相比成人观众，即使是已经逐步积累剧场经验的青少年观众相比同一戏剧环境中的成人观众，在戏剧观念的形成和固定化方面都是比之不及的。从这个层面上来说，面对儿童剧场时，国内外的儿童观众之间的差异并不比国内外的成人观众之间的差异性更大。这说明了儿童观众在接受某些特殊剧场形态的剧目时相比之成人观众的优势所在，然而这一优势尚没有被成人观众发现，并真正得到他们的认可。

　　如上文所说，国内外的成人观众之间的差异比较明显，尤其是中国的成人观众在接受后现代戏剧和后现代儿童剧场时，因为对故事、意义和主题的固有认识和追求，对于新的戏剧观念不够了解，故而难以真正投入地欣赏后现代戏剧和后现代儿童剧场。一般的成人观众会认为，连自己都看不懂的戏，小孩子怎么能看懂？成人观众自己对于后现代戏剧的观感尚且如此，很可能会基于自身的体验和评价去设想自己的孩子观看时的感觉，进而事先为儿童观众做出选择。此时成人观众的不接受和不认可就会以各种方式影响到儿童观众的欣赏，甚至在早先的剧目选择阶段就把这类剧场排除在外，这样的状况很不利于儿童观众的培养以及儿童剧场的良性发展，需要引起人们的重视。那么，如果中国的成人观众普遍对后现代儿童剧场的评价是难以理解或者接受起来有困难，就表示儿童观众一定会做出相似或相同的评价吗？答案是否定的，这两者之间并没有必然联系，理所当然地做出这样的判断是错误的，成人无法代替儿童做出选择，有时候儿童观众接受某些剧场形态反而比成人观众容易得多。

关于儿童观众懂还是不懂，这是一个非常复杂的艺术欣赏问题。艺术欣赏的主体被认为是有条件的，相比文学，戏剧反而是更直观的方式。文学的阅读需要儿童对语言内在涵义和延伸出的意蕴的准备理解，需要对汉语的学习和把握，需要对故事的逻辑性进行整体思考；然而戏剧并不仅仅由文学构成，还包括音乐、舞蹈、声效、舞美、灯光、道具等各方面的直观呈现，儿童观众对这些蕴含着美和设计感的事物的体验是多方位的，也是潜移默化式的。这一点在第三章里已经论述过。儿童观众的观赏并不完全要求建立在懂与不懂之间，因为"懂"强调的是对作品内涵的理解，甚至暗示出理解上的单一性和确定性。儿童剧场的体验首先是感官上的，主要包括来自视觉和听觉的感官体验，有时也会涉及触觉、嗅觉和味觉这些方面；其次才是这些感官体验背后的涵义、深层次的理解和阐释。相较于深刻性和准确性，儿童剧场应该首先强调的是感知、感觉、感情和情绪上的体验，更应该强调的是美感、丰富性和多义性。当然这不是说深刻性和准确性对于儿童剧场和演出来说就不重要，而是相对而言，深层的逻辑思维、主题呈现，甚至哲学探讨是成人观众所要求戏剧提供的，虽然在儿童剧场中也完全可以存在——有些优秀的儿童剧场既是深刻的，也是简单的，既注重感官和情感的呈现，也注重思想和观念的碰撞，甚至有些青少年剧场将深刻话题作为其作品的主要探讨内容也未尝不可——然而从整体上而言，并不作为首要的且是儿童剧场主流的或基础的呈现目标。

　　笔者认为，儿童观众对戏剧的欣赏是体验式欣赏。这里所说的体验式欣赏并不是指一般欣赏过程的某个阶段或某个层面，也不因为仅仅运用感官体验就低于其他的欣赏层次，体验式欣赏所指的是具有儿童观众欣赏特点的专有概念，它不仅仅涉及体验活动本身，而且是通过体验的方式去感受，去投入其中，去思考，从而获得自身对剧目的态度、判断和立足点的一种欣赏策略。

　　儿童观众动用这种策略去欣赏剧场，不管是有意识的还是无意识的，都是由儿童观众接受和理解剧场的方式决定的，同时也是由戏剧和剧场本身的特性所规定。对作为艺术形式之一的剧场艺术而言，体验式欣赏是艺术欣赏所能提供的一种非常必要的欣赏方式。艺术是审美的，艺术所提供的体验过程是艺术欣赏者感受和评价艺术品的入口，体验活动对于艺术作品而言是至关重要的，没有促成个人体验的欣赏者很难从根本上说实现了对某一艺术品的欣赏过程。同时，欣赏体验对于欣赏者个人的艺术观念的形成、艺术素养的提高、艺术品位的熏陶、实现艺术教育的潜移默化都会起到至关重要的作用。艺术体验是艺术欣赏所必须的过程。然而这只是一个方面，本书所指的体验式欣赏并不仅仅是从艺术欣赏的过程上去进行理解的，而是儿童观众进入剧场，与演出保持对话和互动关系的一种主要策略。

　　剧场本身的体验是多方面的，作为综合艺术的儿童剧场涉及对于音乐、声效、人物对话的听觉体验，对于舞美、道具、灯光、服装等视觉元素的视觉体验，甚至还有相关的各种感观体验，比如室内温度、灯光和自然光线的明暗与色彩丰富度，与其他观众的身体接触或者座椅的触感、高度等等这些细微事物的体验，以及对于剧场无形空间和能量场的体验，所有这些都使剧场艺术比之其他单一体验方式而言存在更大范围和复杂度的体验过程的交互。作为艺术的儿童剧场应该更多作用于儿童观众的心灵、情感、身体，而不是单单作用于他们的头脑，应该通过更丰富、更多样化的剧场体验与儿童观众达成真正的对话和沟通，真正对他们有所触动、有所冲击，进而形成共鸣。虽然通过进入剧场，儿童观众将会逐步了解什么是戏剧艺术，以及剧场和自我的关联，建立起强烈的情感联系和内在体验，达到某种程度上的艺术教育的目的，然而从根本上说，剧场不是课堂，不需要回答问题，不必在看完演出后回答"看懂了"才能过关。剧场艺术应该允许儿童观众保持"不懂"的地方，因为恰恰是这"不懂"才使儿童观众更具有深入思考的潜力和探索的空间，犹如刚刚种下的种子，并不会在今日发芽，却拥有值得期待的未来。

此外，儿童观众本身的特质也决定了他们非常适合以体验的方式来欣赏剧场，这大概就是为什么很多儿童剧场都热衷于使用互动的方式进行戏剧结构，因为互动对儿童观众来说正是邀请他们进行体验的行之有效的方法之一。在儿童剧场的现场，儿童观众会全身心地投入到演出之中，怀抱着巨大的热情和好奇，为剧中的人物摇旗呐喊、助威助阵，他们对剧目的理解具有很强的代入感，会运用各种感官和身体感受来达成对剧场的欣赏。他们正是通过直接体验来欣赏，体验就是他们欣赏的方式，是符合他们习惯，适合于他们理解和对待事物方式的欣赏策略，也被他们自发地广泛运用于儿童剧场，而这样代入式、体验式的观戏方式直接促成了儿童剧场在能量场上高互动意愿的主要特质。

由于剧场艺术本身就具有体验性，所以成人观众也完全可以通过对剧场的体验达成理解，但是要看到，体验并不是成人观众唯一且最热衷的方式，除此之外他们还有多种其他欣赏方式，比如思考、比较和评价。而儿童观众则不同，他们并不倾向于对剧目的优劣做出评价，也并不把评价放于首要位置对剧目进行衡量，他们以某种类似于对待生活中的人或事的巨大热情去对剧场做出回应，他们不像成人那样安静地坐在座位上，而更愿意在剧场中随意走动，甚至成群地围拢在舞台周围，他们往往是以身体最直观的方式，以自身行动给予剧场回应，虽然这有时不符合剧场礼仪，但却是未经过剧场礼仪训练和要求的儿童观众的最直接反应。即使是婴儿观众，被父母抱在怀里，还不会行走，有时也会在父母安排下喝奶，但他们会在有限的状况下转动身体或眼睛。不同年龄段的儿童观众所容易做出的身体反应有很大不同，需要分开具体讨论。

儿童观众更倾向于以身体体验剧场，借助于强烈的感性经验，较少会对剧目的质量和水准做直接价值评判（可能是因为不知该如何评判，也不觉有评判的必要，亦可能会更多依赖于成人观众的评价），即便如此，也不能否认儿童观众在欣赏之后的漫长时间里不会产生与剧目相关的判断或价值评判。得以留存在儿童观众记忆中的某些故事情节或戏剧元素会给予他们怎样的印象和启发，在其长大后又会在他们的记忆和情感中保留怎样的印记，这些印记所产生的效果和影响是难以忽略、刻骨铭心的，还是会随着时间逐渐被淡忘，或是在某个需要的瞬间被激活，童年时看过的戏剧到底会以什么样的方式留在各自的心里，并以什么样的方式去影响他们的成长，这样的判断是无法轻易做出的，需要深入而系统的研究，包括从心理学、社会学等角度进行访谈、观察等质性研究的辅助，才可能得到答案。

戏剧是演员以身体作为工具呈现在舞台上的演出形式，然而与儿童观众不同的是，越是长大，成人观众在剧场艺术欣赏中对身体体验的需求就越是降低，他们开始倾向于通过身体之外的途径去感受和体验剧场。从笔者自身的观戏经验来看，如果剧场的环境相对舒适，比如座位的高低、软硬程度恰当，室内温度合适，那么在观看者的身体感觉自然而舒服的情况下，身体本身是被忽略的，并不直接作用于剧场艺术的欣赏过程。这种感觉更像是，只有观看者的眼睛在注视着舞台，头脑在消化处理信息，仿佛只剩下一个脑袋在观看，脖子以下的部分完全处于睡眠状态。身体没有被唤醒，或者说为了保持精神的高度集中，身体被要求保持平静甚至被忽略，这样"身体"就不会去打开皮包取手机，或者拿起塑料袋发出窸窸窣窣的声音，当身体的行动被制止后，身体本身的反应也变得微弱了。某些时候的一句台词或者某个激动人心的戏剧瞬间，其效果可能会造成观看者的某些身体反应，比如突然全身颤抖或者皮肤上起鸡皮疙瘩，然而除此之外，观看者的身体很少直接表达自己的情绪，因为它的感受被有意识地压抑了。然而我们应该看到，身体是感知的器官，布满接受的天线，观众的身体意识在剧场中是非常重要的，甚至某些后现代剧场在各自的艺术实践中也通过对语言的破除，更强调身体的力量、身体的存在感。而这正是儿童观众给我们的启发，我们或许会普遍地认为他们在儿童剧场中的肢体运动是无意识的，或者不受控制和约束，是对剧场礼仪的某种冲撞，但如果换一个角度，我们也会发现这种身体的存在感在无形剧场中所形成的能量，以及他们直接通过身体对儿童剧场进行体验式欣赏的那种天然的智慧和才能。

需要指出的是，儿童观众对剧场的体验不是局限在演出方面，而是弥漫到儿童剧场的各个角度和层面。他们绝不仅仅是关注舞台，也关注周围的观众和舞台界限之外发生的事情，他们对儿童剧场的体验是发散的，是扩张的，而不是聚焦的、集中的。一般也许会把这作为儿童观众注意力不集中的表现，事实上儿童观众确实也很容易被剧场里发生的某些与演出无关的事情所吸引，然而从另一个角度看，就会发现他们的这种体验的状态还有另一种解释的可能，就是在儿童观众看来，舞台和舞台之外的界限并不是泾渭分明的。成人观众对剧场的认识已经形成，我们知道在演出中应该把视线和思想集中在哪里，这种根深蒂固的观念影响了我们的观看习惯，我们总是习惯性地把注意力集中于舞台区域，因为经验告诉我们那里将是发生戏剧故事的主要场所，是演出区域的中心，我们之所以集中注意力是为了获得更强烈、更完整的剧场体验，最大程度地获得剧目试图向我们传达的东西。然而成人观众很少去考虑和注意被自己的经验忽略的地方，在经验所指向的舞台之外的那部分，或许没有灯光来聚焦，没有人注意到的角落，谁也不知道那里在发生什么，是不是也有什么值得被观看。

这种对演出的反思同样出现在演出领域，越来越多的戏剧创作者试图在舞台之外开辟表演空间，将观众的注意力从舞台上吸引开，让观众转动身体或者关注后方正在发生的事情，从而造成不同的剧场体验。甚至有的剧目特意创作出没有聚焦点的舞台结构，演员在舞台上就是无中心的、分散的、个体化的，观众想要看哪里，想要去注意谁，不再遵循创作者的刻意安排，而是由观众自身来判断和决定。这也成为了后现代戏剧的尝试方向之一。从戏剧理论的发展来说，这也体现出戏剧反思自身和超越自身的倾向。斯坦尼斯拉夫斯基的理论要求演员和观众投入到故事情节之中，而从布莱希特开始这种戏剧理念获得了反驳和发展，打破第四堵墙，观众要意识到所看的不是真实，并在这基础上进行思考。儿童观众的有趣及珍贵之处在于，他们既能够全身心地投入到儿童剧场之中，又能够时时游离于演出之外，他们对戏剧的"出"和"入"是自然自发的，是高度随意不经雕琢的，可出可入，出入自由，这实在是剧场艺术欣赏过程中难能可贵的状态。不过儿童观众对于这一状态的达成是无意识的，十分随意，如果他们能有意识地保有这种状态并意识到其可贵，如果他们在长大之后作为成人观众仍能保持住这样的剧场欣赏状态，能够自由出入其间，那么则能够达成更高妙、更自在的欣赏境界了。

回过头来看当代中国的儿童剧场实践，当我们的儿童剧场提出要兼顾儿童的理解和认知水平时，这背后似乎暗含着另一层意思：不要写儿童看不懂的，不要创作他们不能理解的，因为凡是他们不懂的，就是不符合他们认知习惯和欣赏水平的，就是不适合他们的。这对儿童剧场而言是很可怕的观念，对儿童剧场未来的发展也会造成难以估量的阻碍。我们要再次重申文学阅读与剧场欣赏的不同之处。语言作为抽象的文字，对其认知和解读需要一个长期的学习过程；文学是在解读语言和文字的基础上理解其含义，再透过其含义之间的组合洞悉句子和段落之间所要表达的内涵，在此基础上展开想象。一般而言，"懂"指的是"理解"，理解是把握事物的基本方式。文学上的"懂"比较容易理解，你读了一句话，明白了这句话的意思，这是最浅层次的"懂"。然而对于剧场艺术，什么叫懂，什么叫不懂，很难一概而论，或许我们可以这样解释：不明白对方要讲什么，不理解意思，这就叫"不懂"。所谓"明白"，从字面上拆解，就是要清楚、明确、浅白、不含糊。所谓"理解"，要"解"必然有"理"，"理"是手段和路径，"解"是目的和结果。有逻辑，有道理，有前因后果和来龙去脉，然后"可解"。然而艺术常常是无解的，需要体验，是大雾弥漫时的隐约朦胧，是一切尽在不言中。无解才有意思，明明白白清清楚楚不是艺术的追求。然而关键是，一旦看不懂、不理解，中国的成人观众就兴味索然。上述对于"懂与不懂"的判断涉及几个预设的前提，让我们逐一来讨论这些前提是否成立。

首先，预设之一，"懂与不懂"的欣赏判断预设了对方要通过戏剧来讲述某个东西。戏剧本身不是目的，最终要讲的这个东西才是目的，戏剧演出之所以这样表达都是指向这个目的，所谓要弄"懂"的就是戏剧背后的这个东西。简单而言，我们可以称这个东西为"主题"。其二，也是先期的预设，这个主题应该是有意思的，这里所说的有意思并不是指有趣或值得讲述，而是指不是泛泛而谈、夸夸其谈、模棱两可的，是指可以被捕捉到，可以被理解，被概括，进而被明确表达出来的主题。其三，唯有把握了这个所谓的创作者所要表达的主题，我们的观众才会认为自己看懂了这出戏。问题是，儿童剧场有戏剧之外的目的吗？如果把剧场作为艺术来理解，如果我们真的认为它是艺术，那么艺术有其外在的目的吗？同时我们也要追问，即使艺术家在创作和呈现戏剧时确实有想要表达的内容，有他内在的想法和观念，有他的世界观和价值基础，然而这个想要表达的所谓"主题"是可以并且理所应当被观众发现、进行概括，然后成为实体而被紧紧握在观众手里的吗？将其意识到或隐约感受到也许还不够，要将其概括并表达出来，要在心灵里形成清晰的印象，唯有如此，许多成人观众才会觉得真正把握了这出戏，才算看懂了，觉得满足和踏实。

为什么会产生这样的状况？为什么观众整体的欣赏水平停留在这样不安和简单加工的阶段？笔者所称之为简单加工，是由于本人认为作为艺术的儿童剧场所要触及的是更深层次，更深心灵，甚至是超越语言的事物。这个世界上存在一些智慧或不可名状之事物、情感、生命的奥义，是仅靠日常的语言规范无法传达的，而艺术（包括剧场艺术）会通过超越语言的方式将这种微妙和神奇呈现在人们面前，或者用其他形式的语言（艺术语言）来讲述。那些语言无法企及的状态，就好像只有诗歌的语言才能触碰到一样，只有诗歌才称得上真正的语言艺术，而诗歌也是最具有文学意味的语言艺术。艺术所要表达的，正是通过其他简单明了的方式无法言传或讲述出来的事物，它们关注的是通常之外。艺术家被认为是提出问题的人，而不是解决问题的人；艺术家并不负责让你明白，而是让你去思考和探寻。从这个意义上说，艺术的目的就是艺术本身，作为艺术的儿童剧场的表现方式也是不同于语言描述和思想概括的，儿童剧场艺术是难以用"懂和不懂"来衡量的，它存在于"懂和不懂"之间，似懂而非懂。

如果要说西方（特指某些戏剧传统深厚的国家）成人观众和中国的成人观众之间的最大不同，只要进入剧场就会明白，尤其是后现代剧场，西方人往往喜欢他们不懂的东西，而我们喜欢我们懂得的东西。语言上也有暗示和痕迹，所谓"懂得"，"懂"才能"得"。换言之，中国的成人观众更喜欢能被自身把握和掌控的东西，不懂的东西带给的是不安感，这种不安或许来自于早年所接受的教育。仿佛那就是小学课堂中面对的一份考卷，要你通过阅读概括出某篇文章的主题思想，整张考卷上就这一道题，这道题占据了所有分值，而你读了一遍文章却无从下手，不知道该如何概括。最要命的是，你无论如何都认为一定存在这样一种标准答案，一种可以让你获得满分好评或者全军覆没的标准答案，而不去质疑谁有权利给出这样的答案并对你的判断做出评价，也不思考这个标准答案的获得对你的人生到底有什么意义，剧场中的解读就是这一情景的再现。成人观众们已经早早离开了课堂，然而在剧场里他们仍将面对这样的考验，并被固有的思维模式所局限，困于其中不得脱身。

我们是为了什么而来到剧场，在这样的剧场中寻找标准答案到底是为了什么，中国的成人观众很少去思考这些，因为长久以来的习惯已经代替他们做出了回答，反射性的回应是去寻找标准答案，不是从自己的内心里，而是从他人的外在的表述中，寻找可以被"懂"的东西。我们寻根溯源的思维方式，对于已经出现的思想，愿意去理解它，研究它为何会如此，却很少去创造新的思想，或者进行批判性思维。思维方式的不同关系到深层的历史原因和复杂的社会根源，教育模式的局限性就这样为我们的孩子建立起人生的图景，在潜移默化中影响着他们的思维习惯，导向他们所追求的价值和观念。这样的人生图景也许在儿童长大以后也会反复上演，答不上题来的恐惧缠绕着我们，使我们充满挫败感。也许大多数人都不会愿意再去经历一次这样的场面，所以很多人可能终其一生也不会再一次坐回到后现代剧场之中，这将是多么悲哀的事情。

如果某些成人观众的思维模式和欣赏习惯真的如此，那么在其成长的早期，即在儿童阶段，作为儿童观众的他们又会如何去看待这些具有先锋和实验性质的后现代剧场呢？笔者始终认为，作为儿童观众的他们比作为成人观众的他们更容易接受后现代戏剧。这是指在同等的条件下，即后现代剧场作为新事物第一次进入儿童和成人的视野时，儿童观众的接受度会比成人观众高。如果是指已经在童年欣赏并熟悉了后现代剧场之后再长大的成人观众，反过来与作为儿童的自己比较，那就是另一个问题了，不在此问题的讨论之列。

儿童观众比成人观众更容易接受后现代戏剧，这是因为年幼的儿童（主要指学龄前儿童）的观念里并没有万事万物背后都必须有一个道理或者主题的意识，他们进入剧场也不是为了接受教育或多明白一些事情，他们等待着接受剧场所带给他们的一切，而没有什么前期预设。尤其在中国，很多家长选好了儿童剧之后也不与孩子讨论剧情，甚至不提前和孩子讲要去看戏，孩子以为只是出去玩，就和平常去公园一样。笔者曾经在上海马兰花剧场里遇到一对母女，儿童剧开场了，女儿突然对妈妈说："哦，这是外国人演的戏啊！"妈妈一边玩手机一边说："是啊，波兰的。"当然笔者在这里并不是要批评这位妈妈在演出开始之后还在玩手机，手机的光束扰乱了剧场里的黑暗，这是事实但不是重点，因为毕竟这位母亲把孩子带进了剧场，单这一点就是值得肯定的。从母女的对话中可以发现，某些儿童观众在进入剧场之前对剧目的了解犹如一张白纸，没有过多预设（姑且不讨论这是好是坏），他们会以开放的心灵接受任何新的飞奔而来的事物，对这些新事物怀有足够的敏感和包容力。

与此同时，儿童观众往往对接受他们所不理解的事物也有着比成人观众更大的耐心和容忍度。这一判断是基于常识，试想一下，一个孩子从出生到真正长大，这期间要接触多少新事物，世界对他们而言是崭新的，至少要比在成人眼中新得多。越年幼的儿童越没有形成明确的规则意识，也没有需用几十年的时间去沉淀一些难以改变的个人习惯和固有观念，年纪更小的婴儿甚至还没有对许多事物形成清晰的印象。在儿童的世界中，有太多事物他们都是从不理解到逐渐理解的。刚出生的婴儿，不会明白为什么有个人一直盯着他看，对着他微笑，朝他唱歌，慢慢地他会发现饿的时候只要发出声音就能得到乳头，只要咬住乳头并且拼命吮吸就能填饱肚子，慢慢地他还会明白这个一直在他身边照顾他的人是妈妈，并把妈妈作为他最重要的人，逐渐形成依恋关系。所有这些认知和理解的建构都是慢慢形成的，需要足够的耐心和好奇，要经过大量的实践、等待和归纳，世界会向他们慢慢呈现出奥秘，这是何等激动人心的时刻。

从某种意义上来说，剧场向我们重现了这些时刻。有些一时不能理解的，不明白的，慢慢在演出的呈现中会变得清晰起来，有些甚至会变得更含糊起来。当成人观众觉得痛苦不堪、如坐针毡，不知道自己为什么在这儿，为看了这样一出戏而感到懊悔，觉得找不到什么可以和孩子分享的时候，年幼的孩子往往更能接受某种含混的、陌生的、充满挑战性的艺术表达。成人观众或许会觉得，如果连一出儿童剧也看不懂，是不是显得很可笑呢，从而对后现代儿童剧场产生质疑的时候，年幼的孩子会安然于此，因为生活告诉他们，不懂的事，慢慢就会懂的。很多时候正是"不懂"才引发了人们进一步的思考，即使不懂也觉得兴趣盎然，因为不懂所以才想再看一遍，才更觉得喜欢，艺术本身就是这样激动人心的挑战，它的严肃性并不是说一定要板着脸，而是指艺术家将其对生命的感悟和深刻体验予以表达。

儿童观众比成人观众更容易接受后现代戏剧，这也与他们采用体验式欣赏的策略密切相关。剧场艺术是直观的，它以其呈现出的声音、画面中所包括的一切通过听觉和视觉来直面观众，来打动你，让你思考，甚至让你叩问自己。剧场艺术之艺术形式本身包含于它的表达方式之中，它是无法被概括的，因为一旦我们概括出某些东西，便会潜意识地认为只有这些东西是重要的，是值得保留的，其他都可以丢弃，于是各类改写、缩写的版本层出不穷，但可能再也不具备原本的艺术魅力。和文学一样，作为艺术的儿童剧场不仅仅是它所要表达的思想，也是它的形式，是它所采用的叙事符号，是所有的编排和设计，是所有的视听呈现，也包括所有细节所营造出的整体效果。而所有这些都依赖于个人体验去感受、感知和传达，应该在儿童剧场中保留这样体验式欣赏的机会和可能，甚至鼓励和促成这样的欣赏，以使得儿童剧场和课堂教学截然分开，用以对抗以概括段落大意、寻找主题思想为主要目标的课堂教学方式成为孩子们潜意识里根深蒂固的理解事物的方式。冷静而有条理地分析文章，将它拆开，看看每个部分，看看应如何归纳概括，犹如面对一部机器和它的零件——除了这种理解方式之外，我们也可以体验，也可以演绎，也可以对话和参与，我们总会获得切身的感受，这样对于"不懂"的惧怕就不会在儿童长大成人之后依旧充斥着我们的内心。

从这个意义上来说，儿童剧场既可以讲故事，也可以不讲故事，然而无论如何，它都会而且应该成为艺术体验的过程。艺术体验要求创新和突破，一旦我们走出"懂了吗"的怪圈，意识到在"懂和不懂"之间的美妙，体会到"似懂非懂"的价值，就会拥有更广阔的空间去探寻意义的背后，以儿童观众喜爱并擅长的体验式欣赏的方式去感受戏剧和生活的美妙，去触摸剧场的神奇，使得儿童剧场比之非儿童剧场更具先锋性和实验性，更勇于进行尝试和更富于探索精神。儿童剧场承担着培养未来的成人观众的重任，儿童观众口味的多样性和包容度将会为以后的剧场发展带来更为广阔的创作空间和变革可能，剧场的繁荣和行业的发展又会对儿童剧场和非儿童剧场产生良好而深远的影响，这是一个三方相互促进、相互补给的良性循环。同时我们也期待着，被风格迥异、美妙动人的儿童剧场养育起来的儿童观众们，终有一天也会成长为值得被挑战并能够在剧场中接受各种挑战的，视野开阔、思想活跃、敏锐而独特的戏剧观众。

四、儿童剧场的先锋性：后现代儿童剧场

在当代中国，后现代戏剧虽然还没有受到人们普遍的认可和接受，然而对于这类剧场的艺术实践也正在陆续展开，观众的接受和培养将是一个漫长的过程。相对于非儿童剧场对后现代剧场的接受速度，笔者认为儿童剧场在接受比较先锋和前卫的戏剧作品时反而更具潜力，尤其是更为年幼的婴幼儿剧场和狭义上的儿童剧场。儿童观众所擅长并经常运用的体验式

欣赏的方式将会帮助他们更容易理解和接受先锋性，他们在某些方面所被认为的劣势反而会帮助他们接受另一种对当今中国的成人观众来说比较富于挑战性和接受难度的剧场形态，他们没有这样的预设认为先锋戏剧比传统戏剧更难理解，没有先入的难易之分，也没有形成固有的偏好，更没有固化为某种惯性或定式只倾向于接受某种特定的戏剧形态。儿童的思维从这个层面上说是开放的，他们可以运用任何能够被体验的语言进行戏剧构思，运用所有的感官去试图理解某种戏剧语言，他们不同于成人观众及其已经养成的功利目的和思维方式，不会过于执着地去使劲儿探寻破碎的意义背后的意义。这些都是儿童观众接受先锋戏剧的优势所在。

当然先锋是一个非常复杂的概念，它可以是一种对戏剧潮流和流派的定义，也可以是对一种内在的戏剧精神和风格的定义，可以是一种自我标榜或主观评判即作为艺术创作的追求而言，也可以是一种客观的他人的认定，被钉在戏剧发展史上。笔者在这里提到的先锋性并不是从通常意义上，而是从相对保守的层面上去定义先锋的，因为中国儿童剧场从历史发展上讲并没有十分深厚的传统积淀，在实践领域也不敢说拥有敢于全然打破人们的审美规范去建构儿童剧场的勇气和意愿。这里所指的先锋性是相对于目前的中国儿童剧场的普遍状况而言的某些创新性和锐意进取的特征。先锋性对于中国儿童剧场的发展来说是至关重要的，是儿童剧场发展过程中极为缺乏同时又必不可少的一种剧场特质。下文将从四个方面进行中国当代儿童剧场的先锋意识建构，从儿童剧场在剧目、观众、演员、剧场空间四个角度对儿童剧场未来发展的可能性提出建议和设想。

首先从剧目角度，应该要在对儿童文学剧本的依赖和背离两种关系中创建儿童剧场的先锋性，呼唤和支持后现代儿童剧场的产生和发展。对反叙事、碎片化、重体验的剧场形态给予支持，允许创作者和演员进行实践和尝试，发展非语言而更多运用肢体去表现的剧场形式，发展不同风格、不同样式、不同表达观点的剧场形式，鼓励有创意并能以另一种视角看世界的创作方式，鼓励儿童剧场的多样化和实验性。还有很重要的一点，要在儿童剧场中借助于"偶"，实现人偶同台的戏剧形式，而不要把两者分开进行思考，剧团各有优势的也可以加强合作，使戏偶更多地进入儿童剧场之中。此外，改变原先的创作方式，逐步尝试创作在演出中完善，演出结束后继续进行修改和创作的工作方式，使得儿童剧场的创作成为与创作者和观众共同成长的过程，从而具有更多的可塑性，而不是在某次演出结束后就走到了终点。

其次从观众角度，应致力于开发为婴幼儿创作的儿童剧场（也称婴幼儿剧场），发现其可能性，怀着更大的热情去关注这群世界上最小的观众，还应致力于开发为青少年创作的儿童剧场（也称青少年剧场），以把青少年观众引入剧场为荣。成人观众应去除自身观念上的固有认识和偏见，重新认识儿童剧场，不要认为儿童剧场只是给儿童看的，事不关己；成人观众在和儿童观众共同的剧场体验中适当地学习和借鉴他们看戏的方式，逐步成为可以欣赏不同剧场形态的成熟观众，不再一味探求去理解演出的既定内容和主题，如果原有的审美习惯阻止了自身对于不同风格的剧场的进一步体验，也可尝试适当改变；在挑选剧目时要让儿童观众拥有更多选择权，并帮助他们及时了解剧目内容，形成观赏期待；务必提前抵达剧场，不要迟到，不要早退，适当提醒儿童观众遵守剧场内应该遵守的礼仪，保证观看的效果，要特别注意不同剧场对观赏的要求很可能不同，要根据具体情况区别对待。儿童观众则要保持和运用体验式欣赏的方式进入剧场，并在适当时候发展其他的欣赏策略和技巧；愿意在剧目所提供的某些缝隙和空间中自由联想，从自身的角度去体验剧目，获得属于自身的独特理解并信赖这种理解；逐步意识到自身进入剧场的目的，自觉地遵守剧场礼仪，达成观看的完美效果，并对儿童剧场产生热情和期待，愿意将看戏作为一种习惯。

再次从演员角度，培养有能力集编、导、演于一体的全能演员，这类演员将不再只是剧目行动的执行者，同时也是创作者和剧目的排演者。国外的儿童剧团往往规模小，编、导、演合一，演员能从最大程度上对自己的戏剧作品进行把握，舞美设计简单但充满力量，更多依赖观众的想象来共同建构。这类演出模式更有益于达成专业划分的有效综合化，避免创作过程中的意见争论和摩擦，且能够缩小剧团规模和演出规模，使演出变得更灵活、更自由，更有改进的机会和空间。此外，某些演员也可根据自己的专业特长和实际情况学习操偶技能，从而操作不同的偶进行演出，这大大拓宽了演出呈现的可能性；请真正的音乐家、歌唱家、演奏家进入剧场，为演出现场伴奏或演唱，或者演出团体成员本身具有音乐技能，可同时作为演奏者和创作者进行即兴弹唱，这也会为演出增色。

最后从剧场空间角度，可分为有形剧场和无形剧场两部分来讨论。对于有形剧场空间，要大大拓展儿童剧场演出场所的可能性。儿童戏剧不仅可以在专门为儿童特设的剧场里演出，也可以在大多数非儿童剧场中演出，甚至可以在能想象得到的任何地方，比如公园、大厅、地铁、广场、草原、地下室、教室等等，甚至在阳台、阁楼、帐篷里，或者在森林、街头巷尾中，我们能想到的任何空间都可能变成剧场，剧场环境的多样性将会帮助和激发创作灵感，诞生各种不同样式、不同情趣和风格的剧目。当然室内剧场包括小剧场和大剧场，剧场也有不同的样式和特质，适合不同的演出，会达到不同的观演效果。在当今中国，要更加关注小剧场空间，多提供这样的空间给儿童戏剧作品，通过限制一定的观众人数会达到不同的观赏效果。总之，儿童剧场具有非常广阔的有形空间可供选择，完全可以突破传统舞台的局限，将剧场空间和生活空间更灵活地重合在一起，创造出具有先锋性和实验性的戏剧形式。对于无形剧场即能量场，这是区别儿童剧场和非儿童剧场的核心概念，要在儿童剧场中有意识地关注能量场问题，关注生成和改变能量场的诸多因素，要加强对能量场的研究，在儿童剧场实践中致力于从演出和观看两方面激发和再现儿童观众的能量，同时也不要忽略成人观众的能量，使两者都能够真正参与到儿童剧场的建构之中。

儿童剧场的先锋性是从当代中国的儿童剧场实践中提出的，是在这一现实状况之上对儿童剧场理想状态的渴望和呼唤，在某种程度上也能够切实解决中国儿童剧场中存在的实际问题，比如教育意味过强、审美观念弱化，以及剧目创作过于集中在故事剧场，形式较为单一。然而也应该看到，由于中国当前的儿童剧场创作的现状决定了我们在追寻先锋和突破的同时，也要关注传统的儿童剧场创作，比如如何才能真正写出一个好故事并将其搬上舞台，又比如如何才能把教育意味潜移默化地融入儿童剧场中，使其既具有艺术的美感而又显示出大教育的智慧，这些都是值得继续探讨和研究的话题。

总而言之，相较于非儿童剧场，儿童剧场更拥有天然的戏剧观众培养的天职。儿童剧场的繁荣和成人剧场的繁荣是紧密相连、一体两面的，就观众而言，今日儿童剧场中的儿童观众在明日就会成为非儿童剧场中的成人观众，在儿童剧场中所获得的印象和体验也会大大影响他们日后对剧场的看法和态度，儿童剧场不断探索和敢于超越的勇气，不断突破和勇于尝试的魅力，将为非儿童剧场的未来发展奠定更为扎实的基础。从这个层面上来说，儿童剧场的先锋性的提出具有更大的价值和意义。儿童剧场和非儿童剧场以无形空间即能量场作为界限所分化出的两个领域，正是剧场艺术真正腾飞的一对翅膀。

第七章　结论与展望

一、结论

拙著致力于儿童剧场的基础理论研究，主要目的是为儿童剧场的学科建构提出核心概念和基本概念，回答理论前提，从而确立研究对象和学科范围，研究方法是以理论研究为主，同时辅助以描述、实例研究。

第一章回顾了国内外儿童剧场理论发展的进程，在对我国儿童剧场的理论研究进行了系统整理和深入分析后笔者发现，目前中国儿童戏剧理论还处于发展初期，值得深入研究的理论空白点比较多，其存在的问题主要体现在以下几个方面：

1. 基础理论非常匮乏。几乎没有真正意义上的基础理论研究，对于儿童剧中的根本问题，虽然已意识到并进行过讨论，但尚未被整理归纳并形成理论。

2. 核心概念界定不明。儿童剧、儿童戏剧、儿童剧场、儿童剧院、偶剧、儿童戏曲、校园剧、创作性戏剧活动、教育戏剧等概念在使用过程中比较混乱，界限模糊，定义不清晰，这为进一步深入探讨问题设置了阻碍，同时也显示出基础理论的极度缺乏。

3. 理论体系尚未建构。对于儿童剧的研究大多集中在剧目评论，属于具体的个案式的研究比较多，整体性的系统性的研究几乎没有，对于如何看待儿童剧场，儿童剧场从整体上可以分为哪几个部分进行分别研究，还没有达成全局性的认识。

4.理论发展不平衡。对于戏剧艺术有价值的、重量级的研究成果比较少，可供参考的资料也较少。相比之下，儿童戏剧教育方面的研究成果和实践经验都比较丰富，而对儿童自发产生的游戏和剧场的研究非常少。

在此基础上，第二章对传统的"儿童戏剧"概念提出质疑，并在对概念及其背后的观念深入分析的基础上，指出这一概念的有限性，从而提出新概念"儿童剧场"。儿童剧场将传统戏剧的观念予以拓展，把处于观演关系中重要一环的儿童观众纳入到理论研究中来，指出不仅要研究戏剧的创作和演出过程，更要研究演出的"当下"和"现场"，不仅要研究一般的通常情况下的儿童，更要研究在剧场里的儿童，在更新剧场观念的基础上拓宽了研究范围，从而破"儿童戏剧"，立"儿童剧场"。

在对儿童剧场这一概念进行阐释时，对于"儿童剧场是什么"这一陈旧的提问方式进行质疑，从动机论、效果论和统一论角度对已有的观点进行分析，指出其局限性，并通过提问方式的改变，切换研究思路，提出"儿童剧场是怎样的"这一基础理论研究的核心问题，这将带来崭新的观察、研究的角度和方法上的革新。同时从内部考量儿童剧场的具体形态，发现儿童和剧场的可能性联接方式，提出儿童剧场理论研究的三大面向，也就是儿童剧场理论建构的三大支柱，即作为艺术的剧场、作为教育的剧场和作为日常的剧场，以更深入细致的方式勾勒出儿童剧场的现状和可能性，为其内部学科体系的建立奠定方向。

然而在回答"儿童剧场是怎样的"之前，还必须回答理论建构的前提问题——儿童剧场何以可能？这是关系到儿童剧场是否可能的生死攸关的大问题。第三章和第四章分别从观看者和行动者的角度对其可能性进行论述，之所以分为观看者和行动者，是根据现代戏剧理论认为观演关系是戏剧的核心，在此基础上进行的分类。

　　第三章从儿童的视觉发展入手，讨论儿童作为观看者的生理条件；进而从商品消费的角度论证儿童作为商品消费者是可能的，这也是儿童观众进入剧场的契机；并从艺术欣赏的角度论证儿童作为剧场欣赏者是可能的，这也是儿童和剧场真正实现联接的途径，由此证明儿童作为观看者的可能性。第四章从儿童的动作发展入手，讨论儿童作为行动者的生理条件；然而动作不仅仅是机械运动，也是创造过程，进而从动作的内部动机入手，论证儿童的创作潜能使之具有作为创作者的可能性，并在此基础上从观演关系进一步论述儿童作为表演者的可能性；从演员培养看儿童作为演员的可能性，由此完成对儿童作为行动者的可能性的论证。第三章和第四章解决了理论建构的前提问题，论证了儿童剧场作为科学研究对象的合法性，得出"儿童剧场是可能的"结论，为儿童剧场正名。

　　第五章转换角度，从儿童剧场和非儿童剧场的区别与差异入手，探讨儿童剧场的边界问题。首先提出问题：儿童剧场和非儿童剧场之间是否存在根本差异？这是确立儿童剧场概念并获得学科独立性的根本问题。接着阐释了回答这一问题的迫切性和遇到的困难，指出这一问题并不像人们普遍认为的那样简单，认为两者的差别就是儿童剧场是为儿童演出，给儿童观看，而是具有一定的复杂性。进而提出无形剧场和能量场的概念，并从能量角度进行分析，指出儿童剧场并不是由成人单方面建构的，儿童作为观看者和行动者极大地参与到无形剧场的建构之中，儿童剧场中存在着儿童对于成人建构的回应，也存在儿童自身参与建构的可能。在此基础上得出结论：儿童剧场和非儿童剧场的根本不同不是剧目内容、情节或主题上的区别，而在于儿童剧场的无形剧场空间（从能量角度而言即能量场）和非儿童剧场不同。

　　值得一提的是，无形剧场和能量场概念的提出对于解决问题具有重要作用。能量场作为演出和观众的合力，既可以解释儿童作为行动者或作为观看者与非儿童剧场形成的普遍差异，也确立了两者之间的根本差异。同时继续深入探索儿童剧场的能量场特点，概括为以下四点：高互动意愿、观赏节奏感、贯穿始终的温情、多干扰因素，并对它们逐一进行描述。

第六章对"儿童剧场是怎样的"这一基础理论的核心问题做出初步回应，从儿童剧场的三大支柱之一——作为艺术的儿童剧场入手，描述儿童艺术剧场可以是怎样的，及其呈现的基本形态。从国内外儿童艺术剧场的比较与历时性出发，首先指出目前国内儿童艺术剧场存在的教育性强、表现形式单一等问题，进而从创作演出角度描述西方戏剧发展史上戏剧与文本的结合、背离两大趋势，从观众欣赏角度分析儿童观众的体验式欣赏策略，从中提炼出儿童剧场艺术潜在的先锋性，指出后现代儿童剧场的存在方式和艺术追求，试图对儿童艺术剧场的已有观念做出改变，从而更新和促进儿童剧场的艺术实践。

此外还提出并在行文中运用到的有关儿童剧场的一些基本概念和核心术语，也是儿童剧场基础理论建构的重要方面，对于思考和解决儿童剧场实践和理论中的某些问题具有重要意义。这些基本概念包括进入剧场、潜在观众、选择延迟、体验式欣赏、无形剧场、能量场，已在绪论中专门罗列并进行简单论述。

综上所述，本书整理归纳了国内外儿童剧场理论研究方面的资料，阐释已有研究中存在的问题，提出了理论建构的核心概念——儿童剧场，论述了理论存在的前提——儿童剧场何以可能，总结儿童剧场和非儿童剧场的根本差异和具体表现，提出儿童剧场理论建构的三大支柱，转变对儿童剧场的传统研究方式，从作为艺术的儿童剧场角度对"儿童剧场是怎样的"做出初步描述，以此完成儿童剧场基础理论建构的第一步。

二、展望

儿童剧场理论研究才刚刚起步，儿童剧场的理论建构和学科建设更是有相当漫长的路要走。虽然目前的理论研究中存在诸多问题，但是仍有不少闪光的思想值得借鉴和反思，许多创作和实践的经验值得归纳和总结，许多现实中存在的问题需要解决，许多具有研究价值和社会价值的领域有待开发，许多被边缘化而湮没在历史长河中的剧目、演出、观众、创作者、理论者、艺术家、其他戏剧工作者应该得到充分关注，许多资料应该有意识地加以保存，许多努力值得被记录。在中国儿童戏剧的发展史上，有太多太多的事情需要集众人的智慧和力量，以莫大的热情和执着去耕耘、去开拓、去发现和探索，这是一项崭新的事业，犹如一个故事的开头，蕴含着无数的可能和方向，这也是一次大有可为的历险，通向不为人知的远方。

笔者站在儿童剧场理论体系建构的起点位置，眺望远方，可看到下述研究方向蜿蜒而绵长的路途。

第一，对儿童剧场三大支柱的研究。目前对作为教育的儿童剧场的研究成果和实践经验比较丰富，但多为从国外引进，需要形成中国本土的阐释方式和言说方式，为世界教育剧场的理论研究做出贡献。对作为艺术的儿童剧场目前已有一些研究，但是从数量和质量上都比较缺乏，系统性的研究很少，个人专著很少，需要增进理论的深度和视野的广度。对作为日常的儿童剧场的研究非常之少，有所涉猎的多为教育领域，且从教育视角对其进行观察和描述，而非日常生活中儿童自发的、体现儿童意志、成人并不干预的儿童剧场。笔者唯一一次接触上述研究是于 2014 年 7 月参加上海戏剧学院举办的人类表演学国际论坛时，听闻儿童文学作家、理论家班马和其子班未未联合发表的会议论文，颇为震动。这是目前为止笔者所获知的唯一研究儿童自发产生的儿童剧场，辅以大量实例和个案并做美学和人类学探讨的论文，期望早日看到他们的成果。

第二，对"儿童剧场是怎样的"这一基础理论的核心问题进行深入探讨。由于时间和篇幅有限，第六章所给出的只是关于此问题的一个角度的回应，后续需要进行多角度、多侧面、多观念、多层次的探讨，包括从其他视角去观察和审视作为艺术的儿童剧场，以及对作为教育的剧场和作为日常的剧场的分析透视和归纳总结，以开阔的视野审视儿童剧场的方方面面，才能呈现出儿童剧场的整体面貌，对此问题做出完整而详细的整体性回答。

第三，对儿童剧场基本概念的研究。基本概念对理论建构是非常重要的，概念本身就包含着对于儿童剧场的观念认识，概念的提出为理论中存在的问题提供了解决思路和论述的统一语汇，本书已经提出了儿童剧场的一些基本概念，包括进入剧场、潜在观众、选择延迟、体验式欣赏、无形剧场、能量场等，但由于时间篇幅的限制，并未对每一概念进行详细而专门的论述，这是后续需要继续思考和完成的。

第四，探索新的研究工具和方法。研究工具和研究方法的更新将为理论研究带来新的视野和成果，为儿童剧场的理论探索输送新鲜血液，达到事半功倍的效果。目前尚无相关探索，是急需弥补的空白。儿童剧场的研究工具和研究方法可从其他领域中借鉴，但同时也要适应和适合儿童剧场的研究需要，严密考量其可行性和有效性。

第五，跨媒介研究、交叉领域研究。作为综合艺术的戏剧在新的时代与电影、多媒体技术、网络传播相结合，呈现出跨媒介的特质，儿童剧场也不例外。国内外的演出实践呈现出不同形式、不同程度上综合、交互的面貌，对于儿童剧场的研究也要有意识地分析不同的媒介特征及其对儿童剧场的价值与影响，并在戏剧自身兼容并包的音乐、舞蹈、美术、设计、表演等领域内继续探索。同时对于儿童剧场的研究也要吸收和借鉴诸如戏剧学、教育学、心理学、文化研究等各方面研究的理论成果，为己所用。

第六，中外比较研究、过程研究和具体研究。这是儿童剧场理论研究的中观和微观层面，也是理论体系建构所必不可少的研究资料。无论是在国际视野中对不同剧团、剧目或儿童剧场的某一层面、环节进行中外比较，还是在剧目的生成和发展过程中研究其变化和繁衍，或是从演出版本角度透视某一部经典作品的流传历史，或是对排演、社群、活动等各种形态中的各个环节、因素、相关人物、剧团、市场、剧目、观念等等所做的具体研究，都能体现出儿童剧场形态的丰富性，通过剧场的瞬时性和不可复制性而获得更为普遍的意义。

上述只是笔者初步的总结和展望，儿童剧场的理论研究不仅仅局限在这六个方面，还有更多的学术空间和学术生长点在现实实践领域中喷涌而出，邀人畅饮和细品。祝福中国儿童剧场的未来，祝愿儿童剧场的理论研究终有一天枝繁叶茂、鲲鹏展翅。

参 考 文 献

[1] 李涵.中国福利会儿童艺术剧院编.中国儿童戏剧史[M].北京：中国戏剧出版社，2003.

[2] 李庆成.儿童剧艺术论[M].北京：文化艺术出版社，2006.

[3] 程式如.儿童剧散论[M].北京：中国戏剧出版社,1994.10。

[4] 许敏.任德耀与上海儿童剧创作[M].上海：上海书店出版社，2014.

[5] 李涵.儿童戏剧艺术的魅力[M].北京：中国戏剧出版社，1997.

[6] 阎哲吾.学校戏剧概论[M].镇江中央书店，1931.

[7] 中国儿童戏剧研究会.儿童戏剧研究文集[C].北京：中国戏剧出版社，1987.

[8] 程式如.儿童剧十家[M].中国儿童文学艺术丛书.郑州：海燕出版社，1989.

[9] 黄祖培,郭小梅.《马兰花》的舞台艺术[M].北京：中国戏剧出版社，1994.

[10] 李涵.任德耀研究[M].北京：中国戏剧出版社，1997.

[11] 徐薇.中国儿童剧导演艺术研究——暨中小学演剧活动参考手册[M].北京:中国戏剧出版社,2008.

[12] 王鸽子.文化体制改革中的国有艺术表演团体改革——以北京儿童艺术剧团为个案的研究[D]，2006.

[13] 黑格尔.美学[M].朱光潜,译.北京:商务印书馆,1979.

[14] 朱立元.美学[M].朱光潜,译.北京:高等教育出版社,2007.

[15] 尼尔·波兹曼.童年的消逝[M].吴燕莛,译.桂林:广西师范大学出版社,2004.

[16] 吉姆·帕特森等.戏剧的快乐[M].张征,王喆,译.北京:人民邮电出版社,2013.

[17] [德]马丁·海德格尔.存在与时间[M].陈嘉映,王庆节,译.北京:生活·读书·新知三联书店,2006.

[18] 埃德温·威尔森,阿尔文·戈德法布.戏剧的故事[M].孙菲,译.北京:世界图书出版公司北京公司,2012.

[19] 陈军.戏剧文学与剧院剧场:以"郭、老、曹"与北京人艺为例[M].北京:社会科学文献出版社,2011.

[20] 休·莫里森.表演技巧[M].胡博,译.北京:中国戏剧出版社,2003.

[21] 汉斯·蒂斯·雷曼.后戏剧剧场[M].李亦男,译.北京:北京大学出版社,2010.

[22] 凯瑟琳·乔治.戏剧节奏[M].张全全,译.北京:中国戏剧出版社,2006.

[23] Janice J.Beaty.幼儿发展的观察与评价:第7版[M].郑福明,费广洪,译.北京:高等教育出版社,2011.

[24] Judith Ackroyd & Jo Boulton.儿童爱演戏——如何用戏剧统整九年一贯小学课程[M].陈书悉,译.台湾:远流出版公司,2006.

[25] 周卫倩.童心童剧——以童话剧为载体的幼儿园童心教育实践与研究[M].上海:上海科学普及出版社,2013.

[26] 洪绳之,张琯治.播种未来——任德耀画传[M].上海:中国福利会出版社,2009.

[27] 张晓华.表演艺术120节戏剧活动课[M].台北:书林出版有限公司,2008.

[28] 孙惠住.人类表演学系列：谢克纳专辑[C].北京：文化艺术出版社，2010.

[29] 张忱婷.耳朵的声音[M].上海：少年儿童出版社，2006.

[30] Hartnoll.P., Found. P.牛津戏剧词典：英文.上海：上海外语教育出版社，2000.

[31] 郑蕙苾等.儿童戏剧与学前教育[M].杭州：浙江工商大学出版社，2012.

[32] 张金梅.学前教育新视野丛书：幼儿园戏剧综合课程研究[M].南京:江苏教育出版社，2005.

[33] 芭巴拉·荷伯豪斯，李·汉森.儿童早期艺术创造性教育[M].邓琪颖，译.南宁：广西美术出版社，2009.

[34] 贾冀川.二十世纪中国现代戏剧教育史稿[M].北京：中国戏剧出版社，2006.

[35] 霍华德·加德纳.艺术·心理·创造力[M].齐东海等，译.北京：中国人民大学出版社，2008.

[36] 王添强，麦美玉.戏偶在乐园：幼儿戏偶教学工具书[M].台北：成长文教基金会，2002.

[37] 艾姿碧塔.艺术的童年[M].林微玲，译.合肥：安徽教育出版社，2005.

[38] 李贵森.西方戏剧文化艺术论[M].北京：中国传媒大学出版社，2007.

[39] 程明太，林桂光.艺术综合教学探究——课程研究/课例与评析[M].上海：上海教育出版社，2007.

[40] 张晓华.创作性戏剧教学原理与实作[M].上海：上海书店出版社，2011.

[41] 黎泽荣.黎锦晖儿童歌舞音乐全集[M].上海：上海辞书出版社，2012.

[42] 张文新,谷传华.创造力发展心理学[M].合肥：安徽教育出版社，2004.

[43] 王灿明.儿童创造心理发展引论[M].北京：社会科学文献出版社，2005.

[44] 董奇.儿童创造力发展[M].杭州：浙江教育出版社，1993.

[45] 凯瑟琳·贾维.哈佛儿童发展译丛.游戏[M].王蓓华，译.成都：四川教育出版社，2006.

[46] 万庆华.艺术欣赏——体系和理论架构[M].济南：山东美术出版社，2012.

[47] S·阿瑞提.创造的秘密[M].钱岗南，译.沈阳：辽宁人民出版社，1987.

[48] 罗伯特·科恩.戏剧(第6版)[M].上海：上海书店出版社，2006.

[49] 林崇德主编.发展心理学[M].北京:人民教育出版社,1995:164。

[50] 冯乐堂.论郭沫若的童话剧创作[J].烟台师范学院学报(哲社版).1996年第03期。

[51] 凌云国.简论老舍儿童剧的艺术特色[J].特立学刊.2012年第2期。

[52] 侯颖.亟待发展的中国儿童戏剧[J].吉林省教育学院学报.2006年第9期:73-76。

[53] 谭志敏.王宇.儿童剧面临的矛盾与困境[J].中国戏剧.2006-12:43-45。

[54] 王自淳.儿童剧不能承受之"繁荣"——关于我国儿童剧现状的思考[J].剧作家.2007年第1期：72。

[55] 程式如.新世纪儿童戏剧的发展与反思[J].艺术评论.2008年第6期：52-56。

[56] 赵琼.1917—1949上海儿童戏剧史略[J].安徽文学(下半月).2010年12期。

[57] 陈晴.浅论当代中国儿童戏剧发展及策略——以1990—2011年中国福利会儿童艺术剧院为例[D].2013.6。

[58] 高璇.关于当前儿童戏剧发展现状的一些思考[J].大众文艺:学术版.2014年第13期：270-271。

[59] 颜如雪.南京市儿童剧发展现状的调查报告.才智[J].2013年第19期：138。

[60] 林荫宇.向大师靠近——儿童剧导演基本素质之管见[J].艺术广角.

1998年第6期：23-29。

[61] 张晓华. 儿童剧场所应掌握的导演要件[A].表演艺术国际学术研讨会论文集[C]. 2004-5。

[62] 方林.本体艺术的完美展现和姊妹艺术的适度借鉴——木偶剧《胡桃夹子》导演随笔[J].剧影月报.2014年第5期：70-71。

[63] 柯秋桂.儿童剧场在成长[A].一九九九台湾现代剧场研讨会论文集（儿童剧场）[C]。

[64] 谭旭东.儿童文艺批评话语缺失,批评家功利扎堆电视电影[N].中国文化报.2012-06-07。

[65] 加里·布莱克伍德.偷莎士比亚的贼[M].胡静宜，译.天津：新蕾出版社，2006.

[66] Regan, Frederick Scott. *The history of the international children's theatre association from its founding to 1975*. University of Minnesota, Ph.D., 1975, Theater.

[67] Kim, Yun-Tae. *History of children's theatre in Korea: From the beginning to the present time, 1920-1998*. New York University, Ph.D., 1999, Theater.

[68] Salazar, Laura Gardner. *The emergence of children's theatre and drama, 1900 to 1910*. University of Michigan, Ph.D., 1984, Theater.

[69] Heard, Doreen B. *A production history of the New York City children's theatre unit of the federal theatre project, 1935-1939*. The Florida State University, Ph.D., 1986, Theater.

[70] Cirella, Anne Violette. *Avant-gardism in children's theater: The use of absurdist techniques by Anglophone children's playwrights*. The University of Texas at Austin, Ph.D., 1998, Literature, English.

[71] Bedard, Roger Lee. *The life and work of Charlotte B. Chorpenning*. University of Kansas, Ph.D., 1979, Theater.

[72] McCormack, Ann. *Nellie McCaslin: An American leader in the*

development of creative drama and theatre for young audiences. New York University, Ph.D., 2007, Education.

[73] Rowland, Grace Edna. *Every child needs self-esteem: Creative drama builds self-confidence through self-expression*. The Union Institute, Ph.D., 2002, Psychology, Developmental.

[74] Metz, Allison Manville. *Applied Theatre in schools in the United States: The triangulation of education, art, and community practice in Theatre in Education (TIE)*. The University of Wisconsin - Madison, Ph.D., 2008, Education.

[75] Hua, Ivy Lyn. *The theme of prejudice in selected plays from American children's theatre, 1956-1995*. New York University, Ph.D., 1999, Education, Educational Psychology.

[76] *The boy actor: or, Struggles for bread*. Woodbridge, CT: Primary Source Media, [1870]. Nineteenth Century Collections Online. Web. 7 Apr. 2015.URL http://tinyurl.galegroup.com/tinyurl/WQWf8。

[77] 鱼儿忧忧. 上海儿童艺术剧场.百度百科，（2014-12-27）.［2015-2-16］. http://baike.baidu.com/view/10476270.htm.

[78] 张英豪. 剧场大小事：介入公共场域的剧团.（2012-9）［2013-11-1］. http://www.dramabox.org/newsletter/vol1_issue3-CH/theatre_abc. html.

后　记

　　本书成文于我的博士论文，2015 年 3 月定稿，5 月答辩。此次出版时隔数年，出于对论著的完整性考量，加上时间限制，最终还是决定保留成文的时间截点，没有修改第六章提到的研究时限问题，2015 年 4 月之后的文献也没有补充，所选剧目和案例也仍集中在 2013—2015 年。反观自 2015 年年中至今的中国儿童剧场的发展，颇有些清新之风，做了不少新的尝试，诞生了不少有风格、有品味、有质量的作品。为了避免草率地总结固化，并未即刻更新到书里，且留待之后吧。考虑到读者的阅读体验，出版前主要对原文中某些过长的段落做了分段，某些语言表述上做了微调。

　　每个研究都会有其自身的模样，就像人一样。从这本书里大概看不出我的模样，当年论文答辩主席说读着还以为是一位上年纪的老先生写的。就个人而言，我或许更擅长演绎而不是归纳，更喜欢行云流水而不是谨慎严密。我确实选择了自己并不擅长的写法，但这也是我觉得自己必须做的，对儿童剧场的研究里应该有基础理论的一席之地，需要有一本读起来或许枯燥但必要的书。

　　我是在剧场里长大的，剧场给了我最美好的童年回忆。这几年来，经历了生活的磨砺，我似乎淡出了这个舞台，唯一不变的是对剧场的热爱。看戏仍然是我最重要的生活方式，剧场仍然是我最心心念念的地方。

在论文撰写和出版的过程中，有太多人助了我一臂之力，有太多的记忆值得珍藏。感谢我的导师梅子涵教授，您以极大的智慧和耐心包容了我的坦率和无知，给我最珍贵的自由去选择我热爱的领域，给我最大的支持鼓励我前行。感谢丛书主编吴其南教授，没有您的赏识和举荐就不会有这本书的诞生，您对我的指点我会铭记在心。感谢本书的责任编辑郭老师一直以来对我的帮助和提携，赠我剧本，为我答疑解惑。同时还要感谢天华学院的张丽、樊江玲两位老师，在校对书稿期间对我的种种体谅与照顾，无不令身在异国他乡的我倍感温暖。

感谢上海市长宁区少年宫原宫主任张飞镜指导，我8岁时第一次遇见您，从此您为我开启了通往戏剧的大门。感谢远在新西兰的钱诗梅指导，排演课本剧时您一遍又一遍地纠正我上扬的尾音，带我领略表演和剧场的魅力。感谢铁头、胖墩、妈妈、大叔、鬼子、汉奸，虽然已不知你们如今身在何方，童年的回忆却始终印刻心间。

感谢张承明导演，您80岁高龄仍像孩子一样充满活力，感谢戏剧让我们阔别21年后再度相逢，还有老法师张琯治老师、顾政勇老师，你们是儿童剧的"三剑客"，是中国儿童剧场的真正瑰宝。

感谢中福会儿童艺术剧院赵金元老师，与您长谈的午后时光让我受益匪浅。感谢儿童音乐剧《蝴蝶之舞》的导演殷超斌老师，和您一起讨论修改剧本让我收获良多。感谢艺术总监蔡金萍老师、统筹唐侃老师、舞美设计唐明飞、灯光设计刘海渊、效果设计谈勤镁老师、编舞陈凯、作曲张博和金望、视频制作张笑帆和潘遥、服化石磊，还有朱启凤、高珊等20位演员，以及我无法一一提及名字的各位，感谢你们所有人的共同努力。戏剧是真正意义上的综合艺术，你们让我看到自己的剧本如何转变为舞台上活生生的呈现。感谢我的观众，是你们改变了我对剧场的认识，让我真正意识到儿童剧场的意义所在。

感谢草台班的众位草民，赵川、疯子、吴梦、庾凯、娜娜、陈呈、念念、Chris、小闵，在你们身边我切身感受到了戏剧所具有的社会力量，你们比任何人都更真诚而决不妥协。感谢瑞典的Maja为中国的孩子奉献了这么好的儿童剧。

感谢芭尔宝的 Gregory、Flora、Marina，你们是中国儿童戏剧节的前行者，是你们的远见和努力让我早在 2004 年就接触到了世界各国最优秀的儿童剧。感谢兔子、荔枝和球球，我们一起去幼儿园为小朋友演出的辛劳和欢喜至今历历在目。感谢乔森，你总是给我推荐最好的戏，给我留最好的座位。感谢市三女中的杨黎兰老师，还有汤包、锡颖和孔铭，和你们一起聊戏、看戏是人生的美事。

此外，我还要感谢上海师范大学原哲学学院院长崔宜明教授，您的课堂充满了思想的交锋与激荡，令我振奋。感谢大师兄（代训锋博士）和赵恒君博士，你们为我带来了最快乐的读博时光，难忘我们在食堂里、在草坪上谈论庄子和康德的日子。

感谢亲爱的小阿婆在我读博时给我提供了安静的写作空间。感谢汤每每带着桃桃陪我看戏。感谢欢为我完成论文所做的一切。

最后，我要谢谢我的爸爸妈妈：赵一鸣、姚其敏——我要固执地写下你们的名字，为了把你们留在我的书里。爸爸，你是世界上最好的父亲，直到今天我才发现我是多么像你。妈妈，你是这世界上最爱我的人，你为我做的所有我无以为报。你们俩给了我最深切的关怀和最无私的支持，在任何你们力所能及的地方，为我付出了全部心血，我是如此感激你们，你们的爱是我继续前行的动力。

写于 2019 年 10 月 23 日·英国赫特福德大学